名家散文典藏

彩插版

史铁生散文精选

史铁生 著

图书在版编目（CIP）数据

史铁生散文精选 / 史铁生著. -- 武汉：长江文艺出版社，2017.12(2024.10 重印)
（名家散文典藏：彩插版）
ISBN 978-7-5354-9985-1

Ⅰ. ①史… Ⅱ. ①史… Ⅲ. ①散文集－中国－当代 Ⅳ. ①I267

中国版本图书馆 CIP 数据核字(2017) 247323 号

责任编辑：高田宏　　　　　　　　责任校对：毛季慧
封面设计：龙　梅　　　　　　　　责任印制：邱　莉　胡丽平

出版：长江出版传媒　长江文艺出版社
地址：武汉市雄楚大街 268 号　　邮编：430070
发行：长江文艺出版社
http://www.cjlap.com
印刷：湖北新华印务有限公司

开本：640 毫米×970 毫米　　1/16　　印张：19　　插页：9 页
版次：2017 年 12 月第 1 版　　2024 年 10 月第 18 次印刷
字数：190 千字

定价：35.00 元

版权所有，盗版必究（举报电话：027—87679308　87679310）
（图书出现印装问题，本社负责调换）

名家散文典藏 史铁生 散文精选 目录

◆ 亲情卷 ◆

秋天的怀念 / 003

合欢树 / 005

我21岁那年 / 008

◆ 地坛卷 ◆

我与地坛 / 023

想念地坛 / 042

史 铁 生 散 文 精 选
目录

◆ 生 命 卷 ◆

好运设计 / 049

爱情问题 / 069

足球内外 / 080

病隙碎笔 3 / 092

病隙碎笔 4 / 117

上帝的寓言 / 124

游戏·平等·墓地 / 126

轻轻地走与轻轻地来 / 135

扶轮问路 / 140

◆ 哲 理 卷 ◆

无病之病 / 149

没有生活 / 153

墙下短记 / 156

记忆迷宫 / 165

史铁生散文精选
目录

宿命的写作 / 172

复杂的必要 / 175

熟练与陌生 / 177

放下与执着 / 180

诚实与善思 / 185

无答之问或无果之行 / 196

神位·官位·心位 / 205

昼信基督夜信佛 / 211

人间智慧必在某处汇合 / 228

◆ 往事卷 ◆

我的梦想 / 239

故乡的胡同 / 243

有关庙的回忆 / 246

黄土地情歌 / 256

相逢何必曾相识 / 264

悼路遥 / 271

史铁生散文精选

目录

◆ 书信卷 ◆

给盲童朋友 / 277

给安妮·居里安的信 / 279

给杨晓敏的信 / 284

给肖瀚 / 290

亲情卷

秋天的怀念

双腿瘫痪后,我的脾气变得暴怒无常。望着望着天上北归的雁阵,我会突然把面前的玻璃砸碎;听着听着李谷一甜美的歌声,我会猛地把手边的东西摔向四周的墙壁。母亲就悄悄地躲出去,在我看不见的地方偷偷地听着我的动静。当一切恢复沉寂,她又悄悄地进来,眼边红红的,看着我。"听说北海的花儿都开了,我推着你去走走。"她总是这么说。母亲喜欢花,可自从我的腿瘫痪后,她侍弄的那些花都死了。"不,我不去!"我狠命地捶打这两条可恨的腿,喊着:"我可活什么劲!"母亲扑过来抓住我的手,忍住哭声说:"咱娘儿俩在一起儿,好好儿活,好好儿活……"

可我却一直都不知道,她的病已经到了那步田地。后来妹妹告诉我,她常常肝疼得整宿整宿翻来覆去地睡不了觉。

那天我又独自坐在屋里,看着窗外的树叶"唰唰拉拉"地飘落。母亲进来了,挡在窗前:"北海的菊花开了,我推着你去看看吧。"她憔悴的脸上现出央求般的神色。"什么时候?""你要是愿意,就明天?"她说。我的回答已经让她喜出望外了。"好吧,就明天。"我说。她高

史　铁　生
散 文 精 选

兴得一会坐下，一会站起：“那就赶紧准备准备。”"哎呀，烦不烦？几步路，有什么好准备的！"她也笑了，坐在我身边，絮絮叨叨地说着："看完菊花，咱们就去'仿膳'，你小时候最爱吃那儿的豌豆黄儿。还记得那回我带你去北海吗？你偏说那杨树花是毛毛虫，跑着，一脚踩扁一个……"她忽然不说了。对于"跑"和"踩"一类的字眼儿，她比我还敏感。她又悄悄地出去了。

她出去了，就再也没回来。

邻居们把她抬上车时，她还在大口大口地吐着鲜血。我没想到她已经病成那样。看着三轮车远去，也绝没有想到那竟是永远的诀别。

邻居的小伙子背着我去看她的时候，她正艰难地呼吸着，像她那一生艰难的生活。别人告诉我，她昏迷前的最后一句话是："我那个有病的儿子和我那个还未成年的女儿……"

又是秋天，妹妹推我去北海看了菊花。黄色的花淡雅，白色的花高洁，紫红色的花热烈而深沉，泼泼洒洒，秋风中正开得烂漫。我懂得母亲没有说完的话。妹妹也懂。我俩在一块儿，要好好儿活……

1981 年

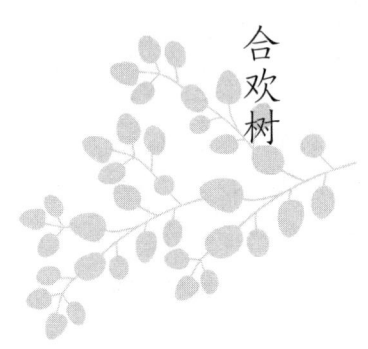

合欢树

十岁那年，我在一次作文比赛中得了第一。母亲那时候还年轻，急着跟我说她自己，说她小时候的作文做得还要好，老师甚至不相信那么好的文章会是她写的。"老师找到家来问，是不是家里的大人帮了忙。我那时可能还不到十岁呢。"我听得扫兴，故意笑："可能？什么叫可能还不到？"她就解释。我装作根本不再注意她的话，对着墙打乒乓球，把她气得够呛。不过我承认她聪明，承认她是世界上长得最好看的女的。她正给自己做一条蓝底白花的裙子。

二十岁，我的两条腿残废了。除去给人家画彩蛋，我想我还应该再干点别的事，先后改变了几次主意，最后想学写作。母亲那时已不年轻，为了我的腿，她头上开始有了白发。医院已经明确表示，我的病目前没办法治。母亲的全副心思却还放在给我治病上，到处找大夫，打听偏方，花很多钱。她倒总能找来些稀奇古怪的药，让我吃，让我喝，或者是洗、敷、熏、灸。"别浪费时间啦！根本没用！"我说。我一心只想着写小说，仿佛那东西能把残疾人救出困境。"再试一回，不试你怎么知道会没用？"她说每一回都虔诚地抱着希望。然而对我的

史　铁　生
散 文 精 选

腿,有多少回希望就有多少回失望。最后一回,我的胯上被熏成烫伤。医院的大夫说,这实在太悬了,对于瘫痪病人,这差不多是要命的事。我倒没太害怕,心想死了也好,死了倒痛快。母亲惊惶了几个月,昼夜守着我,一换药就说:"怎么会烫了呢?我还直留神呀?"幸亏伤口好起来,不然她非疯了不可。

　　后来她发现我在写小说。她跟我说:"那就好好写吧。"我听出来,她对治好我的腿也终于绝望。"我年轻的时候也最喜欢文学。"她说。"跟你现在差不多大的时候,我也想过搞写作。"她说。"你小时候的作文不是得过第一?"她提醒我说。我们俩都尽力把我的腿忘掉。她到处去给我借书,顶着雨或冒了雪推我去看电影,像过去给我找大夫,打听偏方那样,抱了希望。

　　三十岁时,我的第一篇小说发表了,母亲却已不在人世。过了几年,我的另一篇小说又侥幸获奖,母亲已经离开我整整七年。

　　获奖之后,登门采访的记者就多。大家都好心好意,认为我不容易。但是我只准备了一套话,说来说去就觉得心烦。我摇着车躲出去。坐在小公园安静的树林里,想:上帝为什么早早地召母亲回去呢?迷迷糊糊的,我听见回答:"她心里太苦了。上帝看她受不住了,就召她回去。"我的心得到一点安慰,睁开眼睛,看见风正在树林里吹过。

　　我摇车离开那儿,在街上瞎逛,不想回家。

　　母亲去世后,我们搬了家。我很少再到母亲住过的那个小院儿去。小院儿在一个大院儿的尽里头,我偶尔摇车到大院儿去坐坐,但不愿意去那个小院儿,推说手摇车进去不方便。院儿里的老太太们还都把我当儿孙看,尤其想到我又没了母亲,但都不说,光扯些闲话,怪我不常去。我坐在院子当中,喝东家的茶,吃西家的瓜。有一年,人们终于又提到母亲:"到小院儿去看看吧,你妈种的那棵合欢树今年开花了!"我心里一阵抖,还是推说手摇车进出太不容易。大伙就不再说,

忙扯些别的,说起我们原来住的房子里现在住了小两口,女的刚生了个儿子,孩子不哭不闹,光是瞪着眼睛看窗户上的树影儿。

我没料到那棵树还活着。那年,母亲到劳动局去给我找工作,回来时在路边挖了一棵刚出土的"含羞草",以为是含羞草,种在花盆里长,竟是一棵合欢树。母亲从来喜欢那些东西,但当时心思全在别处。第二年合欢树没有发芽,母亲叹息了一回,还不舍得扔掉,依然让它长在瓦盆里。第三年,合欢树却又长出了叶子,而且茂盛了。母亲高兴了很多天,以为那是个好兆头,常去侍弄它,不敢再大意。又过一年,她把合欢树移出盆,栽在窗前的地上,有时念叨,不知道这种树几年才开花。再过一年,我们搬了家,悲痛弄得我们都把那棵小树忘记了。

与其在街上瞎逛,我想,不如就去看看那棵树吧。我也想再看看母亲住过的那间房。我老记着,那儿还有个刚来到世上的孩子,不哭不闹,瞪着眼睛看树影儿。是那棵合欢树的影子吗?小院儿里只有那棵树。

院儿里的老太太们还是那么欢迎我,东屋倒茶,西屋点烟,送到我眼前。大伙都不知道我获奖的事,也许知道,但不觉得那很重要;还是都问我的腿,问我是否有了正式工作。这回,想摇车进小院儿真是不能了。家家门前的小厨房都扩大,过道窄到一个人推自行车进出也要侧身。我问起那棵合欢树。大伙说,年年都开花,长到房高了。这么说,我再看不见它了。我要是求人背我去看,倒也不是不行。我挺后悔前两年没有自己摇车进去看看。

我摇着车在街上慢慢走,不急着回家。人有时候只想独自静静地呆一会。悲伤也成享受。

有一天那个孩子长大了,会想起童年的事,会想起那些晃动的树影儿,会想起他自己的妈妈。他会跑去看看那棵树。但他不会知道那棵树是谁种的,是怎么种的。

007

我21岁那年

友谊医院神经内科病房有12间病室,除去1号2号,其余10间我都住过。当然,绝不为此骄傲。即便多么骄傲的人,据我所见,一躺上病床也都谦恭。1号和2号是病危室,是一步登天的地方,上帝认为我住那儿为时尚早。

19年前,父亲搀扶着我第一次走进那病房。那时我还能走,走得艰难,走得让人伤心就是了。当时我有过一个决心:要么好,要么死,一定不再这样走出来。

正是晌午,病房里除了病人的微鼾,便是护士们轻极了的脚步,满目洁白,阳光中飘浮着药水的味道,如同信徒走进了庙宇我感觉到了希望。一位女大夫把我引进10号病室。她贴近我的耳朵轻轻柔柔地问:"午饭吃了没?"我说:"您说我的病还能好吗?"她笑了笑。记不得她怎样回答了,单记得她说了一句什么之后,父亲的愁眉也略略地舒展。女大夫步履轻盈地走后,我永远留住了一个偏见:女人是最应该当大夫的,白大褂是她们最优雅的服装。

那天恰是我21岁生日的第二天。我对医学对命运都还未及了解,

不知道病出在脊髓上将是一件多么麻烦的事。我舒心地躺下来睡了个好觉。心想：十天，一个月，好吧就算是三个月，然后我就又能是原来的样子了。和我一起插队的同学来看我时，也都这样想；他们给我带来很多书。

10号有6个床位。我是6床。5床是个农民，他天天都盼着出院。"光房钱一天就一块一毛五，你算算得啦，"5床说，"死呗可值得了这么些？"3床就说："得了嘿你有完没完！死死死，数你悲观。"4床是个老头，说："别介别介，咱毛主席有话啦——既来之，则安之。"农民便带笑地把目光转向我，却是对他们说："敢情你们都有公费医疗。"他知道我还在与贫下中农相结合。1床不说话，1床一旦说话即可出院。2床像是个有些来头的人，举手投足之间便赢得大伙的敬畏。2床幸福地把一切名词都忘了，包括忘了自己的姓名。2床讲话时，所有名词都以"这个""那个"代替，因而讲到一些轰轰烈烈的事迹却听不出是谁人所为。4床说："这多好，不得罪人。"

我不搭茬儿。刚有的一点舒心顷刻全光。一天一块多房钱都要从父母的工资里出，一天好几块的药钱、饭钱都要从父母的工资里出，何况为了给我治病家中早已是负债累累了。我马上就想那农民之所想了：什么时候才能出院呢？我赶紧松开拳头让自己放明白点：这是在医院不是在家里，这儿没人会容忍我发脾气，而且砸坏了什么还不是得用父母的工资去赔？所幸身边有书，想来想去只好一头埋进书里去，好吧好吧，就算是三个月！我平白地相信这样一个期限。

可是三个月后我不仅没能出院，病反而更厉害了。

那时我和2床一起住到了7号。2床果然不同寻常，是位局长，11级干部，但还是多了一级，非10级以上者无缘去住高干病房的单间。

009

史　铁　生
散 文 精 选

7号是这普通病房中唯一仅设两张病床的房间,最接近单间,故一向由最接近10级的人去住。据说刚有个13级从这儿出去。2床搬来名正言顺。我呢?护士长说是"这孩子爱读书",让我帮助2床把名词重新记起来。"你看他连自己是谁都闹不清了。"护士长说。但2床却因此越来越让人喜欢,因为"局长"也是名词也在被忘之列,我们之间的关系日益平等、融洽。有一天他问我:"你是干什么的?"我说:"插队的。"2床说他的"那个"也是,两个"那个"都是,他在高出他半个头的地方比划一下:"就是那两个,我自己养的。""您是说您的两个儿子?"他说对,儿子。他说好哇,革命嘛就不能怕苦,就是要去结合。他说:"我们当初也是从那儿出来的嘛。"我说:"农村?""对对对。什么?""农村。""对对对,农村。别忘本呀!"我说是。我说:"您的家乡是哪儿?"他于是抱着头想好久。这一回我也没办法提醒他。最后他骂一句,不想了,说:"我也放过那玩意。"他在头顶上伸直两个手指。"是牛吗?"他摇摇头,手往低处一压。"羊?""对了,羊。我放过羊。"他躺下,双手垫在脑后,甜甜蜜蜜地望着天花板老半天不言语。大夫说他这病叫作"角回综合征,命名性失语",并不影响其它记忆,尤其是遥远的往事更都记得清楚。我想局长到底是局长,比我会得病。他忽然又坐起来:"我的那个,喂,小什么来?""小儿子?""对!"他怒气冲冲地跳到地上,说:"那个小玩意,娘个!"说:"他要去结合,我说好嘛我支持。"说:"他来信要钱,说要办个这个。"他指了指周围,我想"那个小玩意"可能是要办个医疗站。他说:"好嘛,要多少?我给。可那个小玩意!"他背着手气哼哼地来回走,然后停住,两手一摊:"可他又要在那儿结婚!""在农村?""对,农村。""跟农民?""跟农民。"无论是根据我当时的思想觉悟,还是根据报纸电台当时的宣传倡导,这都是值得肃然起敬的。"扎根派。"我钦佩地说。"娘了个派!"他说,"可你还要不要回来嘛?"这下我有点发蒙。见我愣着,他又一跺脚,补充道:"可你还要不要革

命？！"这下我懂了，先不管革命是什么，2床的坦诚都令人欣慰。

不必去操心那些玄妙的逻辑了。整个冬天就快过去，我反倒拄着拐杖都走不到院子里去了，双腿日甚一日地麻木，肌肉无可遏止地萎缩，这才是需要发愁的。

我能住到7号来，事实上是因为大夫护士们都同情我。因为我还这么年轻，因为我是自费医疗，因为大夫护士都已经明白我这病的前景极为不妙，还因为我爱读书——在那个"知识越多越反动"的年代，大夫护士们尤为喜爱一个爱读书的孩子。他们都还把我当孩子。他们的孩子有不少也在插队。护士长好几次在我母亲面前夸我，最后总是说："唉，这孩子……"这一声叹，暴露了当代医学的爱莫能助。他们没有别的办法帮助我，只能让我住得好一点，安静些，读读书吧——他们可能是想，说不定书中能有"这孩子"一条路。

可我已经没了读书的兴致。整日躺在床上，听各种脚步从门外走过；希望他们停下来，推门进来，又希望他们千万别停，走过去走你们的路去别来烦我。心里荒荒凉凉地祈祷：上帝如果你不收我回去，就把能走路的腿也给我留下！我确曾在没人的时候双手合十，出声地向神灵许过愿。多年以后才听一位无名的哲人说过：危卧病榻，难有无神论者。如今来想，有神无神并不值得争论，但在命运的混沌之点，人自然会忽略着科学，向虚冥之中寄托一份虔敬的祈盼。正如迄今人类最美好的向往也都没有实际的验证，但那向往并不因此消灭。

主管大夫每天来查房，每天都在我的床前停留得最久："好吧，别急。"按规矩主任每星期查一次房，可是几位主任时常都来看看我："感觉怎么样？嗯，一定别着急。"有那么些天全科的大夫都来看我，八小时以内或以外，单独来或结队来，检查一番各抒主张，然后都对我说："别着急，好吗？千万别急。"从他们谨慎的言谈中我渐渐明白了一件事：

011

史　铁　生
散　文　精　选

我这病要是因为一个肿瘤的捣鬼,把它找出来切下去随便扔到一个垃圾桶里,我就还能直立行走,否则我多半就把祖先数百万年进化而来的这一优势给弄丢了。

窗外的小花园里已是桃红柳绿,22个春天没有哪一个像这样让人心抖。我已经不敢去羡慕那些在花丛树行间漫步的健康人,和在小路上打羽毛球的年轻人。我记得我久久地看过一个身着病服的老人,在草地上踱着方步晒太阳;只要这样我想只要这样!只要能这样就行了就够了!我回忆脚踩在软软的草地上是什么感觉?想走到哪儿就走到哪儿是什么感觉?踢一颗路边的石子,踢着它走是什么感觉?没这样回忆过的人不会相信,那竟是回忆不出来的!老人走后我仍呆望着那块草地,阳光在那儿慢慢地淡薄,脱离,凝作一缕孤哀凄寂的红光一步步爬上墙,爬上楼顶……我写下一句歪诗:轻拨小窗看春色,漏入人间一斜阳。日后我摇着轮椅特意去看过那块草地,并从那儿张望7号窗口,猜想那玻璃后面现在住的谁?上帝打算为他挑选什么前程?当然,上帝用不着征求他的意见。

我乞求上帝不过是在和我开着一个临时的玩笑——在我的脊椎里装进了一个良性的瘤子。对对,它可以长在椎管内,但必须要长在软膜外,那样才能把它剥离而不损坏那条珍贵的脊髓。"对不对,大夫?""谁告诉你的?""对不对吧?"大夫说:"不过,看来不太像肿瘤。"我用目光在所有的地方写下"上帝保佑",我想,或许把这四个字写到千遍万遍就会赢得上帝的怜悯,让它是个瘤子,一个善意的瘤子。要么干脆是个恶毒的瘤子,能要命的那一种,那也行。总归得是瘤子,上帝!

朋友送了我一包莲子,无聊时我捡几颗泡在瓶子里,想,赌不赌一个愿?——要是它们能发芽,我的病就不过是个瘤子。但我战战兢兢地一直没敢赌。谁料几天后莲子竟都发芽。我想好吧我赌!我想其

实我压根儿是倾向于赌的。我想倾向于赌事实上就等于是赌了。我想现在我还敢赌——它们一定能长出叶子！（这是明摆着的。）我每天给它们换水，早晨把它们移到窗台西边，下午再把它们挪到东边，让它们总在阳光里；为此我抓住床栏走，扶住窗台走，几米路我走得大汗淋漓。这事我不说，没人知道。不久，它们长出一片片圆圆的叶子来。"圆"，又是好兆。我更加周到地侍候它们，坐回到床上气喘吁吁地望着它们，夜里醒来在月光中也看看它们：好了，我要转运了。并且忽然注意到"莲"与"怜"谐音，毕恭毕敬地想：上帝终于要对我发发慈悲了吧？这些事我不说没人知道。叶子长出了瓶口，闲人要去摸，我不让，他们硬是摸了呢，我便在心里加倍地祈祷几回。这些事我不说，现在也没人知道。然而科学胜利了，它三番五次地说那儿没有瘤子，没有没有。果然，上帝直接在那条娇嫩的脊髓上做了手脚！定案之日，我像个冤判的屈鬼那样疯狂地作乱，挣扎着站起来，心想干吗不能跑一回给那个没良心的上帝瞧瞧？后果很简单，如果你没摔死你必会明白：确实，你干不过上帝。

　　我终日躺在床上一言不发，心里先是完全的空白，随后由着一个死字去填满。王主任来了。（那个老太太，我永远忘不了她。还有张护士长。8年以后和17年以后，我有两次真的病到了死神门口，全靠这两位老太太又把我抢下来。）我面向墙躺着，王主任坐在我身后许久不说什么，然后说了，话并不多，大意是：还是看看书吧，你不是爱看书吗？人活一天就不要白活。将来你工作了，忙得一点时间都没有，你会后悔这段时光就让它这么白白地过去了。这些话当然并不能打消我的死念，但这些话我将受用终生，在以后的若干年里我频繁地对死神抱有过热情，但在未死之前我一直记得王主任这些话，因而还是去做些事。使我没有去死的原因很多（我在另外的文章里写过），"人活一天就不

史 铁 生
散 文 精 选

要白活"亦为其一,慢慢地去做些事于是慢慢地有了活的兴致和价值感。有一年我去医院看她,把我写的书送给她,她已是满头白发了,退休了,但照常在医院里从早忙到晚。我看着她想,这老太太当年必是心里有数,知道我还不至去死,所以她单给我指一条活着的路。可是我不知道当年我搬离 7 号后,是谁最先在那儿发现过一团电线?并对此作过什么推想?那是个秘密,现在也不必说。假定我那时真的去死了呢?我想找一天去问问王主任。我想,她可能会说"真要去死那谁也管不了",可能会说"要是你找不到活着的价值,迟早还是想死",可能会说"想一想死倒也不是坏事,想明白了倒活得更自由",可能会说"不,我看得出来,你那时离死神还远着呢,因为你有那么多好朋友"。

友谊医院——这名字叫得好。"同仁""协和""博爱""济慈",这样的名字也不错,但或稍嫌冷静,或略显张扬,都不如"友谊"听着那么平易、亲近。也许是我的偏见。21 岁末尾,双腿彻底背叛了我,我没死,全靠着友谊。还在乡下插队的同学不断写信来,软硬兼施劝骂并举,以期激起我活下去的勇气;已转回北京的同学每逢探视日必来看我,甚至非探视日他们也能进来。"怎进来的你们?""咳,闭上一只眼睛想一会儿就进来了。"这群插过队的,当年可以凭一张站台票走南闯北,甭担心还有他们走不通的路。那时我搬到了加号。加号原本不是病房,里面有个小楼梯间,楼梯间弃置不用了,余下的地方仅够放一张床,虽然窄小得像一节烟筒,但毕竟是单间,光景固不可比 10 级,却又非 11 级可比。这又是大夫护士们的一番苦心,见我的朋友太多,都是少男少女难免说笑得不管不顾,既不能影响了别人又不可剥夺了我的快乐,于是给了我 9.5 级的待遇。加号的窗口朝向大街,我的床紧挨着窗,在那儿我度过了 21 岁中最惬意的时光。每天上午我就坐在窗前清清静静地读书,很多名著我都是在那时读到的,也开始

像模像样地学着外语。一过中午,我便直着眼睛朝大街上眺望,尤其注目骑车的年轻人和5路汽车的车站,盼着朋友们来。有那么一阵子我暂时忽略了死神。朋友们来了,带书来,带外面的消息来,带安慰和欢乐来,带新朋友来,新朋友又带新的朋友来,然后都成了老朋友。以后的多少年里,友谊一直就这样在我身边扩展,在我心里深厚。把加号的门关紧,我们自由地嬉笑怒骂,毫无顾忌地议论世界上所有的事,高兴了还可以轻声地唱点什么——陕北民歌,或插队知青自己的歌。晚上朋友们走了,在小台灯幽寂而又喧嚣的光线里,我开始想写点什么,那便是我创作欲望最初的萌生。我一时忘记了死,还因为什么?还因为爱情的影子在隐约地晃动。那影子将长久地在我心里晃动,给未来的日子带来幸福也带来痛苦,尤其带来激情,把一个绝望的生命引领出死谷。无论是幸福还是痛苦,都会成为永远的珍藏和神圣的纪念。

21岁、29岁、38岁,我三进三出友谊医院,我没死,全靠了友谊。后两次不是我想去勾结死神,而是死神对我有了兴趣;我高烧到40多度,朋友们把我抬到友谊医院,内科说没有护理截瘫病人的经验,柏大夫就去找来王主任,找来张护士长,于是我又住进神内病房。尤其是29岁那次,高烧不退,整天昏睡、呕吐,差不多三个月不敢闻饭味,光用血管去喝葡萄糖,血压也不安定,先是低压升到120接着高压又降到60,大夫们一度担心我活不过那年冬天了——肾,好像是接近完蛋的模样,治疗手段又像是接近于无了。我的同学找柏大夫商量,他们又一起去找唐大夫:要不要把这事告诉我父亲?他们决定:不。告诉他,他还不是白着急?然后他们分了工:死的事由我那同学和柏大夫管,等我死了由他们去向我父亲解释;活着的我由唐大夫多多关照。唐大夫说:"好,我以教学的理由留他在这儿,他活一天就还要想一天办法。"真是人不当死鬼神奈何其不得,冬天一过我又活了,看样子极可能活到下一个世纪去。唐大夫就是当年把我接进10号的那个女大夫，就是那个步履轻盈温文尔雅的女大夫，但8年过去她已是两鬓如霜了。又过了9年，我第三次住院时唐大夫已经不在。听说我又来了，科里的老大夫、老护士们都来看我，问候我，夸我的小说写得还不错，跟我叙叙家常，唯唐大夫不能来了。我知道她不能来了，她不在了。我曾摇着轮椅去给她送过一个小花圈，大家都说：她是累死的，她肯定是累死的！我永远记得她把我迎进病房的那个中午，她贴近我的耳边轻轻柔柔地问："午饭吃了没？"倏忽之间，怎么，她已经不在了？她不过才50岁出头。这事真让人哑口无言，总觉得不大说得通，肯定是谁把逻辑摆弄错了。

但愿柏大夫这一代的命运会好些。实际只是当着众多病人时我才叫她柏大夫。平时我叫她"小柏"，她叫我"小史"。她开玩笑时自称是我的"私人保健医生"，不过这不像玩笑这很近实情。近两年我叫她"老柏"她叫我"老史"了。19年前的深秋，病房里新来了个卫生员，梳着短辫儿，戴一条长围巾穿一双黑灯芯绒鞋，虽是一口地道的北京城里话，却满身满脸的乡土气尚未退尽。"你也是插队的？"我问她。"你也是？"听得出来，她早已知道了。"你哪届？""老初二，你呢？""我68，老初一。你哪儿？""陕北。你哪儿？""我内蒙。"这就行了，全明白了，这样的招呼是我们这代人的专利，这样的问答立刻把我们拉近。我料定，几十年后这样的对话仍会在一些白发苍苍的人中间流行，仍是他们之间最亲切的问候和最有效的沟通方式；后世的语言学者会煞费苦心地对此作一番考证，正儿八经地写一篇论文去得一个学位。而我们这代人是怎样得一个学位的呢？十四五岁停学，十七八岁下乡，若干年后回城，得一个最被轻视的工作，但在农村呆过了还有什么工作不能干的呢，同时学心不死业余苦读，好不容易上了个大学，毕业之后又被轻视——因为真不巧你是个"工农兵学员"，你又得设法摘掉

这个帽子,考试考试考试这代人可真没少考试,然后用你加倍的努力让老的少的都服气,用你的实际水平和能力让人们相信你配得上那个学位——比如说,这就是我们这代人得一个学位的典型途径。这还不是最坎坷的途径。"小柏"变成"老柏",那个卫生员成为柏大夫,大致就是这么个途径,我知道,因为我们已是多年的朋友。她的丈夫大体上也是这么走过来的,我们都是朋友了;连她的儿子也叫我"老史"。闲下来细细去品,这个"老史"最令人羡慕的地方,便是一向活在友谊中。真说不定,这与我21岁那年恰恰住进了"友谊"医院有关。

因此偶尔有人说我是活在世外桃源,语气中不免流露了一点讥讽,仿佛这全是出于我的自娱甚至自欺。我颇不以为然。我既非活在世外桃源,也从不相信有什么世外桃源。但我相信世间桃源,世间确有此源,如果没有恐怕谁也就不想再活。倘此源有时弱小下去,依我看,至少讥讽并不能使其强大。千万年来它作为现实,更作为信念,这才不断。它源于心中再流入心中,它施于心又由于心,这才不断。欲其强大,舍心之虔诚又向何求呢?

也有人说我是不是一直活在童话里?语气中既有赞许又有告诫。赞许并且告诫,这很让我信服。赞许既在,告诫并不意指人们之间应该加固一条防线,而只是提醒我:童话的缺憾不在于它太美,而在于它必要走进一个更为纷繁而且严酷的世界,那时只怕它太娇嫩。

事实上在21岁那年,上帝已经这样提醒我了,他早已把他的超级童话和永恒的谜语向我略露端倪。

住在4号时,我见过一个男孩。他那年7岁,家住偏僻的山村,有一天传说公路要修到他家门前了,孩子们都翘首以待好梦联翩。公路终于修到,汽车终于开来,乍见汽车,孩子们惊讶兼着胆怯,远远地看。日子一长孩子便有奇想,发现扒住卡车的尾巴可以威风凛凛地

017

史　铁　生
散 文 精 选

兜风，他们背着父母玩得好快活。可是有一次，只一次，这7岁的男孩失手从车上摔了下来。他住进医院时已经不能跑，四肢肌肉都在萎缩。病房里很寂寞，孩子一瘸一瘸地到处窜；淘得过分了，病友们就说他："你说说你是怎么伤的？"孩子立刻低了头，老老实实地一动不动。"说呀？""说，因为什么？"孩子嗫嚅着。"喂，怎么不说呀？给忘啦？""因为扒汽车。"孩子低声说。"因为淘气。"孩子补充道。他在诚心诚意地承认错误。大家都沉默，除了他自己谁都知道：这孩子伤在脊髓上，那样的伤是不可逆的。孩子仍不敢动，规规矩矩地站着，用一双正在萎缩的小手擦眼泪。终于会有人先开口，语调变得哀柔："下次还淘不淘了？"孩子很熟悉这样的宽容或原谅，马上使劲摇头："不，不，不了！"同时松了一口气。但这一回不同以往，怎么没有人接着向他允诺"好啦，只要改了就还是好孩子"呢？他睁大眼睛去看每一个大人，那意思是：还不行么？再不淘气了还不行么？他不知道，他还不懂，命运中有一种错误是只能犯一次的，并没有改正的机会，命运中有一种并非是错误的错误（比如淘气，是什么错误呢？），但这却是不被原谅的。那孩子小名叫"五蛋"，我记得他，那时他才7岁，他不知道，他还不懂。未来，他势必有一天会知道，可他势必有一天就会懂吗？但无论如何，那一天就是一个童话的结尾。在所有童话的结尾处，让我们这样理解吧：上帝为了锤炼生命，将布设下一个残酷的谜语。

住在6号时，我见过有一对恋人。那时他们正是我现在的年纪，40岁。他们是大学同学。男的24岁时本来就要出国留学，日期已定，行装都备好了，可命运无常，不知因为什么屁大的一点事不得不拖延一个月，偏就在这一个月里因为一次医疗事故他瘫痪了。女的对他一往情深，等着他，先是等着他病好，没等到；然后还等着他，等着他同意跟她结婚，还是没等到。外界的和内心的阻力重重，一年一年，男的既盼着她来又说服着她走。但一年一年，病也难逃爱也难逃，女

的就这么一直等着。有一次她狠了狠心,调离北京到外地去工作了,但是斩断感情却不这么简单,而且再想调回北京也不这么简单,女的只要有三天假期也迢迢千里地往北京跑。男的那时病更重了,全身都不能动了,和我同住一个病室。女的走后,男的对我说过:你要是爱她,你就不能害她,除非你不爱她,可那你又为什么要结婚呢?男的睡着了,女的对我说过:我知道他这是爱我,可他不明白其实这是害我,我真想一走了事,我试过,不行,我知道我没法不爱他。女的走了男的又对我说过:不不,她还年轻,她还有机会,她得结婚,她这人不能没有爱。男的睡了女的又对我说过:可什么是机会呢?机会不在外边而在心里,结婚的机会有可能在外边,可爱情的机会只能在心里。女的不在时,我把她的话告诉男的,男的默然垂泪。我问他:"你干吗不能跟她结婚呢?"他说:"这你还不懂。"他说:"这很难说得清,因为你活在整个这个世界上。"他说:"所以,有时候这不是光由两个人就能决定的。"我那时确实还不懂。我找到机会又问女的:"为什么不是两个人就能决定的?"她说:"不,我不这么认为。"她说:"不过确实,有时候这确实很难。"她沉吟良久,说:"真的,跟你说你现在也不懂。"19年过去了,那对恋人现在该已经都是老人。我不知道现在他们各自在哪儿,我只听说他们后来还是分手了。19年中,我自己也有过爱情的经历了,现在要是有个21岁的人问我爱情都是什么?大概我也只能回答:真的,这可能从来就不是能说得清的。无论它是什么,它都很少属于语言,而是全部属于心的。还是那位台湾作家三毛说得对:爱如禅,不能说不能说,一说就错。那也是在一个童话的结尾处,上帝为我们能够永远地追寻着活下去,而设置的一个残酷却诱人的谜语。

21岁过去,我被朋友们抬着出了医院,这是我走进医院时怎么也没料到的。我没有死,也再不能走,对未来怀着希望也怀着恐惧。在以后的年月里,还将有很多我料想不到的事发生,我仍旧有时候默念着"上帝保佑"而陷入茫然。但是有一天我认识了神,他有一个更为具体的名字——精神。在科学的迷茫之处,在命运的混沌之点,人唯有乞灵于自己的精神。不管我们信仰什么,都是我们自己的精神的描述和引导。

1990 年 12 月 7 日

地坛卷

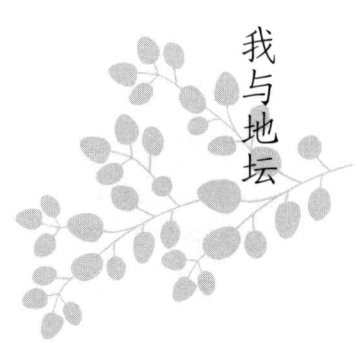

我与地坛

一

　　我在好几篇小说中都提到过一座废弃的古园,实际就是地坛。许多年前旅游业还没有开展,园子荒芜冷落得如同一片野地,很少被人记起。

　　地坛离我家很近。或者说我家离地坛很近。总之,只好认为这是缘分。地坛在我出生前四百多年就坐落在那儿了;而自从我的祖母年轻时带着我父亲来到北京,就一直住在离它不远的地方——五十多年间搬过几次家,可搬来搬去总是在它周围,而且是越搬离它越近了。我常觉得这中间有着宿命的味道:仿佛这古园就是为了等我,而历尽沧桑在那儿等待了四百多年。

　　它等待我出生,然后又等待我活到最狂妄的年龄上忽地残废了双腿。四百多年里,它一面剥蚀了古殿檐头浮夸的琉璃,淡褪了门壁上炫耀的朱红,坍圮了一段段高墙又散落了玉砌雕栏,祭坛四周的老柏树愈见苍幽,到处的野草荒藤也都茂盛得自在坦荡。这时候想必我是

史　铁　生
散　文　精　选

该来了。十五年前的一个下午,我摇着轮椅进入园中,它为一个失魂落魄的人把一切都准备好了。那时,太阳循着亘古不变的路途正越来越大,也越红。在满园弥漫的沉静光芒中,一个人更容易看到时间,并看见自己的身影。

自从那个下午我无意中进了这园子,就再没长久地离开过它。我一下子就理解了它的意图,正如我在一篇小说中所说的:"在人口密聚的城市里,有这样一个宁静的去处,像是上帝的苦心安排。"

两条腿残废后的最初几年,我找不到工作,找不到去路,忽然间几乎什么都找不到了,我就摇了轮椅总是到它那儿去,仅为着那儿是可以逃避一个世界的另一个世界。我在那篇小说中写道:"没处可去我便一天到晚耗在这园子里。跟上班下班一样,别人去上班我就摇了轮椅到这儿来。园子无人看管,上下班时间有些抄近路的人们从园中穿过,园子里活跃一阵,过后便沉寂下来。""园墙在金晃晃的空气中斜切下一溜荫凉,我把轮椅开进去,把椅背放倒,坐着或是躺着,看书或者想事,撅一权树枝左右拍打,驱赶那些和我一样不明白为什么要来这世上的小昆虫。""蜂儿如一朵小雾稳稳地停在半空;蚂蚁摇头晃脑捋着触须,猛然间想透了什么,转身疾行而去;瓢虫爬得不耐烦了,累了,祈祷一回便支开翅膀,忽悠一下升空了;树干上留着一只蝉蜕,寂寞如一间空屋,露水在草叶上滚动,聚集,压弯了草叶轰然坠地摔开万道金光。""满园子都是草木竞相生长弄出的响动,窸窸窣窣,片刻不息。"这都是真实的记录,园子荒芜但并不衰败。

除去几座殿堂我无法进去,除去那座祭坛我不能上去而只能从各个角度张望它,地坛的每一棵树下我都去过,差不多它的每一米草地上都有过我的车轮印。无论是什么季节,什么天气,什么时间,我都在这园子里呆过。有时候呆一会儿就回家,有时候就呆到满地上都亮起月光。记不清都是在它的哪些角落里了,我一连几小时专心致志地

自从那个下午我无意中进了这园子,就再没长久地离开过它。我一下子就理解了它的意图,正如我在一篇小说中所说的:"在人口密聚的城市里,有这样一个宁静的去处,像是上帝的苦心安排。"

它们是一片朦胧的温馨与寂寥,是一片成熟的希望与绝望,它们的领地只有两处:心与坟墓。

想关于死的事，也以同样的耐心和方式想过我为什么要出生。这样想了好几年，最后事情终于弄明白了：一个人，出生了，这就不再是一个可以辩论的问题，而只是上帝交给他的一个事实；上帝在交给我们这件事实的时候，已经顺便保证了它的结果，所以死是一件不必急于求成的事，死是一个必然会降临的节日。这样想过之后我安心多了，眼前的一切不再那么可怕。比如你起早熬夜准备考试的时候，忽然想起有一个长长的假期在前面等待你，你会不会觉得轻松一点？并且庆幸并且感激这样的安排？

剩下的就是怎样活的问题了。这却不是在某一个瞬间就能完全想透的，不是能够一次性解决的事，怕是活多久就要想它多久了，就像是伴你终生的魔鬼或恋人。所以，十五年了，我还是总得到那古园里去，去它的老树下或荒草边或颓墙旁，去默坐，去呆想，去推开耳边的嘈杂理一理纷乱的思绪，去窥看自己的心魂。十五年中，这古园的形体被不能理解它的人肆意雕琢，幸好有些东西是任谁也不能改变它的。譬如祭坛石门中的落日，寂静的光辉平铺的一刻，地上的每一个坎坷都被映照得灿烂；譬如在园中最为落寞的时间，一群雨燕便出来高歌，把天地都叫喊得苍凉；譬如冬天雪地上孩子的脚印，总让人猜想他们是谁，曾在那儿做过些什么，然后又都到哪儿去了；譬如那些苍黑的古柏，你忧郁的时候它们镇静地站在那儿，你欣喜的时候它们依然镇静地站在那儿，它们没日没夜地站在那儿，从你没有出生一直站到这个世界上又没了你的时候；譬如暴雨骤临园中，激起一阵阵灼烈而清纯的草木和泥土的气味，让人想起无数个夏天的事件；譬如秋风忽至，再有一场早霜，落叶或飘摇歌舞或坦然安卧，满园中播散着熨帖而微苦的味道。味道是最说不清楚的，味道不能写只能闻，要你身临其境去闻才能明了。味道甚至是难于记忆的，只有你又闻到它你才能记起它的全部情感和意蕴。所以我常常要到那园子里去。

二

现在我才想到，当年我总是独自跑到地坛去，曾经给母亲出了一个怎样的难题。

她不是那种光会疼爱儿子而不懂得理解儿子的母亲。她知道我心里的苦闷，知道不该阻止我出去走走，知道我要是老呆在家里结果会更糟，但她又担心我一个人在那荒僻的园子里整天都想些什么。我那时脾气坏到极点，经常是发了疯一样地离开家，从那园子里回来又中了魔似的什么话都不说。母亲知道有些事不宜问，便犹犹豫豫地想问而终于不敢问，因为她自己心里也没有答案。她料想我不会愿意她跟我一同去，所以她从未这样要求过，她知道得给我一点独处的时间，得有这样一段过程。她只是不知道这过程得要多久，和这过程的尽头究竟是什么。每次我要动身时，她便无言地帮我准备，帮助我上了轮椅车，看着我摇车拐出小院，这以后她会怎样，当年我不曾想过。

有一回我摇车出了小院，想起一件什么事又返身回来，看见母亲仍站在原地，还是送我走时的姿势，望着我拐出小院去的那处墙角，对我的回来竟一时没有反应。待她再次送我出门的时候，她说："出去活动活动，去地坛看看书，我说这挺好。"许多年以后我才渐渐听出，母亲这话实际是自我安慰，是暗自的祷告，是给我的提示，是恳求与嘱咐。只是在她猝然去世之后，我才有余暇设想，当我不在家里的那些漫长的时间，她是怎样心神不定坐卧难宁，兼着痛苦与惊恐与一个母亲最低限度的祈求。现在我可以断定，以她的聪慧和坚忍，在那些空落的白天后的黑夜，在那不眠的黑夜后的白天，她思来想去最后准是对自己说："反正我不能不让他出去，未来的日子是他自己的，如果他真的要在那园子里出什么事，这苦难也只好我来承担。"在那段日子

里——那是好几年长的一段日子呵,我想我一定使母亲作过了最坏的准备了,但她从来没有对我说过"你为我想想"。事实上我也真的没为她想过。那时她的儿子还太年轻,还来不及为母亲想,他被命运击昏了头,一心以为自己是世上最不幸的一个,不知道儿子的不幸在母亲那儿总是要加倍的。她有一个长到二十岁上忽然截瘫了的儿子,这是她唯一的儿子;她情愿截瘫的是自己而不是儿子,可这事无法代替。她想,只要儿子能活下去哪怕自己去死呢也行,可她又确信一个人不能仅仅是活着,儿子得有一条路走向自己的幸福,而这条路呢,没有谁能保证她的儿子终于能找到。——这样一个母亲,注定是活得最苦的母亲。

有一次与一个作家朋友聊天,我问他学写作的最初动机是什么?他想了一会说:"为我母亲。为了让她骄傲。"我心里一惊,良久无言。回想自己最初写小说的动机,虽不似这位朋友的那般单纯,但如他一样的愿望我也有,且一经细想,发现这愿望也在全部动机中占了很大比重。这位朋友说:"我的动机太低俗了吧?"我光是摇头,心想低俗并不见得低俗,只怕是这愿望过于天真了。他又说:"我那时真就是想出名,出了名让别人羡慕我母亲。"我想,他比我坦率。我想,他又比我幸福,因为他的母亲还活着。而且我想,他的母亲也比我的母亲运气好,他的母亲没有一个双腿残废的儿子,否则事情就不这简单。

在我的头一篇小说发表的时候,在我的小说第一次获奖的那些日子里,我真是多么希望我的母亲还活着。我便又不能在家里呆了,又整天整天独自跑到地坛去,心里是没头没尾的沉郁和哀怨,走遍整个园子却怎么也想不通:母亲为什么就不能再多活两年?为什么在她的儿子就快要碰撞开一条路的时候,她却忽然熬不住了?莫非她来此世上只是为了替儿子担忧,却不该分享我的一点点快乐?她匆匆离我去时才只有四十九岁呀!有那么一会,我甚至对世界对上帝充满了仇恨

史　铁　生
散 文 精 选

和厌恶。后来我在一篇题为"合欢树"的文章中写道："我坐在小公园安静的树林里，闭上眼睛，想，上帝为什么早早地召母亲回去呢？很久很久，迷迷糊糊的我听见了回答：'她心里太苦了，上帝看她受不住了，就召她回去。'我似乎得了一点安慰，睁开眼睛，看见风正从树林里穿过。"小公园，指的也是地坛。

只是到了这时候，纷纭的往事才在我眼前幻现得清晰，母亲的苦难与伟大才在我心中渗透得深彻。上帝的考虑，也许是对的。

摇着轮椅在园中慢慢走，又是雾罩的清晨，又是骄阳高悬的白昼，我只想着一件事：母亲已经不在了。在老柏树旁停下，在草地上在颓墙边停下，又是处处虫鸣的午后，又是鸟儿归巢的傍晚，我心里只默念着一句话：可是母亲已经不在了。把椅背放倒，躺下，似睡非睡挨到日没，坐起来，心神恍惚，呆呆地直坐到古祭坛上落满黑暗然后再渐渐浮起月光，心里才有点明白：母亲不能再来这园中找我了。

曾有过好多回，我在这园子里呆得太久了，母亲就来找我。她来找我又不想让我发觉，只要见我还好好地在这园子里，她就悄悄转身回去；我看见过几次她的背影。我也看见过几回她四处张望的情景，她视力不好，端着眼镜像在寻找海上的一条船；她没看见我时我已经看见她了，待我看见她也看见我了我就不去看她，过一会我再抬头看她就又看见她缓缓离去的背影。我单是无法知道有多少回她没有找到我。有一回我坐在矮树丛中，树丛很密，我看见她没有找到我，她一个人在园子里走，走过我的身旁，走过我经常呆的一些地方，步履茫然又急迫。我不知道她已经找了多久还要找多久，我不知道为什么我决意不喊她——但这绝不是小时候的捉迷藏，这也许是出于长大了的男孩子的倔强或羞涩？但这倔强只留给我痛悔，丝毫也没有骄傲。我真想告诫所有长大了的男孩子，千万不要跟母亲来这套倔强，羞涩就更不必，我已经懂了可我已经来不及了。

儿子想使母亲骄傲，这心情毕竟是太真实了，以致使"想出名"这一声名狼藉的念头也多少改变了一点形象。这是个复杂的问题，且不去管它了罢。随着小说获奖的激动逐日暗淡，我开始相信，至少有一点我是想错了：我用纸笔在报刊上碰撞开的一条路，并不就是母亲盼望我找到的那条路。年年月月我都到这园子里来，年年月月我都要想，母亲盼望我找到的那条路到底是什么。母亲生前没给我留下过什么隽永的哲言，或要我恪守的教诲，只是在她去世之后，她艰难的命运、坚忍的意志和毫不张扬的爱，随光阴流转，在我的印象中愈加鲜明深刻。

有一年，十月的风又翻动起安详的落叶，我在园中读书，听见两个散步的老人说："没想到这园子有这么大。"我放下书，想，这么大一座园子，要在其中找到她的儿子，母亲走过了多少焦灼的路。多年来我头一次意识到，这园中不单是处处都有过我的车辙，有过我的车辙的地方也都有过母亲的脚印。

三

如果以一天中的时间来对应四季，当然春天是早晨，夏天是中午，秋天是黄昏，冬天是夜晚。如果以乐器来对应四季，我想春天应该是小号，夏天是定音鼓，秋天是大提琴，冬天是圆号和长笛。要是以这园子里的声响来对应四季呢？那么，春天是祭坛上空漂浮着的鸽子的哨音，夏天是冗长的蝉歌和杨树叶子哗啦啦地对蝉歌的取笑，秋天是古殿檐头的风铃响，冬天是啄木鸟随意而空旷的啄木声。以园中的景物对应四季，春天是一径时而苍白时而黑润的小路，时而明朗时而阴晦的天上摇荡着串串杨花；夏天是一条条耀眼而灼人的石凳，或阴凉而爬满了青苔的石阶，阶下有果皮，阶上有半张被坐皱的报纸；秋天是一座青铜的大钟，在园子的西北角上曾丢弃着一座很大的铜钟，铜

史　铁　生
散　文　精　选

钟与这园子一般年纪，浑身挂满绿锈，文字已不清晰；冬天，是林中空地上几只羽毛蓬松的老麻雀。以心绪对应四季呢？春天是卧病的季节，否则人们不易发觉春天的残忍与渴望；夏天，情人们应该在这个季节里失恋，不然就似乎对不起爱情；秋天是从外面买一棵盆花回家的时候，把花搁在阔别了的家中，并且打开窗户把阳光也放进屋里，慢慢回忆慢慢整理一些发过霉的东西；冬天伴着火炉和书，一遍遍坚定不死的决心，写一些并不发出的信。还可以用艺术形式对应四季，这样春天就是一幅画，夏天是一部长篇小说，秋天是一首短歌或诗，冬天是一群雕塑。以梦呢？以梦对应四季呢？春天是树尖上的呼喊，夏天是呼喊中的细雨，秋天是细雨中的土地，冬天是干净的土地上一只孤零的烟斗。

因为这园子，我常感恩于自己的命运。

我甚至现在就能清楚地看见，一旦有一天我不得不长久地离开它，我会怎样想念它，我会怎样想念它并且梦见它，我会怎样因为不敢想念它而梦也梦不到它。

四

现在让我想想，十五年中坚持到这园子来的人都有谁呢？好像只剩了我和一对老人。

十五年前，这对老人还只能算是中年夫妇，我则货真价实还是个青年。他们总在薄暮时分来园中散步，我不大弄得清他们是从哪边的园门进来，一般来说他们是逆时针绕这园子走。男人个子很高，肩宽腿长，走起路来目不斜视，胯以上直至脖颈挺直不动；他的妻子攀了他一条胳膊走，也不能使他的上身稍有松懈。女人个子却矮，也不算漂亮，我无端地相信她必出身于家道中衰的名门富族；她攀在丈夫胳膊上像个娇弱的孩子,她向四周观望似总含着恐惧,她轻声与丈夫谈话,见有人走近就立刻怯怯地收住话头。我有时因为他们而想起冉阿让与柯赛特,但这想法并不巩固,他们一望即知是老夫老妻。两个人的穿着都算得上考究,但由于时代的演进,他们的服饰又可以称为古朴了。他们和我一样,到这园子里来几乎是风雨无阻,不过他们比我守时。我什么时间都可能来,他们则一定是在暮色初临的时候。刮风时他们穿了米色风衣,下雨时他们打了黑色的雨伞,夏天他们的衬衫是白色的裤子是黑色的或米色的,冬天他们的呢子大衣又都是黑色的,想必他们只喜欢这三种颜色。他们逆时针绕这园子一周,然后离去。他们走过我身旁时只有男人的脚步响,女人像是贴在高大的丈夫身上跟着漂移。我相信他们一定对我有印象,但是我们没有说过话,我们互相都没有想要接近的表示。十五年中,他们或许注意到一个小伙子进入了中年,我则看着一对令人羡慕的中年情侣不觉中成了两个老人。

曾有过一个热爱唱歌的小伙子,他也是每天都到这园中来,来唱歌,唱了好多年,后来不见了。他的年纪与我相仿,他多半是早晨来,唱半小时或整整唱一个上午,估计在另外的时间里他还得上班。我们经常在祭坛东侧的小路上相遇,我知道他是到东南角的高墙下去唱歌,他一定猜想我去东北角的树林里做什么。我找到我的地方,抽几口烟,便听见他谨慎地整理歌喉了。他反反复复唱那么几首歌。文化革命没过去的时候,他唱"蓝蓝的天上白云飘,白云下面马儿跑……"我老也记不住这歌的名字。"文革"后,他唱《货郎与小姐》中那首最为流传的咏叹调。"卖布——卖布嘞,卖布——卖布嘞!"我记得这开头的一句他唱得很有声势,在早晨清澈的空气中,货郎跑遍园中的每一个角落去恭维小姐。"我交了好运气,我交了好运气,我为幸福唱歌曲……"然后他就一遍一遍地唱,不让货郎的激情稍减。依我听来,他的技术不算精到,在关键的地方常出差错,但他的嗓子是相当不坏的,而且

史　铁　生
散　文　精　选

唱一个上午也听不出一点疲惫。太阳也不疲惫，把大树的影子缩小成一团，把疏忽大意的蚯蚓晒干在小路上。将近中午，我们又在祭坛东侧相遇，他看一看我，我看一看他，他往北去，我往南去。日子久了，我感到我们都有结识的愿望，但似乎都不知如何开口，于是互相注视一下终又都移开目光擦身而过，这样的次数一多，便更不知如何开口了。终于有一天——一个丝毫没有特点的日子，我们互相点了一下头。他说："你好。"我说："你好。"他说："回去啦？"我说："是，你呢？"他说："我也该回去了。"我们都放慢脚步（其实我是放慢车速），想再多说几句，但仍然是不知从何说起，这样我们就都走过了对方，又都扭转身子面向对方。他说："那就再见吧。"我说："好，再见。"便互相笑笑各走各的路了。但是我们没有再见，那以后，园中再没了他的歌声，我才想到，那天他或许是有意与我道别的，也许他考上哪家专业的文工团或歌舞团了吧？真希望他如他歌里所唱的那样，交了好运气。

　　还有一些人，我还能想起一些常到这园子里来的人。有一个老头，算得一个真正的饮者；他在腰间挂一个扁瓷瓶，瓶里当然装满了酒，常来这园中消磨午后的时光。他在园中四处游逛，如果你不注意你会以为园中有好几个这样的老头，等你看过了他卓尔不群的饮酒情状，你就会相信这是个独一无二的老头。他的衣着过分随便，走路的姿态也不慎重，走上五六十米路便选定一处地方，一只脚踏在石凳上或土墩上或树墩上，解下腰间的酒瓶，解酒瓶的当儿眯起眼睛把一百八十度视角内的景物细细看一遭，然后以迅雷不及掩耳之势倒一大口酒入肚，把酒瓶摇一摇再挂向腰间，平心静气地想一会什么，便走下一个五六十米去。还有一个捕鸟的汉子，那岁月园中人少，鸟却多，他在西北角的树丛中拉一张网，鸟撞在上面，羽毛戗在网眼里便不能自拔。他单等一种过去很多而现在非常罕见的鸟，其它的鸟撞在网上他就把它们摘下来放掉，他说已经有好多年没等到那种罕见的鸟了，他说他再等一年看看到底还有没有那种鸟，结果他又等了好多年。早晨和傍晚，在这园子里可以看见一个中年女工程师，早晨她从北向南穿过这园子去上班，傍晚她从南向北穿过这园子回家。事实上我并不了解她的职业或者学历，但我以为她必是个学理工的知识分子，别样的人很难有她那般的素朴并优雅。当她在园中穿行的时刻，四周的树林也仿佛更加幽静，清淡的日光中竟似有悠远的琴声，比如说是那曲《献给艾丽丝》才好。我没有见过她的丈夫，没有见过那个幸运的男人是什么样子，我想象过却想象不出，后来忽然懂了想象不出才好，那个男人最好不要出现。她走出北门回家去，我竟有点担心，担心她会落入厨房，不过，也许她在厨房里劳作的情景更有另外的美吧，当然不能再是《献给艾丽丝》，是个什么曲子呢？还有一个人，是我的朋友，他是个最有天赋的长跑家，但他被埋没了。他因为在"文革"中出言不慎而坐了几年牢，出来后好不容易找了个拉板车的工作，样样待遇都不能与别人平等，苦闷极了便练习长跑。那时他总来这园子里跑，我用手表为他计时，他每跑一圈向我招一下手，我就记下一个时间。每次他要环绕这园子跑二十圈，大约两万米。他盼望以他的长跑成绩来获得政治上真正的解放，他以为记者的镜头和文字可以帮他做到这一点。第一年他在春节环城赛上跑了第十五名，他看见前十名的照片都挂在了长安街的新闻橱窗里，于是有了信心。第二年他跑了第四名，可是新闻橱窗里只挂了前三名的照片，他没灰心。第三年他跑了第七名，橱窗里挂前六名的照片，他有点怨自己。第四年他跑了第三名，橱窗里却只挂了第一名的照片。第五年他跑了第一名——他几乎绝望了，橱窗里只有一幅环城赛群众场面的照片。那些年我们俩常一起在这园子里呆到天黑，开怀痛骂，骂完沉默着回家，分手时再互相叮嘱：先别去死，再试着活一活看。现在他已经不跑了，年岁太大了，跑不了那么快了。最后一次参加环城赛，他以38岁之龄又得了第一名并且

史　铁　生
散　文　精　选

破了纪录,有一位专业队的教练对他说:"我要是十年前发现你就好了。"他苦笑一下什么也没说,只在傍晚又来这园中找到我,把这事平静地向我叙说一遍。不见他已有好几年了,现在他和妻子和儿子住在很远的地方。

  这些人现在都不到园子里来了,园子里差不多完全换了一批新人。十五年前的旧人,现在就剩我和那对老夫老妻了。有那么一段时间,这老夫老妻中的一个也忽然不来,薄暮时分唯男人独自来散步,步态也明显迟缓了许多,我悬心了很久,怕是那女人出了什么事。幸好过了一个冬天那女人又来了,两个人仍是逆时针绕着园子走,一长一短两个身影恰似钟表的两支指针;女人的头发白了很多,但依旧攀着丈夫的胳膊走得像个孩子。"攀"这个字用得不恰当了,或许可以用"搀"吧,不知有没有兼具这两个意思的字。

五

  我也没有忘记一个孩子——一个漂亮而不幸的小姑娘。十五年前的那个下午,我第一次到这园子里来就看见了她,那时她大约三岁,蹲在斋宫西边的小路上捡树上掉落的"小灯笼"。那儿有几棵大栾树,春天开一簇簇细小而稠密的黄花,花落了便结出无数如同三片叶子合抱的小灯笼,小灯笼先是绿色,继而转白,再变黄,成熟了掉落得满地都是。小灯笼精巧得令人爱惜,成年人也不免捡了一个还要捡一个。小姑娘咿咿呀呀地跟自己说着话,一边捡小灯笼。她的嗓音很好,不是她那个年龄所常有的那般尖细,而是很圆润甚或是厚重,也许是因为那个下午园子里太安静了。我奇怪这么小的孩子怎么一个人跑来这园子里?我问她住在哪儿?她随手指一下,就喊她的哥哥,沿墙根一带的茂草之中便站起一个七八岁的男孩,朝我望望,看我不像坏人便对他的妹妹说"我在这儿呢",又伏下身去;他在捉什么虫子。他捉到螳螂、蚂蚱、知了和蜻蜓,来取悦他的妹妹。有那么两三年,我经常在那几棵大栾树下见到他们,兄妹俩总是在一起玩,玩得和睦融洽,都渐渐长大了些。之后有很多年没见到他们。我想他们都在学校里吧,小姑娘也到了上学的年龄,必是告别了孩提时光,没有很多机会来这儿玩了。这事很正常,没理由太搁在心上,若不是有一年我又在园中见到他们,肯定就会慢慢把他们忘记。

那是个礼拜日的上午。那是个晴朗而令人心碎的上午,时隔多年,我竟发现那个漂亮的小姑娘原来是个弱智的孩子。我摇着车到那几棵大栾树下去,恰又是遍地落满了小灯笼的季节。当时我正为一篇小说的结尾所苦,既不知为什么要给它那样一个结尾,又不知何以忽然不想让它有那样一个结尾,于是从家里跑出来,想依靠着园中的镇静,看看是否应该把那篇小说放弃。我刚刚把车停下,就见前面不远处有几个人在戏耍一个少女,作出怪样子来吓她,又喊又笑地追逐她拦截她,少女在几棵大树间惊惶地东跑西躲,却不松手揪卷在怀里的裙裾,两条腿袒露着也似毫无察觉。我看出少女的智力是有些缺陷,却还没看出她是谁。我正要驱车上前为少女解围,就见远处飞快地骑车来了个小伙子,于是那几个戏耍少女的家伙望风而逃。小伙子把自行车支在少女近旁,怒目望着那几个四散逃窜的家伙,一声不吭喘着粗气,脸色如暴雨前的天空一样一会比一会苍白。这时我认出了他们,小伙子和少女就是当年那对小兄妹。我几乎是在心里惊叫了一声,或者是哀号。世上的事常常使上帝的居心变得可疑。小伙子向他的妹妹走去。少女松开了手,裙裾随之垂落下来,很多很多她捡的小灯笼便洒落一地,铺散在她脚下。她仍然算得漂亮,但双眸迟滞没有光彩。她呆呆地望着那群跑散的家伙,望着极目之处的空寂,凭她的智力绝不可能把这个世界想明白吧?大树下,破碎的阳光星星点点,风把遍地的小灯笼

035

史　铁　生
散　文　精　选

吹得滚动,仿佛喑哑地响着的无数小铃铛。哥哥把妹妹扶上自行车后座,带着她无言地回家去了。

无言是对的。要是上帝把漂亮和弱智这两样东西都给了这个小姑娘,就只有无言和回家去是对的。

谁又能把这世界想个明白呢?世上的很多事是不堪说的。你可以抱怨上帝何以要降诸多苦难给这人间,你也可以为消灭种种苦难而奋斗,并为此享有崇高与骄傲,但只要你再多想一步你就会坠入深深的迷茫了:假如世界上没有了苦难,世界还能够存在么?要是没有愚钝,机智还有什么光荣呢?要是没了丑陋,漂亮又怎么维系自己的幸运?要是没有了恶劣和卑下,善良与高尚又将如何界定自己如何成为美德呢?要是没有了残疾,健全会否因其司空见惯而变得腻烦和乏味呢?我常梦想着在人间彻底消灭残疾,但可以相信,那时将由患病者代替残疾人去承担同样的苦难。如果能够把疾病也全数消灭,那么这份苦难又将由(比如说)相貌丑陋的人去承担了。就算我们连丑陋、连愚昧和卑鄙和一切我们所不喜欢的事物和行为,也都可以统统消灭掉,所有的人都一样健康、漂亮、聪慧、高尚,结果会怎样呢?怕是人间的剧目就全要收场了,一个失去差别的世界将是一条死水,是一块没有感觉也没有肥力的沙漠。

看来差别永远是要有的。看来就只好接受苦难——人类的全部剧目需要它,存在的本身需要它。看来上帝又一次对了。

于是就有一个最令人绝望的结论等在这里:由谁去充任那些苦难的角色?又由谁去体现这世间的幸福、骄傲和欢乐?只好听凭偶然,是没有道理好讲的。

就命运而言,休论公道。

那么,一切不幸命运的救赎之路在哪里呢?

设若智慧或悟性可以引领我们去找到救赎之路,难道所有的人都

能够获得这样的智慧和悟性吗?

我常以为是丑女造就了美人。我常以为是愚氓举出了智者。我常以为是懦夫衬照了英雄。我常以为是众生度化了佛祖。

六

设若有一位园神,他一定早已注意到了,这么多年我在这园里坐着,有时候是轻松快乐的,有时候是沉郁苦闷的,有时候优哉游哉,有时候凄惶落寞,有时候平静而且自信,有时候又软弱,又迷茫。其实总共只有三个问题交替着来骚扰我,来陪伴我。第一个是要不要去死?第二个是为什么活?第三个,我干吗要写作?

现在让我看看,它们迄今都是怎样编织在一起的吧。

你说,你看穿了死是一件无需乎着急去做的事,是一件无论怎样耽搁也不会错过的事,便决定活下去试试?是的,至少这是很关键的因素。为什么要活下去试试呢?好像仅仅是因为不甘心,机会难得,不试白不试,腿反正是完了,一切仿佛都要完了,但死神很守信用,试一试不会额外再有什么损失。说不定倒有额外的好处呢是不是?我说过,这一来我轻松多了,自由多了。为什么要写作呢?"作家"是两个被人看重的字,这谁都知道。为了让那个躲在园子深处坐轮椅的人,有朝一日在别人眼里也稍微有点光彩,在众人眼里也能有个位置,哪怕那时再去死呢也就多少说得过去了。开始的时候就是这样想,这不用保密。这些现在不用保密了。

我带着本子和笔,到园中找一个最不为人打扰的角落,偷偷地写。那个爱唱歌的小伙子在不远的地方一直唱。要是有人走过来,我就把本子合上把笔叼在嘴里。我怕写不成反落得尴尬。我很要面子。可是你写成了,而且发表了。人家说我写的还不坏,他们甚至说:真没想

史 铁 生
散 文 精 选

到你写得这么好。我心说你们没想到的事还多着呢。我确实有整整一宿高兴得没合眼。我很想让那个唱歌的小伙子知道，因为他的歌也毕竟是唱得不错。我告诉我的长跑家朋友的时候，那个中年女工程师正优雅地在园中穿行。长跑家很激动，他说好吧，我玩命跑，你玩命写。这一来你中了魔了，整天都在想哪一件事可以写，哪一个人可以让你写成小说。是中了魔了，我走到哪儿想到哪儿，在人山人海里只寻找小说，要是有一种小说试剂就好了，见人就滴两滴看他是不是一篇小说，要是有一种小说显影液就好了，把它泼满全世界看看都是哪儿有小说，中了魔了，那时我完全是为了写作活着。结果你又发表了几篇，并且出了一点小名，可这时你越来越感到恐慌。我忽然觉得自己活得像个人质，刚刚有点像个人了却又过了头，像个人质，被一个什么阴谋抓了来当人质，不定哪天就被处决，不定哪天就完蛋。你担心要不了多久你就会文思枯竭，那样你就又完了。凭什么我总能写出小说来呢？凭什么那些适合作小说的生活素材就总能送到一个截瘫者跟前来呢？人家满世界跑都有枯竭的危险，而我坐在这园子里凭什么可以一篇接一篇地写呢？你又想到死了。我想见好就收吧。当一名人质实在是太累了太紧张了，太朝不保夕了。我为写作而活下来，要是写作到底不是我应该干的事，我想我再活下去是不是太冒傻气了？你这么想着你却还在绞尽脑汁地想写。我好歹又拧出点水来，从一条快要晒干的毛巾上。恐慌日甚一日，随时可能完蛋的感觉比完蛋本身可怕多了，所谓不怕贼偷就怕贼惦记，我想人不如死了好，不如不出生的好，不如压根儿没有这个世界的好。可你并没有去死。我又想到那是一件不必着急的事。可是不必着急的事并不证明是一件必要拖延的事呀？你总是决定活下来，这说明什么？是的，我还是想活。人为什么活着？因为人想活着，说到底是这么回事，人真正的名字叫作：欲望。可我不怕死，有时候我真的不怕死。有时候，——说对了。不怕死和想去死

是两回事，有时候不怕死的人是有的，一生下来就不怕死的人是没有的。我有时候倒是怕活。可是怕活不等于不想活呀？可我为什么还想活呢？因为你还想得到点什么，你觉得你还是可以得到点什么的，比如说爱情，比如说价值感之类，人真正的名字叫欲望。这不对吗？我不该得到点什么吗？没说不该。可我为什么活得恐慌，就像个人质？后来你明白了，你明白你错了，活着不是为了写作，而写作是为了活着。你明白了这一点是在一个挺滑稽的时刻。那天你又说你不如死了好，你的一个朋友劝你：你不能死，你还得写呢，还有好多好作品等着你去写呢。这时候你忽然明白了，你说：只是因为我活着，我才不得不写作。或者说只是因为你还想活下去，你才不得不写作。是的，这样说过之后我竟然不那么恐慌了。就像你看穿了死之后所得的那份轻松？一个人质报复一场阴谋的最有效的办法是把自己杀死。我看出我得先把我杀死在市场上，那样我就不用参加抢购题材的风潮了。你还写吗？还写。你真的不得不写吗？人都忍不住要为生存找一些牢靠的理由。你不担心你会枯竭了？我不知道，不过我想，活着的问题在死之前是完不了的。

这下好了，您不再恐慌了不再是个人质了，您自由了。算了吧你，我怎么可能自由呢？别忘了人真正的名字是：欲望。所以您得知道，消灭恐慌的最有效的办法就是消灭欲望。可是我还知道，消灭人性的最有效的办法也是消灭欲望。那么，是消灭欲望同时也消灭恐慌呢，还是保留欲望同时也保留人性？

我在这园子里坐着，我听见园神告诉我：每一个有激情的演员都难免是一个人质。每一个懂得欣赏的观众都巧妙地粉碎了一场阴谋。每一个乏味的演员都是因为他老以为这戏剧与自己无关。每一个倒霉的观众都是因为他总是坐得离舞台太近了。

我在这园子里坐着，园神成年累月地对我说：孩子，这不是别的，这是你的罪孽和福祉。

七

要是有些事我没说，地坛，你别以为是我忘了，我什么也没忘，但是有些事只适合收藏。不能说，也不能想，却又不能忘。它们不能变成语言，它们无法变成语言，一旦变成语言就不再是它们了。它们是一片朦胧的温馨与寂寥，是一片成熟的希望与绝望，它们的领地只有两处：心与坟墓。比如说邮票，有些是用于寄信的，有些仅仅是为了收藏。

如今我摇着车在这园子里慢慢走，常常有一种感觉，觉得我一个人跑出来已经玩得太久了。有一天我整理我的旧相册，看见一张十几年前我在这园子里照的照片——那个年轻人坐在轮椅上，背后是一棵老柏树，再远处就是那座古祭坛。我便到园子里去找那棵树。我按着照片上的背景找很快就找到了它，按着照片上它枝干的形状找，肯定那就是它。但是它已经死了，而且在它身上缠绕着一条碗口粗的藤萝。我当然记得园工们种那棵藤萝时的情景，我却不记得是在什么时候它已经长到了碗口粗。有一天我在这园子里碰见一个老太太，她说："哟，你还在这儿哪？"她问我："你母亲还好吗？""您是谁？""你不记得我，我可记得你。有一回你母亲来这儿找你，她问我您看没看见一个摇轮椅的孩子？……"我忽然觉得，我一个人跑到这世界上来玩真是玩得太久了。有一天夜晚，我独自坐在祭坛边的路灯下看书，忽然从那漆黑的祭坛里传出一阵阵唢呐声。四周都是参天古树，方形的祭坛占地几百平米空旷坦荡独对苍天，我看不见那个吹唢呐的人，唯唢呐声在星光寥寥的夜空里低吟高唱，时而悲怆时而欢快，时而缠绵时而苍凉，或许这几个词都不足以形容它，我清清醒醒地听出它响在过去，响在现在，响在未来，回旋飘转亘古不散。

必有一天，我会听见喊我回去。

那时您可以想象一个孩子，他玩累了可他还没玩够呢，心里好些新奇的念头甚至等不及到明天。也可以想象是一个老人，无可置疑地走向他的安息地，走得任劳任怨。还可以想象一对热恋中的情人，互相一次次说"我一刻也不想离开你"，又互相一次次说"时间已经不早了"，时间不早了可我一刻也不想离开你，一刻也不想离开你可时间毕竟是不早了。

我说不好我想不想回去。我说不好是想还是不想，还是无所谓。我说不好我是像那个孩子，还是像那个老人，还是像一个热恋中的情人。很可能是这样：我同时是他们三个。我来的时候是个孩子，他有那么多孩子气的念头所以才哭着喊着闹着要来，他一来一见到这个世界便立刻成了不要命的情人，而对一个情人来说，不管多么漫长的时光也是稍纵即逝，那时他便明白，每一步每一步，其实一步步都是走在回去的路上。当牵牛花初开的时节，葬礼的号角就已吹响。

但是太阳，他每时每刻都是夕阳也都是旭日。当他熄灭着走下山去收尽苍凉残照之际，正是他在另一面燃烧着爬上山巅布散烈烈朝辉之时。有一天，我也将沉静着走下山去，扶着我的拐杖。那一天，在某一处山洼里，势必会跑上来一个欢蹦的孩子，抱着他的玩具。

当然，那不是我。

但是，那不是我吗？

宇宙以其不息的欲望将一个歌舞炼为永恒。这欲望有怎样一个人间的姓名，大可忽略不计。

写于89年5月5日

修改于90年1月7日

想念地坛

想念地坛，主要是想念它的安静。

坐在那园子里，坐在不管它的哪一个角落，任何地方，喧嚣都在远处。近旁只有荒藤老树，只有栖居了鸟儿的废殿颓檐、长满了野草的残墙断壁，暮鸦吵闹着归来，雨燕盘桓吟唱，风过檐铃，雨落空林，蜂飞蝶舞草动虫鸣……四季的歌咏此起彼伏从不间断。地坛的安静并非无声。

有一天大雾迷漫，世界缩小到只剩了园中的一棵老树。有一天春光浩荡，草地上的野花铺铺展展开得让人心惊。有一天漫天飞雪，园中堆银砌玉，有如一座晶莹的迷宫。有一天大雨滂沱，忽而云开，太阳轰轰烈烈，满天满地都是它的威光。数不尽的那些日子里，那些年月，地坛应该记得，有一个人，摇了轮椅，一次次走来，逃也似的投靠这一处静地。

一进园门，心便安稳。有一条界线似的，迈过它，只要一迈过它便有清纯之气扑来，悠远、浑厚。于是时间也似放慢了速度，就好比电影中的慢镜头，人便不那么慌张了，可以放下心来把你的每一个动作都看看清楚，每一丝风飞叶动，每一缕愤懑和妄想，盼念与惶茫，

总之把你所有的心绪都看看明白。

因而地坛的安静，也不是与世隔离。

那安静，如今想来，是由于四周和心中的荒旷。一个无措的灵魂，不期而至竟仿佛走回到生命的起点。

记得我在那园中成年累月地走，在那儿呆坐，张望，暗自地祈求或怨叹，在那儿睡了又醒，醒了看几页书……然后在那儿想："好吧好吧，我看你还能怎样！"这念头不觉出声，如空谷回音。

谁？谁还能怎样？我，我自己。

我常看那个轮椅上的人，和轮椅下他的影子，心说我怎么会是他呢？怎么会和他一块坐在了这儿？我仔细看他，看他究竟有什么倒霉的特点，或还将有什么不幸的征兆，想看看他终于怎样去死，赴死之途莫非还有绝路？那日何日？我记得忽然我有了一种放弃的心情，仿佛我已经消失，已经不在，惟一缕轻魂在园中游荡，刹那间清风朗月，如沐慈悲。于是乎我听见了那恒久而辽阔的安静。恒久，辽阔，但非死寂，那中间确有如林语堂所说的，一种"温柔的声音,同时也是强迫的声音"。

我记得于是我铺开一张纸，觉得确乎有些什么东西最好是写下来。那日何日？但我一直记得那份忽临的轻松和快慰，也不考虑词句，也不过问技巧，也不以为能拿它去派什么用场，只是写，只是看有些路单靠腿（轮椅）去走明显是不够。写，真是个办法，是条条绝路之后的一条路。

只是多年以后我才在书上读到了一种说法：写作的零度。

《写作的零度》,其汉译本实在是有些磕磕绊绊，一些段落只好猜读，或难免还有误解。我不是学者，读不了罗兰·巴特的法文原著应当不

043

史 铁 生
散 文 精 选

算是玩忽职守。是这题目先就吸引了我,这五个字,已经契合了我的心意。在我想,写作的零度即生命的起点,写作由之出发的地方即生命之固有的疑难,写作之终于的寻求,即灵魂最初的眺望。譬如那一条蛇的诱惑,以及生命自古而今对意义不息的询问。譬如那两片无花果叶的遮蔽,以及人类以爱情的名义自古而今的相互寻找。譬如上帝对亚当和夏娃的惩罚,以及万千心魂自古而今所祈盼着的团圆。

"写作的零度",当然不是说清高到不必理睬纷繁的实际生活,洁癖到把变迁的历史虚无得干净,只在形而上寻求生命的解答。不是的。但生活的谜面变化多端,谜底却似亘古不变,缤纷错乱的现实之网终难免编织进四顾迷茫,从而编织到形而上的询问。人太容易在实际中走失,驻足于路上的奇观美景而忘了原本是要去哪儿,倘此时灵机一闪,笑遇荒诞,恍然间记起了比如说罗伯-格里耶的《去年在马里昂巴德》,比如说贝克特的《等待戈多》,那便是回归了"零度",重新过问生命的意义。零度,这个词真用得好,我愿意它不期然地还有着如下两种意思:一是说生命本无意义,零嘛,本来什么都没有;二是说,可平白无故地生命他来了,是何用意?虚位以待,来向你要求意义。一个生命的诞生,便是一次对意义的要求。荒诞感,正就是这样地要求。所以要看重荒诞,要善待它。不信等着瞧,无论何时何地,必都是荒诞领你回到最初的眺望,逼迫你去看那生命固有的疑难。

否则,写作,你寻的是什么根?倘只是炫耀祖宗的光荣,弃心魂一向的困惑于不问,岂不还是阿Q的传统?倘写作变成潇洒,变成了身份或地位的投资,它就不要嘲笑喧嚣,它已经加入喧嚣。尤其,写作要是爱上了比赛、擂台和排名榜,它就更何必谴责什么"霸权"?它自己已经是了。我大致看懂了排名的用意:时不时地抛出一份名单,把大家排比得就像是梁山泊的一百零八,被排者争风吃醋,排者乘机拿走的是权

力。可以玩味的是，这排名之妙，商界倒比文坛还要醒悟得晚些。

  这又让我想起我曾经写过的那个可怕的孩子。那个矮小瘦弱的孩子，他凭什么让人害怕？他有一种天赋的诡诈——只要把周围的孩子经常地排一排座次，他凭空地就有了权力。"我第一跟谁好，第二跟谁好……第十跟谁好"和"我不跟谁好"，于是，欢欣者欢欣地追随他，苦闷者苦闷着还是去追随他。我记得，那是我很长一段童年时光中恐惧的来源，是我的一次写作的零度。生命的恐惧或疑难，在原本干干净净的眺望中忽而向我要求着计谋；我记得我的第一个计谋，是阿谀。但恐惧并未因此消散，疑难却因此更加疑难。我还记得我抱着那只用于阿谀的破足球，抱着我破碎的计谋，在夕阳和晚风中回家的情景……那又是一次写作的零度。零度，并不只有一次。每当你立于生命固有的疑难，立于灵魂一向的祈盼，你就回到了零度。一次次回到那儿正如一次次走进地坛，一次次投靠安静，走回到生命的起点，重新看看，你到底是要去哪儿？是否已经偏离亚当和夏娃相互寻找的方向？

  想念地坛，就是不断地回望零度。放弃强力，当然还有阿谀。现在可真是反了！——面要面霸，居要豪居，海鲜称帝，狗肉称王，人呢？名人，强人，人物。可你看地坛，它早已放弃昔日荣华，一天天在风雨中放弃，五百年，安静了；安静得草木葳蕤，生气盎然。土地，要你气熏烟蒸地去恭维它吗？万物，是你雕栏玉砌就可以挟持的？疯话。再看那些老柏树，历无数春秋寒暑依旧镇定自若，不为流光掠影所迷。我曾注意过它们的坚强，但在想念里，我看见万物的美德更在于柔弱。"坚强"，你想吧，希特勒也会赞成。世间的语汇，可有什么会是强梁所拒？只有"柔弱"。柔弱是爱者的独信。柔弱不是软弱，软弱通常都装扮得强大，走到台前骂人，退回幕后出汗。柔弱，是信者仰慕神恩

史　铁　生
散　文　精　选

的心情，静聆神命的姿态。想想看，倘那老柏树无风自摇岂不可怕？要是野草长得比树还高，八成是发生了核泄漏——听说契尔诺贝利附近有这现象。

　　我曾写过"设若有一位园神"这样的话，现在想，就是那些老柏树吧；千百年中，它们看风看雨，看日行月走人世更迭，浓荫中惟供奉了所有的记忆，随时提醒着你悠远的梦想。

　　但要是"爱"也喧嚣，"美"也招摇，"真诚"沦为一句时髦的广告，那怎么办？惟柔弱是爱愿的识别，正如放弃是喧嚣的解剂。人一活脱便要嚣张，天生的这么一种动物。这动物适合在地坛放养些时日——我是说当年的地坛。

　　回望地坛，回望它的安静，想念中坐在不管它的哪一个角落，重新铺开一张纸吧。写，真是个办法，油然地通向着安静。写，这形式，注定是个人的，容易撞见诚实，容易被诚实揪住不放，容易在市场之外遭遇心中的阴暗，在自以为是时回归零度。把一切污浊、畸形、歧路，重新放回到那儿去检查，勿使伪劣的心魂流布。

　　有人跟我说，曾去地坛找我，或看了那一篇《我与地坛》去那儿寻找安静。可一来呢，我搬家搬得离地坛远了，不常去了。二来我偶尔请朋友开车送我去看它，发现它早已面目全非。我想，那就不必再去地坛寻找安静，莫如在安静中寻找地坛。恰如庄生梦蝶，当年我在地坛里挥霍光阴，曾屡屡地有过怀疑：我在地坛吗？还是地坛在我？现在我看虚空中也有一条界线，靠想念去迈过它，只要一迈过它便有清纯之气扑面而来。我已不在地坛，地坛在我。

生命卷

好运设计

要是今生遗憾太多，在背运的当儿，尤其在背运之后情绪渐渐平静了或麻木了，你独自呆一会儿，抽支烟，不妨想一想来世。你不妨随心所欲地设想一下（甚至是设计一下）自己的来世。你不妨试试。在背运的时候，至少我觉得这不失为一剂良药——先可以安神，而后又可以振奋。就像输惯了的赌徒把屡屡的败绩置于脑后，输光了裤子也还是对下一局存着饱满的好奇和必赢的冲动。这没有什么不好。这有什么不好吗？无非是说迷信，好吧你就迷信它一回。无非是说这不科学，行，况且对于走运和背运的事实，科学本来无能为力。无非说这是空想，这是自欺，是做梦，没用，那么希望有用吗？希望是不是必得在被证明了是可以达到的之后才能成立？当然，这些差不多都是废话，背了运的时候哪想得起来这么多废话？背了运的时候只是想走运有多么好，要是能走运有多好。到底会有多好呢？想想吧，想想没什么坏处，干吗不想一想呢？我就常常这样去想，我常常浪费很多时间去做这样的蠢事。

史　铁　生
散　文　精　选

　　我想，倘有来世，我先要占住几项先天的优越：聪明、漂亮和一副好身体。命运从一开始就不公平，人一生下来就有走运的和不走运的。譬如说一个人很笨，生来就笨，这该怨他自己吗？然而由此所导致的一切后果却完全要由他自己负责——他可能因此在兄弟姐妹之中是最不被父母喜爱的一个，他可能因此常受老师的斥责和同学们的嘲笑，他于是便更加自卑、更加委顿，饱受了轻蔑终也不知这事到底该怨谁。再譬如说，一个人生来就丑，相当丑，再怎么想办法去美容都无济于事，这难道是他的错误是他的罪过？不是。好，不是。那为什么就该他难得姑娘们的喜欢呢？因而婚事就变得格外困难，一旦有个漂亮姑娘爱上他却又赢得多少人的惊诧和不解，终于有了孩子，不要说别人就连他自己都希望孩子长得千万别像他自己。为什么就该他是这样呢？为什么就该他常遭取笑，常遭哭笑不得的外号，或者常遭怜悯，常遭好心人小心翼翼地对待呢？再说身体，有的人生来就肩宽腿长潇洒英俊（或者婀娜妩媚娉娉婷婷），生来就有一身好筋骨，跑得也快跳得也高，气力足耐力又好，精力旺盛，而且很少生病，可有的人却与此相反生来就样样都不如人。对于身体，我的体会尤甚。譬如写文章，有的人写一整天都不觉得累，可我连续写上三四个钟头眼前就要发黑。譬如和朋友们一起去野游，满心欢喜妙想联翩地到了地方，大家的热情正高雅趣正浓，可我已经累得只剩了让大家扫兴的份儿了。所以我真希望来世能有一副好身体。今生就不去想它了，只盼下辈子能够谨慎投胎，有健壮优美如卡尔·刘易斯一般的身材和体质，有潇洒漂亮如周恩来一般的相貌和风度，有聪明智慧如阿尔伯特·爱因斯坦一般的大脑和灵感。

　　既然是梦想不妨就让它完美些罢。何必连梦想也那么拘谨那么谦虚呢？我便如醉如痴并且极端自私自利地梦想下去。

降生在什么地方也是件相当重要的事。二十年前插队的时候,我在偏远闭塞的陕北乡下,见过不少健康漂亮尤其聪慧超群的少年,当时我就想,他们要是生在一个恰当的地方他们必都会大有作为,无论他们做什么他们都必定成就非凡。但在那穷乡僻壤,吃饱肚子尚且是一件颇为荣耀的成绩,哪还有余力去奢想什么文化呢?所以他们没有机会上学,自然也没有书读,看不到报纸电视甚至很少看得到电影,他们完全不知道外面的世界是什么样子,便只可能遵循了祖祖辈辈的老路,日出而作日入而息,春种秋收夏忙冬闲日复一日年复一年。光阴如常地流逝,然后他们长大了,娶妻生子成家立业,才华逐步耗尽变作纯朴而无梦想的汉子。然后,可以料到,他们也将如他们的父辈一样地老去,唯单调的岁月在他们身上留下注定的痕迹,而人为什么要活这一回呢?却仍未在他们苍老的心里成为问题。然后,他们恐惧着、祈祷着、惊慌着听命于死亡随意安排。再然后呢?再然后倘若那地方没有变化,他们的儿女们必定还是这样地长大、老去、磨钝了梦想,一代代去完成同样的过程。或许这倒是福气?或许他们比我少着梦想所以也比我少着痛苦?他们会不会也设想过自己的来世呢?没有梦想或梦想如此微薄的他们又是如何设想自己的来世呢?我不知道。我不知道。我只希望我的来世不要是他们这样,千万不要是这样。

那么降生在哪儿好呢?是不是生在大城市,生在个贵府名门就肯定好呢?父亲是政绩斐然的总统,要不是个家藏万贯的大亨,再不就是位声名赫赫的学者,或者父母都是不同寻常的人物,你从小就在一个备受宠爱备受恭维的环境中长大,你从小就在一个五彩缤纷妙趣频逢的环境中长大,呈现在你面前的是无忧无虑的现实、绚烂辉煌的前景、左右逢源的机遇、一帆风顺的坦途……不过这样是不是就好呢?一般来说这样的境遇也是一种残疾,也是一种牢笼。这样的境遇经常造就

史 铁 生
散 文 精 选

着蠢材，不蠢的几率很小，有所作为的比例很低，而且大凡有点水平的姑娘都不肯高攀这样的人；固然他们之中也有智能超群的天才，也有过大有作为的人物，也出过明心见性的悟者，但毕竟几率很小比例很低。这就有相当大的风险，下辈子务必慎重从事，不可疏忽大意不可掉以轻心，今生多舛来生再受不住是个蠢材了。

生在穷乡僻壤，有孤陋寡闻之虞，不好。生在贵府名门，又有骄狂愚妄之险，也不好。

生在一个介于此二者之间的位置上怎么样？嗯，可能不错。

既知晓人类文明的丰富璀璨，又懂得生命路途的坎坷艰难，这样的位置怎么样？嗯，不错。

既了解达官显贵奢华而危惧的生活，又体会平民百姓清贫而深情的岁月，这位置如何？嗯！不错，好！

既有博览群书并入学府深造的机缘，又有浪迹天涯独自在社会上闯荡的经历；既能在关键时刻得良师指点如有神助，又时时事事都要靠自己努力奋斗绝非平步青云；既饱尝过人情友爱的美好，又深知了世态炎凉的正常，故而能如罗曼·罗兰所说"看清了这个世界，而后爱它"。——这样的位置可好？好。确实不错。好虽好，不过这样的位置在哪儿呢？

在下辈子。在来世。只要是好，咱可以设计。咱不慌不忙仔仔细细地设计一下吧。我看没理由不这样设计一下。甭灰心，也甭沮丧，真与假的说道不属于梦想和希望的范畴，还是随心所欲地来一回"好运设计"吧。

你最好生在一个普通知识分子的家庭。

也就是说，你父亲是知识分子但千万不要是那种炙手可热过于风云的知识分子，否则，"贵府名门"式的危险和不幸仍可能落在你头上：你将可能没有一个健全、质朴的童年，你将可能没有一群烂漫无猜的伙伴，你将会错过唯一可能享受到纯粹的友情、感受到圣洁的忧伤的机会，而那才是童年，才是真正的童年。一个人长大了若不能怀恋自己童年的痴拙，若不能默然长思或仍耿耿于怀孩提时光的往事，当是莫大的缺憾；对于我们的"好运设计"，则是个后患无穷的错误。你应该有一大群来自不同家庭的男孩儿和女孩儿做你的朋友，你跟他们一块认真地吵架并且翻脸，然后一块哭着和好如初。把你的秘密告诉他们，把他们告诉给你的秘密对任何人也不说。你们定一个暗号，这暗号一经发出你们一个个无论正在干什么也得从家里溜出来，密谋一桩令大人们哭笑不得的事件。当你父母不在家的时候，随便找个理由把你的好朋友都叫来——比如说为了你的生日或为了离你的生日还差一个多月，你们痛痛快快随心所欲地折腾一天，折腾饿了就把冰箱里能吃的东西都吃光，然后继续载歌载舞地庆祝，直到不小心把你父亲的一件贵重艺术品摔成分文不值，你们的汗水于是被冻僵了一会儿，但这是个机会是你为朋友们献身的时刻，你脸色煞白但拍拍胸脯说这怕什么这没啥了不起，随后把朋友们都送走，你独自胆战心惊地策划一篇谎言（要是你家没有猫，你记住：邻居家不一定都没有猫）。你还可以跟你的朋友们一起去冒险，到一个据说最可怕的地方，比如离家很远的一片野地、一幢空屋、一座孤岛、孤岛上废弃的古刹、古刹四周阴森零落的荒冢……都是可供选择的地方。你从自己家的抽屉里而不要从别人家的抽屉里拿点钱，以备不时之需；你们瞒过父母，必要的话还得瞒过姐姐或弟弟；你们可以不带那些女孩子去，但如果她们执意要跟着也就别无选择，然后出发，义无反顾。把你的新帽子扯破了新鞋弄丢了一只这没关系，把膝盖碰出了血把白衬衫上洒了一瓶紫药水这没关系，作业忘记做了还在书包里装了两只活蛤蟆一只死乌鸦这都毫

053

史　铁　生
散 文 精 选

无关系，你母亲不会怪你，因为当晚霞越来越淡继而夜色越来越重的时候，你父亲也沉不住气了，他正要动身去报案，你们突然都回来了，累得一塌糊涂但毕竟完整无缺地回来了，你母亲庆幸还庆幸不过来呢还会再存什么别的奢望吗？"他们回来啦，他们回来啦！"仿佛全世界都和平解放了，一群平素威严的父亲都乖乖地跑出来迎接你们，同样多的一群母亲此刻转忧为喜光顾得摩挲你们的脸蛋和亲吻你们的脑门儿："你们这是上哪儿去了呀，哎哟天哪，你们还知道回来吗！"你就大模大样地躺在沙发上呼吃唤喝，"累死了，哎呀真是累死了！"——你就这样，没问题，再讲点莫须有的惊险故事既吓唬他们也陶醉自己，你就得这样，只要这样一切帽子、裤子、鞋、作业和书包、活蛤蟆以及死乌鸦，就都微不足道了。（等你长到我这样的年龄时，你再告诉他们那些惊险的故事都是你为了逃避挨揍而获得的灵感，那时你年老的父母肯定不会再补揍你一顿，而仍可能摩挲你的脸甚至吻你的脑门儿了。）但重要的是，这次冒险你无论如何得安全地回来——就像所有的戏剧还没打算结束时所需要的那样，否则接下去的好运就无法展开了。不错，你的童年就应该是这样的，就应该按照这样的思路去设计，一个幸运者的童年就得是这样。我的纸写不下了，待实施的时候应该比这更丰富多彩。比如你还可颇具分寸地惹一点小祸，一个幸运的孩子理应惹过一点小祸，而且理应遇到过一些困难，遇到过一两个骗子、一两个坏人、一两个蠢货和一两个不会发愁而很会说笑话的人。一个幸运的孩子应该有点野性。当然你的父亲是个地地道道的知识分子，因为一个幸运的人必需从小受到文化的熏陶，野到什么份上都不必忧虑但要有机会使你崇尚知识，之所以把你父亲设计为知识分子，全部的理由就在于此。

你的母亲也要有知识，但不要像你父亲那样关心书胜过关心你。

也不要像某些愚蠢的知识妇女，料想自己功名难就，便把一腔希望全赌在了儿女身上，生了个女孩就盼她将来是个居里夫人，养了个男娃就以为是养了个小贝多芬。这样的母亲千万别落到咱头上，你不听她的话你觉得对不起她，你听了她的话你会发现她对不起你。她把你像幅名画似的挂在墙上后退三步眯起眼睛来观赏你，把你像颗话梅似的含在嘴里颠来倒去地品味你，你呢？站在那儿吱吱嘎嘎地折磨一把挺好的小提琴，长大了一想起小提琴就发抖，要不就是没日没夜地背单词背化学方程式，长大了不是傻瓜就是暴徒。你的母亲当然不是这样。有知识不是有文凭，你的母亲可以没有文凭。有知识不是被知识霸占，你的母亲不是知识的奴隶。有知识不能只是有对物的知识，而是得有对人的了悟。一个幸运者的母亲必然是一个幸运的母亲，一个明智的母亲，一个天才的母亲，她自打当了母亲她就得了灵感，她教育你的方法不是来自于教育学，而是来自她对一切生灵乃至天地万物由衷的爱，由衷的颤栗与祈祷，由衷的镇定和激情。在你幼小的时候她只是带着你走，走在家里，走在街上，走到市场，走到郊外，她难得给你什么命令，从不有目的地给你一个方向，走啊走啊你就会爱她，走啊走啊，你就会爱她所爱的这个世界。等你长大了，她就放你到你想要去的地方去，她深信你会爱这个世界，至于其它她不管，至于其它那是你的自由你自己负责，她只有一个愿望，就是你能常常回来，你能有时候回来一下。

　　在你两三岁的时候你就光是玩，成天就是玩，别着急背诵《唐诗三百首》和弄通百位数以内的加减法，去玩一把没有钥匙的锁和一把没有锁的钥匙，去玩撒尿和泥，然后用不着洗手再去玩你爷爷的胡子。到你四五岁的时候你还是玩，但玩得要高明一点了，在你母亲的皮鞋上钻几个洞看看会有什么效果，往你父亲的录音机里撒把沙子听听声

史　铁　生
散 文 精 选

音会不会更奇妙。上小学的时候，我看你门门功课都得上三四分就够了，剩下的时间去做些别的事，以便让你父母有机会给人家赔几块玻璃。一上中学尤其一上高中，所有的熟人几乎都不认识你了，都得对你刮目相看：你在数学比赛上得奖，在物理比赛上得奖，在作文比赛上得奖，在外语比赛上你没得奖但事后发现那不过是老师的一个误判。但这都并不重要，这些奖啊奖啊奖啊并不足以构成你的好运，你的好运是说你其实并没花太多时间在功课上，你爱好广泛，多能多才，奇想迭出，别人说你不务正业你大不以为然，凡兴趣所至仍神魂聚注若癫若狂。

你热爱音乐，古典的交响乐、现代的摇滚乐、温文尔雅的歌剧清唱剧、粗犷豪放的民谣村歌，乃至悠婉凄长的叫卖、孤零萧瑟的风声、温馨闲适的节日的音讯，你都听得心醉神迷，听得怆然而沉寂，听出激越和威壮，听到玄缈与空冥，你真幸运，生存之神秘注入你的心中使你永不安规守矩。

你喜欢美术，喜欢画作，喜欢雕塑，喜欢异彩纷呈的烧陶，喜欢古朴稚拙的剪纸，喜欢在渺无人迹的原野上独行，在水阔天空的大海里驾舟，在山林荒莽中跋涉，看大漠孤烟看长河落日，看鸥鸟纵情翱飞看老象坦然赴死，你从色彩感受生命，由造型体味空间，在线条上嗅出时光的流动，在连接天地的方位发现生灵的呼喊，你是个幸运的人因为你真幸运，你于是匍匐在自然造化的脚下，奉上你的敬畏与感恩之心吧，同时上苍赐予你不屈不尽的创造情怀。

你幸运得简直令人嫉妒，因为体育也是你的擅长。9″91，懂吗？2:5′59″，懂吗？就是说，从一百米到马拉松不管多长的距离没有人能跑得过你；2.45m，8.91m，知道这是什么意思吗？就是说没人比你跳得高也没人比你跳得远；突破23m、80m、100m，就是说，铅球也好铁饼也好标枪也好，在投掷比赛中仍然没有你的对手。当然这还不够，好运气哪有个够呢？差不多所有的体育项目你都行：游泳、滑雪、溜

梦想使你迷醉，距离就成了欢乐；追求使你充实，失败和成功都是伴奏；当生命以美的形式证明其价值的时候，幸福是享受，痛苦也是享受。

所谓好运，所谓幸福，显然不是一种客观的程序，而完全是心灵的感受，是强烈的幸福感罢了。

冰、踢足球、打篮球，乃至击剑、马术、射击，乃至铁人三项……你样样都玩得精彩、洒脱、漂亮。你跑起来浑身的肌肤像波浪一样滚动，像旗帜一般飘展；你跳起来仿佛土地也有了弹性，空中也有着依托；你披波戏水，屈伸舒卷，鬼没神出；在冰原雪野，你翻转腾挪，如风驰电掣；生命在你那儿是一个节日，是一个庆典，是一场狂欢……那已不再是体育了，你把体育变得不仅仅是体育了，幸运的人，那是舞蹈，那是人间最自然最坦诚的舞蹈，那是艺术，是上帝选中的最朴实最辉煌的艺术形式，这时连你在内，连你的肉体你的心神，都是艺术了，你这个幸运的人，世界上最幸运的人，偏偏是你被上帝选作了美的化身。

接下来你到了恋爱的季节。你18岁了，或者19或者20岁了。这时你正在一所名牌大学里读书，读一个最令人仰慕的系最令人敬畏的专业，你读得出色，各种奖啊奖啊又闹着找你。现在你的身高已经是1米88，你的喉结开始突起，嘴唇上开始有了黑色但还柔软的胡须，就是在这时候你的嗓音开始变得浑厚迷人，就是在这时候你的百米成绩开始突破十秒，你的动静坐卧举手投足都流溢着男子汉的光彩……总之，由于我们已经设计过的诸项优点或说优势，明显地追逐你的和不露声色地爱慕着你的姑娘们已是成群结队，你经常在教室里看见她们异样的目光，在食堂里听出她们对你喊喊嚓嚓的议论，在晚会上她们为你的歌声所倾倒，在运动会上她们被你的身姿所激动而忘情地欢呼雀跃，但你一向只是拒绝，拒绝，婉言而真诚地拒绝，善意而巧妙地逃避，弄得一些自命不凡的姑娘们委屈地流泪。但是有一天，你在运动场上正放松地慢跑，你忽然看见一个陌生的姑娘也在慢跑，她的健美一点不亚于你，她修长的双腿和矫捷的步伐一点不亚于你，生命对她的宠爱、青春对她的慷慨这些绝不亚于你，而她似乎根本没有发现你，她顾自跑着目不斜视，仿佛除了她和她的美丽这世界上并不存在其它

史 铁 生
散 文 精 选

东西,甚至连她和她的美丽她也不曾留意,只是任其随意流淌,任其自然地涌荡。而你却被她的美丽和自信震慑了,被她的优雅和茁壮惊呆了,你被她的倏然降临搞得心悦神惚手足无措(我们同样可以为她也作一个"好运设计",她是上帝的一个完美的作品,为了一个幸运的男人这世界上显然该有一个完美的女人,当然反过来也是一样),于是你不跑了,伏在跑道边的栏杆上忘记了一切,光是看她。她跑得那么轻柔那么从容,那么飘逸,那么灿烂。你很想冲她微笑一下向她表示一点敬意,但她并不给你这样的机会,她跑了一圈又一圈却从来没有注意到你,然后她走了。简单极了,就是说她跑完了该走了,就走了。就是说她走了,走了很久而你还站在原地。就是说操场上空空旷旷只剩了你一个人,你头一回感到了惆怅和孤零——她不知道你是谁,你也不知道她从哪儿来。但你把她记在了心里。但幸运之神仍然和你在一起。此后你又在图书馆里见到过她,你费尽心机总算弄清了她在哪个系。此后你又在游泳池里见到过她,你拐弯抹角从别人那儿获悉了她的名字。此后你又在滑冰场上见到过她,你在她周围不露声色地卖弄你的千般技巧万种本事,终于引起了她的注意。此后你又在领奖台上和她站到过一起,这一回她对你笑了笑使你一生再也没能忘记。此后你又在朋友家里和她一起吃过一次午饭(你和你的朋友为此蓄谋已久),这下你们到底算认识了,你们谈了很多,谈得融洽而且热烈。此后不是你去找她,就是她来找你,春夏秋冬春夏秋冬,不是她来找你就是你去找她,春夏秋冬……总之,总而言之,你们终成眷属。你是一个幸运的人——至少我们的"幸运设计"是这样说的——所以你万事如意。

也许你已经注意到了,我们的"好运设计"至此显得有些潦草了。是的。不过绝不是我们无能把它搞得更细致、更完善、更浪漫、更迷人,

058

而是我忽然有了一点疑虑，感到了一点困惑，有一道淡淡的阴影出现了并正在向我们靠近，但愿我们能够摆脱它，能够把它消解掉。

　　阴影最初是这样露头的：你能在一场如此称心、如此顺利、如此圆满的爱情和婚姻中饱尝幸福吗？也就是说，没有挫折，没有坎坷，没有望眼欲穿的企盼，没有撕心裂肺的煎熬，没有痛不欲生的痴癫与疯狂，没有万死不悔的追求与等待，当成功到来之时你会有感慨万端的喜悦吗？在成功到来之后还会不会有刻骨铭心的幸福？或者，这喜悦能到什么程度？这幸福能被珍惜多久？会不会因为顺利而冲淡其魅力？会不会因为圆满而阻塞了渴望，而限制了想象，而丧失了激情，从而在以后漫长的岁月中只是遵从了一套经济规律、一种生理程序、一个物理时间，心路却已荒芜，然后是腻烦，然后靠流言蜚语排遣这腻烦，继而是麻木，继而用插科打诨加剧这麻木——会不会？会不会是这样？地球如此方便如此称心地把月亮搂进了自己的怀中，没有了阴晴圆缺，没有了潮汐涌落，没有了距离便没有了路程，没有了斥力也就没有了引力，那是什么呢？很明白，那是死亡。当然一切都在走向那里，当然那是一切的归宿，宇宙在走向热寂。但此刻宇宙正在旋转，正在飞驰，正在高歌狂舞，正借助了星汉迢迢，借助了光阴漫漫，享受着它的路途，享受着坍塌后不死的沉吟，享受着爆炸后辉煌的咏叹，享受着追寻与等待，这才是幸运，这才是真正的幸运，恰恰死亡之前这波澜壮阔的挥洒，这精彩纷呈的燃烧才是幸运者得天独厚的机会。你是一个幸运者，这一点你要牢记。所以你不能学那凡夫俗子的梦想，我们也不能满意这晴空朗日水静风平的设计。所谓好运，所谓幸福，显然不是一种客观的程序，而完全是心灵的感受，是强烈的幸福感罢了。幸福感，对了。没有痛苦和磨难你就不能强烈地感受到幸福，对了。那只是舒适只是平庸，不是好运不是幸福，这下对了。

史 铁 生
散 文 精 选

  现在来看看,得怎样调整一下我们的"设计",才能甩掉那道不祥的阴影,才能远远地离开它。也许我们不得不给你加设一点小小的困难,不太大的坎坷和挫折,甚至是一些必要的痛苦和磨难,为了你的幸福不致贬值我们要这样做,当然,会很注意分寸。
  仍以爱情为例。我们想是不是可以这样:一开始,让你未来的岳父岳母对你们的恋爱持反对态度,他们不大看得上你,包括你未来的大舅子、小姨子、大舅子的夫人和小姨子的男朋友等等一干人马都看不上你。岳父说要是这样他宁可去死。岳母说要是这样她情愿少活。大舅子于是奉命去找了你们单位的领导说你破坏了一个美满的家庭。小姨子流着泪劝她的姐姐三思再三思,爹有心脏病娘有高血压。岳父便说他死不瞑目。岳母说她死后做鬼也不饶过你们。你是个幸运的人你真没看错那个姑娘,她对你一往情深始终不渝,她说与其这样不如她先于他们去死,但在死前她有必要提个问题:"请问他哪点不如你们?请问他有哪点不好?"是呀,他哪点儿不好呢?你,是说你,你有哪点儿不好呢?不仅这姑娘的父母无言以对,就连咱们也无以作答。按照已有的设计,你好像没有哪点不好,你简直无懈可击,那两个老人倘不是疯子不是傻瓜不是心理变态,他们为什么会反对你成为他们的女婿呢?所以对此得做一点修改,你不能再是一个完人,你得至少有一个弱点,甚至是一种很要紧的缺欠,一种大凡岳父岳母都难以接受的缺欠,然后你在爱情的鼓舞下,在那对蛮横老人颇合逻辑的蔑视的刺激下,痛下决心破釜沉舟发奋图强历尽艰辛终于大功告成终于光彩照人终于震撼了那对老人令他们感动令他们愧悔于是心悦诚服地承认了你这个女婿使你热泪盈眶欣喜若狂忽然发现天也是格外的蓝地球也是出奇的圆柔情似水佳期如梦幸福地久天长……是不是得这样呢?得这样。大概是得这样。

什么样的缺欠呢？你看给你设计什么样的缺欠比较适合？

笨？不不，这不行，笨很可能是一件终生的不幸，几乎不是努力可以根本克服的，此一点应坚决予以排除。

丑呢？不，丑也不行，丑也是无可挽回的局面，弄不好还会殃及后代，不行，这肯定不行。

无知呢，行不行？不，这比笨还不如，绝对的（或相当严重的）无知与白痴没什么区别；而相对的无知又不是一项缺欠，我们每个人都是这样。

你总得作一点让步嘛。譬如说木讷一点，古板一点行吗？缺乏点活力，缺乏点朝气，缺乏点个性，缺乏点好奇心，譬如说这样，行吗？噢,你居然还在问"行吗"，再糟糕不过！接下来你会发现他还缺乏勇气，缺乏同情，缺乏感觉，遇事永远不会激动，美好不能使其赞叹，丑恶也不令其憎恶，他既不懂得感动也不懂得愤怒，他不怎么会哭又不大会笑，这怎么能行？他还是活的吗？他还能爱吗？他还会为了爱而痛苦而幸福吗？不行。

那么狡猾一点可以吗？狡猾，唉，其实人们都多多少少地有那么一点狡猾，这虽不是优点但也不必算作缺点，凡要在这世界上生存下去的种类，有点狡猾也是在所难免。不过有一点需要明确：若是存心算计别人、不惜坑害别人的狡猾可不行。那样的人我怕大半没什么好下场。那样的人同样也不会懂得爱（他可能了解性，但他不懂得爱，他可能很容易猎获性器的快感，但他很难体验性爱的陶醉，因为他依靠的不是美的创造而仅仅是对美的赚取），况且这样的人一般来说都没什么真正的才华和魅力，否则也无需选用了狡猾。不行。无论从哪个角度想，狡猾都不行。

要不，有一点病？噢老天爷，千万可别，您饶了我吧，无论如何帮帮忙，下辈子万万不能再有病了,绝对不能。咱们辛辛苦苦弄这个"好

史 铁 生
散 文 精 选

运设计"因为什么您知道不？是的，您应该知道，那就请您再别提病，一个字也别再提。

只是有一点小病呢？小病也不行，发烧感冒拉肚子？不不，这没用，有点小病不构成对什么人的威胁，也不能如我们所期望的那样最终使你的幸福加倍，有也是白有。但这绝不是说你没病则已，有就有它一种大病，不不！绝没有这个意思；你必须要明白，在任何有期徒刑（注意：有期）和有一种大病之间，要是你非得作出选择不可的话，你要选择前者，前者！对对，没有商量的余地。

要是你得了一种大病，别急听我说完，得了一种足以使你日后的幸福升值的大病，而这病后来好了，完全好了，这怎么样？唔，这倒值得考虑。你在病榻上躺了好几年，看见任何一个健康的人你都羡慕，你想你是他们中间的任何一个你都知足，然后你的病好了，完好如初，这怎么样？说下去。你本来已经绝望了，你想即便不死未来的日子也是无比暗淡，你想与其这样倒不如死了痛快，就在这时你的病情突然有了转机。说下去。在那些绝望的白天和黑夜，你祷告许愿，你赌咒发誓，只要这病还能好，再有什么苦你都不会觉得苦再有什么难你也不会觉得难，一文不名呀，一贫如洗呀，这都有什么关系呢？你将爱生活，爱这个世界，爱这世界上所有的人……这时，就在这时奇迹发生了，一个奇迹使你完全恢复了健康，你又是那么精力旺盛健步如飞了，这样好不好？好极了，再往下说。你本来想只要还能走就行，可你现在又能以9″91的速度飞跑了；你本来想要是再能跳就好了，可你现在又可以跳过2.45m了；你本来想只要还能独立生活就够了，可现在你的用武之地又跟地球一样大了；你本来想只要还能算个人不至于把谁吓跑就谢天谢地了，可现在喜欢你的好姑娘又是数不胜数铺天盖地而来了。往下说呀，别含糊，说下去。当然你痴心不改——这不是错误，大劫大难之后人不该失去锐气，不该失去热度，你镇定了但仍在燃烧，

你平稳了却更加浩荡，你依然爱着那个姑娘爱得山高海深不可动摇，这时候你未来的老丈人老丈母娘自然也不会再反对你们的结合了，不仅不反对而且把你看作是他们的光彩是他们的荣耀是他们晚年的福气是他们九泉之下的安慰。此刻你是多么幸福，你同你所爱的人在一起，在蓝天阔野中跑，在碧波白浪中游，你会是怎样的幸福！现在就把前面为你设计的那些好运气都搬来吧，现在可以了，把它们统统搬来吧，劫难之后失而复得，现在你才真正是一个幸福的人了。苦尽甜来，对，这才是最为关键的好运道。

苦尽甜来，对，只要是苦尽甜来其实怎么都行，生生病呀，失失恋呀，要要饭呀，挨挨揍呀（别揍坏了），被抄抄家呀，坐坐冤狱呀，只要能苦尽甜来其实都不是坏事。怕只怕苦也不尽，甜也不来。其实都用不着甜得很厉害，只要苦尽也就够了。其实都用不着什么甜，苦尽了也就很甜了。让我们为此而祈祷吧。让我们把这作为一条基本原则，无论如何写进我们的"好运设计"中去吧，无论如何安排在头版头条。

问题是，苦尽甜来之后又怎样呢？苦尽甜来之后又当如何？哎哟，那道阴影好像又要露头。苦尽甜来之后要是你还没死，以后的日子继续怎样过呢？我们应当怎样继续为你设计好运呢？好像问题还是原来的问题，我们并没能把它解决。当然现在你可以不断地忆苦思甜，不断地知足常乐，我们也完全可以把你以后的生活设计得无比顺利，但这样下去我们是不是绕了一圈又回到那不祥的阴影中去了？你将再没有企盼了吗？再没有新的追求了吗？那么你的心路是不是又要荒芜，于是你的幸福感又要老化、萎缩、枯竭了呢？是的，肯定会是这样。幸福感不是能一次给够的，一次幸福感能维持多久这不好计算，但日子肯定比它长，比它长的日子却永远要依靠着它。所以你不能失去距离，

史 铁 生
散 文 精 选

不能没有新的企盼和追求,你一时失去了距离便一时没有了路途,一时没有了企盼和追求便一时失去了兴致和活力,那样我们势必要前功尽弃,那道阴影必会不失时机地又用无聊、用乏味、用腻烦和麻木来纠缠你,来恶心你,同时葬送我们的"好运设计"。当然我们不会答应。所以我们仍要为你设计新的距离,设计不间断的企盼和追求。不过这样你就仍然要有痛苦,一直要有。是的是的,一时没有了痛苦的衬照便一时没有了幸福感。

真抱歉,我们没想到会是这样。我们一向都是好意,想使你幸福,想使你在来世频交好运,没想到竟还得不断地给你痛苦。那道讨厌的阴影真是把咱们整惨了。看看吧,看看是否还有办法摆脱它。真对不起,至少我先不吹牛了,要是您还有兴趣咱们就再试试看,反正事已至此,我想也不必草草率率地回心转意。看在来世的分上,就再试试吧。

看来,在此设计中不要痛苦是不大可能了。现在就只剩了一条路:使痛苦尽量小些,小到什么程度并没有客观的尺度,总归小到你能不断地把它消灭就行了。就是说,你能够不断地克服困难,你能够不断地跨越距离,你能够不断地实现你的愿望,这就行了。痛苦可以让它不断地有,但你总是能把它消灭,这就行了,这样你就巧妙地利用了这些混账玩意儿而不断地得到幸福感了。只要这样行,接下来的事由我们负责。我们将根据以上要求为你设计必要的才能、必要的机运、必要的心理素质、意志品质,以及必要的资金、器械、设施、装备,乃至大夫护士、贤妻良母、孝子乖孙等等一系列优秀的后勤服务。总之,这些我们都能为你设计,只要一个人永远是个胜利者这件事是可能的,只要无论什么样的痛苦总归是能被消灭的这件事是可能的,只要这样,我们的"好运设计"就算成了。只好也就这样了,这样也就算成了。

不过，这是不是可能的？你见没见过永远的胜利者？好吧，没见过并不说明这是不可能的，没见过的我们也可以设计。你，譬如说你就是一个永远的胜利者，那么最终你会碰见什么呢？死亡。对了，你就要碰见它，无论如何我们没法使你不碰见它，不感到它的存在，不意识到它的威胁。那么你对它有什么感想？你一生都在追求，一直都在胜利，一向都是幸福的，但当死亡来临的时候你想你终于追求到了什么呢？你的一切胜利到底都是为了什么呢？这时你不沮丧，不恐惧，不痛苦吗？你从来没碰到过不可逾越的障碍，从来没见过不可消除的痛苦，你就像一个被上帝惯坏了的孩子，从来不知道什么叫失败，从来没遭遇过绝境，但死神终于驾到了，死神告诉你这一次你将和大家一样不能幸免，你的一切优势和特权（即那"好运设计"中所规定的）都已被废黜，你只可俯首帖耳听凭死神的处治，这时候你必定是一个最痛苦的人，你会比一生不幸的人更痛苦（他已经见到了的东西你却一直因为走运而没机会见到），命运在最后跟你算总账了（它的账目一向是收支平衡的），它以一个无可逃避的困境勾销你的一切胜利，它以一个不容置疑的判决报复你的一切好运，最终不仅没使你幸福反而给你一个你一直有幸不曾碰到的——绝望。绝望，当死亡到来之际这个绝望是如此的货真价实，你甚至没有机会考虑一下对付它的办法了。

怎么办？你怎么办？我们怎么办？你说事情不会是这样，你的胜利依旧还是胜利，它会造福于后人；你的追求并没有白费，它将为后人铺平道路；而这就是你的幸福，所以你不会沮丧不会痛苦你至死都会为此而感到幸福。这太好了，一个真正的幸运者就应该有这样的胸怀有如此高尚的情操——让我们暂时忘记我们只是在为自己设计好运吧，或者让我们暂时相信所有的人都能够享有同样的好运吧——一个

史 铁 生
散 文 精 选

幸运者只有这样才能最终保住自己的好运,才能使自己最终得享平安和幸福。但是——但是!就算我们没有发现您的不诚实,一个如您这般聪明高尚的人总该知道您正在把后人的路铺向哪儿吧?铺到哪儿才算成功了呢?铺到所有的人都幸福都没了痛苦的地方?那么他们不是又将面对无聊了吗?当他们迎候死亡时不是就不能再像您这样,以"为后人铺路"而自豪而高尚而心安理得了吗?如果终于不能使所有的人都幸福都没了痛苦,您的高尚不就成了一场骗局您的胜利又怎么能胜得过阿Q呢?我们处在了两难境地。如果您再诚实点,事情可能会更难办:人类是要消亡的,地球是要毁灭的,宇宙在走向热寂。我们的一切聪明和才智、奋斗和努力、好运和成功到底有什么价值?有什么意义?我们在走向哪儿?我们再朝哪儿走?我们的目的何在?我们的欢乐何在?我们的幸福何在?我们的救赎之路何在?我们真的已经无路可走真的已入绝境了吗?

是的,我们已入绝境。现在你就是对此不感兴趣都不行了,你想糊弄都糊弄不过去了,你曾经不是傻瓜你如今再想是也晚了,傻瓜从一开始就不对我们这个设计感兴趣,而你上了贼船,这贼船已入绝境,你没处可退也没处可逃。情况就是这样。现在我们只占着一项便宜,那就是死神还没驾到,我们还有时间想想对付绝境的办法,当然不是逃跑,当然你也跑不了。其它的办法,看看,还有没有。

过程。对,过程,只剩了过程。对付绝境的办法只剩它了。不信你可以慢慢想一想,什么光荣呀,伟大呀,天才呀,壮烈呀,博学呀,这个呀那个呀,都不行,都不是绝境的对手,只要你最最关心的是目的而不是过程你无论怎样都得落入绝境,只要你仍然不从目的转向过程你就别想走出绝境。过程——只剩了它了。事实上你唯一具有的就是过程。一个只想（只想！）使过程精彩的人是无法被剥夺的，因为死神也无法将一个精彩的过程变成不精彩的过程，因为坏运也无法阻挡你去创造一个精彩的过程，相反你可以把死亡也变成一个精彩的过程，相反坏运更利于你去创造精彩的过程。于是绝境溃败了，它必然溃败。你立于目的的绝境却实现着、欣赏着、饱尝着过程的精彩，你便把绝境送上了绝境。梦想使你迷醉，距离就成了欢乐；追求使你充实，失败和成功都是伴奏；当生命以美的形式证明其价值的时候，幸福是享受，痛苦也是享受。现在你说你是一个幸福的人你想你会说得多么自信，现在你对一切神灵鬼怪说谢谢你们给我的好运，你看看谁还能说不。

　　过程！对，生命的意义就在于你能创造这过程的美好与精彩，生命的价值就在于你能够镇静而又激动地欣赏这过程的美丽与悲壮。但是，除非你看到了目的的虚无你才能够进入这审美的境地，除非你看到了目的的绝望你才能找到这审美的救助。但这虚无与绝望难道不会使你痛苦吗？是的，除非你为此痛苦，除非这痛苦足够大，大得不可消灭大得不可动摇，除非这样你才能甘心从目的转向过程，从对目的的焦虑转向对过程的关注，除非这样的痛苦与你同在，永远与你同在，你才能够永远欣赏到人类的步伐和舞姿，赞美着生命的呼喊与歌唱，从不屈获得骄傲，从苦难提取幸福，从虚无中创造意义，直到死神和天使一起来接你回去，你依然没有玩够，但你却不惊慌，你知道过程怎么能有个完呢？过程在到处继续，在人间、在天堂、在地狱，过程都是上帝巧妙的设计。

　　但是我们的设计呢？我们的设计是成功了呢还是失败了？如果为了使你幸福，我们不仅得给你小痛苦，还得给你大痛苦，不仅得给你一时的痛苦，还得给你永远的痛苦，我们到底帮了你什么忙呢？如果

史 铁 生
散 文 精 选

这就算好运,我,比如说我——我的名字叫史铁生,这个叫史铁生的人又有什么必要弄这么一份"好运设计"呢?也许我现在就是命运的宠儿?也许我的太多的遗憾正是很有分寸的遗憾?上帝让我终生截瘫就是为了让我从目的转向过程,所以有那么一天我终于要写一篇题为"好运设计"的散文,并且顺理成章地推出了我的好运?多谢多谢。可我不,可我不!我真是想来世别再有那么多遗憾,至少今生能做做好梦!

我看出来了——我又走回来了,又走到本文的开头去了。我看出来了,如果我再从头开始设计我必然还是要得到这样一个结尾。我看出来了,我们的设计只能就这样了。我不知道怎么办了,不知道还能怎么办。上帝爱我!——我们的设计只剩这一句话了,也许从来就只有这一句话吧。

1990年2月27日

爱情问题

1.有人说，世界上，每分每秒都有贝多芬的乐曲在奏响在回荡，如果真有外星人的话，他们会把这声音认作地球的标志（就像土星有一道美丽的环），据此来辨认我们居于其上的这颗星星。这是个浪漫的想象。何妨再浪漫些呢？若真有外星人，外星人爷爷必定会告诉外星人孙子，这声音不过是近二百年来才出现的，而比这声音古老得多的声音是"爱情"。爱情，几千年来人类以各种发音说着、唱着、赞美着和向往着它，缠绵激荡片刻不息。因此，外星人爷爷必定会纠正外星人孙子：爱情——这声音，才是银河系中那颗美丽星星的标志呢。

2.但，爱情是什么？爱情，都是什么呢？

大约不会有人反对：美满的爱情必要包含美妙的性（注：本文中的"性"意指性吸引、性行为、性快乐），而美满的性当然要以爱情为前提。因为世上还有一种叫作"友爱"的情感，以及一种叫作"嫖娼"和一种叫作"施暴"的行为。因而大约也就不会有人反对：爱情不等于性，性也不能代替爱情。如同红灯区里的男人或女人都不能代替爱人。

这差不多能算一种常识。

问题是：那个不等同于性的爱情是什么？那个性所不能代替的爱情，是什么？包含性并且大于性的那个爱情，到底是怎么一种事？

3. 也许爱情，就是友爱加性吸引？

就算这机械的加法并不可笑，但是，为什么你的异性朋友不止十个，而爱人却只有一个（或同时只有一个）呢？因为只有一个对你产生性吸引？是吗？

也许有人是。可我不是。我不是而且我相信，像我这样不止从一个异性那儿感受到吸引的人很多，像我这样不止被一个美丽女人惊呆了眼睛和惊动了心的男人很多，像我这样公开或暗自赞美过两个以上美妙异性的人肯定占着人类的多数。

证明其实简单：你还没有看见你的爱人之时你早已看见了异性的美妙，你被异性惊扰和吸引之后你才开始去寻找爱人。你在寻找一个事先并不确定的异性作你的爱人，这说明你在选择。你在选择，这说明对你有性吸引力的异性并不只有一个。那么，选择的根据是什么？若仅仅是性，便没有什么爱情发生，因而那是动物界司空见惯的事件与本文无关。你的根据当然是爱情。

但是爱情是什么眼下还不知道。

现在只知道了一件事：性吸引从来不是一对一的，从来是多向的，否则物种便要在无竞争中衰亡。

4. 我读过一篇小说，写一对恋人（或夫妻）出门去，走在街上、走进商店、坐上公共汽车和坐进餐厅里，女人发现男人的目光常常投向另外的女人（一些漂亮或性感的女人），于是她从扫兴到愤怒终至离开了那男人。这篇小说明显是嘲讽那个男人，相信他不懂得爱情和不

忠于爱情。

但该小说作者的这一判断只有一半的可能是对的，只有一半的可能是，那个男人尚未走出一般动物的行列。另外一半的可能是那个女人不懂爱情。首先她没弄清性与爱的分别，性是多指向的，而性的多指向未必不可以与爱的专一共存。其次她把自己仅仅放在了性的位置上，因为只有在这个位置上她与另外那些女人才是可比的。第三，那男人没有因为众多的性吸引而离开她，她可想过这是为什么吗？她显然没想过，因为倒是她仅仅为了性妒忌而离开了她的恋人或丈夫。

恋人们或夫妻们，应该承认性吸引的多向性，应该互相允许（公开或暗自）赞赏其他异性之魅力。但是！但是恋人们或夫妻们，可以承认和允许多向的性行为么？不，当然不，至少我不，至少当今绝对多数的人都——不！这，是为什么？这是一个最严重也最有价值的问题。

5. 毫无疑问，是因为爱情，因为必须维护爱情的神圣与纯洁，因为专一的爱情才受到赞扬。但是，这就有点奇怪，这就必然引出两个不能含混过去的问题：

一是，爱情既然是一种美好的情感，为什么要专一？为什么只能对一个人？为什么必须如此吝啬？为什么这吝啬或自私倒要受到赞扬，和被誉为神圣与纯洁？

二是，性吸引既然是多向的，为什么性行为不应该也是多向的？为什么性行为要受到限制，而且是以爱情（神圣与纯洁）的名义来限制？为什么对性的态度，竟是对爱情忠贞与否的（一个很重要的）证明？为什么多向的性吸引可与爱情共存，而多向的性行为便被视为对爱情的不忠？

6. 先说第二个问题。

071

史 铁 生
散 文 精 选

这不忠的观念，可能是源于早先的把爱情与婚姻、家庭混为一谈，源于婚姻、家庭所关涉的财产继承。所以这不忠，曾经主要是一个经济问题，现在则不过是旧观念的遗留问题。这不无道理。但，这么简单么？那么在今天，爱情已不等同于婚姻、家庭，已常常与经济无涉，这不忠的观念是否就没有了基础就很快可以消逝了呢？或者这不忠的观念，仅仅是出于动物式的性争夺，在宽厚豁达和更为进步的人那儿已不存在？

我知道一位现代女性，她说只要她的丈夫是爱她的，她丈夫的性对象完全可以不限于她，她说她能理解，她说她自己并不喜欢这样但是她能理解她的丈夫，她说"只要他爱我，只要他仍然是爱我的，只要他对别人不是爱，他只爱我"。可是，当那男人真的有了另外的性对象而且这样的事情慢慢多起来时，这位现代女性还是陷入了痛苦。不，她并不推翻原来的诺言，她的痛苦不是因为旧观念的遗留，更不是性忌妒，而是一个始料未及的问题："可我怎么能知道，他还是爱我的？"她说，虽然他对她一如既往，但是她忽然不知道为什么他还是爱她的。她不知道在他眼里和心中，她与另外那些女人有什么不同。她不知道为什么她不是与另外那些女人一样，也仅仅是他的一个性对象？她问："什么能证明爱情？"一如既往的关心、体贴、爱护、帮助……这些就是爱情的证明么？可这是母爱、父爱、友爱、兄弟姐妹之爱也可以做到的呀？但是爱情，需要证明，需要在诸多种爱的情感中独树一帜表明那不是别的那正是爱情！

什么，能证明爱情？

7. 曾有某出版社的编辑，约我就爱情之题写一句话。我想了很久，写了：没有什么能够证明爱情，爱情是孤独的证明。

这句话很可能引出误解，以为就像一首旧民谣中所表达的愿望，

爱情只是为了排遣寂寞。(那首旧民谣这样说：小小子儿，坐门墩儿，哭着喊着要媳妇儿。要媳妇儿干吗呀？点灯说话儿，吹灯就伴儿，早上起来梳小辫儿。)不，孤独并不是寂寞。无所事事你会感到寂寞，那么日理万机如何呢？你不再寂寞了但你仍可能孤独。孤独也不是孤单。门可罗雀你会感到孤单，那么门庭若市怎样呢？你不再孤单了但你依然可能感到孤独。孤独更不是空虚和百无聊赖。孤独的心必是充盈的心，充盈得要流溢出来要冲涌出去，便渴望有人呼应他、收留他、理解他。孤独不是经济问题也不是生理问题，孤独是心灵问题，是心灵间的隔膜与歧视甚或心灵间的战争与戕害所致。那么摆脱孤独的途径就显然不能是日理万机或门庭若市之类，必须是心灵间戕害的停止、战争的结束、屏障的拆除，是心灵间和平的到来。心灵间的呼唤与呼应、投奔与收留、坦露与理解，那便是心灵解放的号音，是和平的盛典是爱的狂欢。那才是孤独的摆脱，是心灵享有自由的时刻。

但是这谈何容易，谈何容易！

让我们记起人类社会是怎样开始的吧。那是从亚当和夏娃偷吃了禁果于是知道了善恶之日开始的，是从他们各自用树叶遮挡起生殖器官以示他们懂得了羞耻之时开始的。善恶观（对与错、好与坏、伟大与平庸与渺小等等），意味着价值和价值差别的出现。羞耻感（荣与辱，扬与贬，歌颂与指责与唾骂等等），则宣告了心灵间战争的酿成。这便是人类社会的独有标记，这便是原罪吧。从那时起，每个人的心灵都要走进千万种价值的审视、评判、褒贬乃至误解中去（枪林弹雨一般)，每个人便都不得不遮挡起肉体和灵魂的羞处，于是走进隔膜与防范，走进了孤独。但从那时起所有的人就都生出了一个渴望：走出孤独，回归乐园。

那乐园就是，爱情。

8. 寻找爱情，所以不仅仅是寻找性对象，而根本是寻找乐园，寻找心灵的自由之地。这样看来，爱情是可以证明的了。自由可以证明爱情。自由或不自由，将证明那是爱情或者不是爱情。

自由的降临要有一种语言来宣告。文字已经不够，声音已经不够，自由的语言是自由本身。解铃还需系铃人。孤独是从遮掩开始的，自由就要从放弃遮掩开始。孤独是从防御开始的，自由就要从拆除防御开始。孤独是从羞耻开始的，自由就要从废除羞耻开始。孤独是从衣服开始，从规矩开始，从小心谨慎开始，从距离和秘密开始，那么自由就要从脱去衣服开始，从破坏规矩开始，从放浪不羁开始，从消灭距离和泄露秘密开始……（我想，相视如仇一定是爱的结束，相敬如宾呢，则可能还不曾有爱。）

性行为是一种语言。在爱人们那儿，露肉体已不仅仅是生理行为的揭幕，更是心灵自由的象征；炽烈地贴近已不单单是性欲的推动，更是心灵的相互渴望；狂浪的交合已不只是繁殖的手段，而是爱的仪式。爱的仪式不能是自娱，而必得是心灵间的呼唤与应答。爱的仪式，并不发生在一个与世隔绝的孤岛，爱的仪式是百年孤独中的一炬自由之火。在充满心灵战争的人间，唯这儿享有自由与和平。这儿施行与外界不同甚或相反的规则，这儿赞美赤身裸体，这儿尊敬神魂颠倒，这儿崇尚礼崩乐坏，这儿信奉敞开心扉。这就是爱的仪式。爱的表达。爱的宣告。爱的倾诉。爱之祈祷或爱之祭祀。

9. 君王与嫔妃、嫖客与娼妓、爱人与爱人，其性行为之方式的相同点想必很多，那是由于身体的限制。但其性行为之方式的不同点肯定更多，因为，即便是相同的行动也都流溢着不同的表达，那是源自心灵的创造。

譬如哭，是忧伤还是矫情，一望可知。譬如笑，是欢欣还是敷衍，

一望可知。譬如西门庆和查泰莱夫人的情人,其境界的大不同一读可知。这很像是人们用着相同的文字,而说着不同的话语。相同的文字大家都认得,不同的话语甚至不能翻译。

顺便想到:什么是淫荡呢?在不赞成禁欲的人看来,并没有淫荡的肉身,只有淫荡的心计。只要是爱的表达(譬如查泰莱夫人与其情人),一切礼崩乐坏的作为都是真理,并无淫荡可言。而若有爱之外的指向(譬如西门庆),再规范再八股的行动也算流氓。

10. 性是爱的仪式,爱情有多么珍重,性行为就要多么珍重。好比,总不能在婚礼上奏哀乐吧,总不能为了收取祭品就屡屡为亲娘老子行葬礼吧。仪式,大约有着图腾的意味,是要虔敬的。改变一种仪式,意味着改变一种信念,毁坏一种仪式就是放弃一种相应的信念。性行为,可以是爱的仪式,当然也可以是不爱的告白。

这就是为什么,对性的态度,是对爱情忠贞与否的一个重要证明。这就是为什么,性要受到限制,而且是以爱情的名义。

爱情,不是自然事件,不是荒野上交媾的季节。爱情是社会事件,在亚当夏娃走出伊甸园之后发生,爱情是在相互隔膜的人群里爆发的一种理想,并非一种生理的分泌。所以性不能代替爱情。所以爱情包含性又大于性。

11. 再说第一个问题:爱情既然是美好的感情,为什么要专一为什么不该多向呢?为什么不该在三个以至一万个人之间实现这种感情呢?好东西难道不应该扩大倒应该缩小到只是一对一?多向的爱情,正可与多向的性吸引相和谐,多向的性行为何以不能仍然是爱的仪式呢?那岂不是在更大的范围里摆脱孤独么?岂不是在更大的范围里敞开心扉,实现心灵的自由与和平么?这难道不是更美好的局面?

史　铁　生
散 文 精 选

不能说这不是一个美好的理想。这差不多与世界大同类似，而且不单是在物质享有上的大同。在我想来，这更具有理想的意味。至少，以抽象的逻辑而论，没有谁能说出这样的局面有什么不美和不好。若有不美和不好，则必是就具体的不能而言。问题就在这儿，不是不该，而是不能。不是理想的不该，不是逻辑的不通，也不是心性的不欲，而是现实的不能。

为什么不能？

非常奇妙：不能的原因，恰恰就是爱情的原因。简而言之：孤独创造了爱情，这孤独的背景，恰恰又是多向爱情之不能的原因。倘万众相爱可如情侣，孤独的背景就要消失，于是爱情的原因也将不在。孤独的背景即是我们生存的背景，这与悲观和乐观无涉，这是闭上眼睛也能感受到的事实，所以爱情应当珍重，爱情神圣。

倘有三人之恋，我看应当赞美，应当感动，应当颂扬。这与所谓第三者绝无相同，与群婚、滥交、纳妾、封妃更是天壤之别。唯其可能性微乎其微。更别说四。

12. 我知道有一位性解放人士，他公开宣称他爱着很多女人，不是友爱而是包含性且大于性的爱情，他的宣称不是清谈，他宣称并且实践。这实践很可能值得钦佩。但不幸，此公还有一个信条：诚实。（这原不需特别指出，爱情嘛，没有诚实还算什么？）于是苦恼就来了，他发现他走进了一个二律背反的处境：要保住众多爱情就保不住诚实，要保住诚实就保不住众多爱情。因为在他众多地诚实了之后，众多的爱人都冲他嚷：要么你别爱我，要么你只爱我一个！于是他好辛苦：对Ａ瞒着Ｂ，对Ｂ瞒着Ｃ，对Ｃ瞒着ＡＢ，对Ｂ瞒着ＡＣ……于是他好荒唐：本意是寻找自由与和平，结果却得到了束缚和战争，本意要诚实结果却欺瞒，本意要爱结果他好孤独。他说他好孤独，我想他已开

始成人。他或者是从动物进化成人了，或者是从神仙下凡成人了，总之他看见了人的处境。这处境是：心与心的自由难得，肉与肉的自由易取。这可能是因为，心与心的差别远远大于肉与肉的差别，生理的人只分男女，心灵的人千差万别。这处境中自由的出路在哪儿？我想无非两路：放弃爱情，在欺瞒中去满足多向的性欲，麻醉掉孤独中的心灵，和，做爱情的信徒，知道它非常有限，因而祈祷因而虔敬，不恶其少恶其不存，唯其存在，心灵才注满希望。

13. 不过真正的性解放人士，可能并不轻视爱，倒是轻视性。他们并不把性与爱联系在一起，不认为性有爱之仪式的意义，为什么吃不是爱的告白呢？性也不必是。性就是性如同吃就是吃，都只是生理的需要与满足，爱情嘛，是另一回事。这不失为一个聪明的主张。你可以有神圣的专注的爱情，同时也可以有随意的广泛的性行为，既然爱与性互不相等，何妨更明朗些，把二者彻底分割开来对待呢？真的，这不见得不是一个好主意，性不再有自身之外的意义，性就可以从爱情中解放出来，像吃饭一样随处可吃，不再引起其它纠葛了。但是，爱，还包含性么？当然包含，爱人，为什么不能也在一块吃顿饭呢？爱情的重要是敞开心扉不是吗，何须以敞开肉体作其宣布？敞开肉体不过是性行为一项难免的程序，在哪儿吃饭不得先有个碗呢？所以我看，这主张不是轻视了爱，而是轻视了性，倘其能够美满就真是人类的一次伟大转折。

但是这样，恐怕性又要失去光彩，被轻视的东西必会变得乏味，唾手可得的东西只能使人舒适不能令人激动，这道理相当简单，就像绝对的自由必会葬送自由的魅力。据说在性解放广泛开展的地方，同时广泛地出现着性冷漠，我信这是真的，这是必然。没有了心灵的相互渴望，再加上肉体的沉默（没有另外的表达），性行为肯定就像按时

077

的服药了。假定这不重要，但是爱呢？爱情失去了什么没有？

爱情失去了一种最恰当的语言。这语言随处滥用，在爱的时候可还能表达什么呢？还怎么能表达这不同于吃饭和服药的爱情呢？正所谓"假作真时真亦假，无为有处有还无"了。爱情，必要有一种语言来表达，心灵靠它来认同，自由靠它来拓展，和平靠它来实现，没有它怎么行？而且它，必得是不同寻常的、为爱情所专用的。这样的语言总是要有的，不是性就得是其它。不管具体是什么，也一样要受到限制，不可滥用，滥用的结果不是自由而是葬送自由。

既然这样，作为爱的语言或者仪式，就没有什么别的东西能够优于性。因为，性行为的方式，天生酷似爱。其呼唤和应答，其渴求和允许，其拆除防御和解除武装，其放弃装饰和坦露真实，其互相敞开与贴近，其互相依靠与收留，其随心所欲及轻蔑规矩，其协力创造并共同享有，其极乐中忘记你我霎那间仿佛没有了差别，其一同赴死的感觉但又一起从死中回来，曾经分离但现在我们团聚，我们还要分离但我们还会重逢……这些形式都与爱同构。说到底，性之中原就埋着爱的种子，上帝把人分开成两半，原是为了让他们体会孤独并崇尚爱情吧。上帝把性和爱联系起来，那是为了，给爱一种语言或一个仪式，给性一个引导或一种理想。上帝让繁衍在这样的过程里面发生，不仅是为了让一个物种能够延续，更是为了让宇宙间保存住一个美丽的理想和美丽的行动。

14. 可为什么，性，常常被认为是羞耻的呢？我想了好久好久，现在才有点明白：禁忌是自由的背景，如同分离是团聚的前提。

这是一个永恒的悖论。

这是一切"有"的性质，否则是"无"。

我们无法谈论"无"，我们以"有"来谈论"无"。

我们无法谈论"死",我们以"生"来谈论"死"。

我们无法谈论"爱情",我们以"孤独"来谈论"爱情"。

一个永恒的悖论,就是一个永恒的距离,一个永恒孤独的现实。

永恒的距离,才能引导永恒的追寻。永恒孤独的现实,才能承载永恒爱情的理想。所以在爱的路途上,永恒的不是孤独也不是团聚,而是祈祷。

祈祷。

一切谈论都不免可笑,包括企图写一篇以"爱情问题"为题的文章。某一个企图写这样一篇文章的人,必会在其文章的结尾处发现:问题永远比答案多。除非他承认:爱情的问题即是爱情的答案。

1993年12月28日

足球内外

一

　　从电视里看足球,好处是局部争夺看得清楚,球星们的眉目也真切,坏处是只见局部,此局部切换到彼局部看不出阵形,不知昌盛之外藏了什么腐败,或平淡的周围正积酿着怎样的激情,更要紧的是欣赏欲望被摄像师的趣味控制,形同囚徒,只可在 20 英寸的一方小窗中偷看风云变幻。很想再身临实地去看一回。上一回去体育场看足球是二十多年前了,那时腿还未残。

　　桑普多利亚队二次来京时,朋友们把我抬进了体育场。去之前心里忐忑,怕人家不让轮椅进,倒去平白葬送一个快乐的晚上。这担心是多余了,守门人把我看了一会,便亲自为我开道。朋友们抬轿似抬我上楼梯时,一群年轻球迷竟冲我鼓掌,喊:"行嘿哥们儿,有您这样儿的,咱中国队非赢不可!"

　　体育场里不认得了。过去的印象是除去一坪绿草蓬勃鲜明,四周则密麻麻灰压压都是规规矩矩的看客,自由惟不谨慎时才有所泄露。

现在呢，球场就像盛装的舞台，观众席上五彩缤纷旗幡涌动，呐喊声、歌声、喇叭声……沸反盈天。第一个感受是，观众不再仅仅是观众，此乃一场巨型卡拉OK。

第二个感受是，"同志"这个渐渐消逝着的词儿于此无声地再现光辉。此处的人群与别处的人群大不相同，虽摩肩接踵难免磕磕碰碰，但进攻式的粗鲁没有，防御式的客气也没有，认识不认识的都像是相知已久，你一掏烟他就点火，甭谢，相互默契，然后开"侃"。侃的当然都是足球，侃者或儒雅或狂放，却都不把球场外的身份带进来，这儿只承认球迷的一份尊严与平等。是球迷吗？行，好样儿的，一家人，"先生""小姐"都太生分，是同志。虽"同志"二字并不发声，但我感到在人们未及发觉的心底，正是存在着这两个字。也许，同志一词原就是出这样的情境产生。这让我想起1976年地震时的情景，因为灾难的平等，使人间的等级隔膜一时消退，震后大家都曾怀念震时的人际关系，遗憾那样的美好何以不能长久。

二

那时是因为灾难一视同仁，现在呢？现在是因为真正的欢乐也须如此。狂欢，惟一视同仁才可能，惟期冀自由和庆贺平等的时刻才有狂欢。

我不大看得见绿草坪上正在进行的比赛，因为至少有80分钟人们是站着看的，激动的情绪使他们坐不下来，所有的座位都像是装了弹簧，往下一坐就反弹起来。前面的一对年轻恋人不断回头向我表示歉意，就像狂欢的队伍时而也注意一下路边掉队的老人，但是没办法，盛典正是如火如荼我们不能不跟随着去呀。我表示理解。我也很满足。我坐在人群背后专心倾听，狂欢是可以听的，以听的方式加入狂欢。

人们谈论着，赞美着，笑着和骂着……我听出多数人并不怎么懂足球，或者说并不像教练员和裁判员们那样懂足球，但他们懂得那不仅仅是足球，那更是狂欢，技术和战术都是次要的，一坪绿草上正在演出的是如祭礼一般的仪式！黑衣裁判仿佛祭司，飞来飞去的皮球如同祭器，满场奔跑着的球员是诸神的化身，四周的人群呢，是唱诗班，是一路朝拜而来的信徒或众生。所以你不能仅仅是看客，你来了是来参加的。所以不能单是看，更要听，用心领悟，人们如醉如痴是因为听到了比球场更为辽阔的世界，和比90分钟更为悠久的历史，听到了这仪式所象征的人的无边梦想，于是还要呼喊，还要吹响喇叭，还要手舞足蹈，以便一向要遏制或管束我们的命运之神能够为之感动，至于他感动了之后会赐给我们什么好处倒不是这呼喊所关心的，给或者不给那都一样，给或者不给，无边的梦想总要表达总要流传。

人需要狂欢，尤其今天。现代生活令人紧张，令人就范，常像让狼追着，没头苍蝇似的乱撞，身体拥挤心却隔离，需要有一处摆脱物欲、摆脱利害、摈弃等级、吐尽污浊、普天同庆的地方。人们选择了足球场，平凡的日子里只有这儿能聚拢这么多人，数万人从四面八方走来一处便令人感动，让人感受到一种象征，就像洛杉矶奥运会时的一首歌中所唱：We are the world. 而在这世界上，当灾难休闲或暂时隐藏着，惟狂欢可聚万众于一心，于是那首歌接着唱道：We are the children. 我们是世界，我们是孩子，那是说：此时此地世界并不欣赏成人社会的一切规则，惟以孩子的纯真参加进对自由和平等的祈祷中来，才有望走近那无限时空里蕴藏的梦想。

三

但是，强者的雄风太迷人了，战胜者的荣耀太吸引人了，而且这雄风和荣耀必是以弱者和失败者的被冷落为衬照，这差别太刺激人了，

于是人很容易忘记聆听（谛听和领悟），全副热情都掉进那差别中，去争夺居强的一端。争夺的热情大致基于这样的心理：在诸多的国家中我在的国家是最强的，在诸多的城市中我居住的城市是最好的，在诸多的民族中我属的民族是最优秀的，甚而至于在诸多朝圣的路途中我的路途是最神圣的。这样的心理若是只意味着战胜自己，也许本来不坏，但是，对荣耀的渴望使人再也听不见无限时空里的属于全人类的危惧和梦想，胜利仅仅在打败对方的欲望中成立。梦想从无限的时空萎缩进人际的输赢，狂欢就变成了彻头彻尾的争夺，那时"同志"忽然就被"立场"取代。在"同志"被"立场"取代的地方（不管是明着还是暗着），便不再有朝圣的仪式，而是战争的模型了。

我想起"文革"中的一些惨剧，大半是由立场作着前导；明知某事是假是恶是丑，但立场却能教你违心相随或缄口不言，甚而还要忏悔自己的立场不坚定。不不，立场和观点截然不同，观点是个人思想的自由，立场则是集体对思想的强制。立场说穿了就是派同伐异，顺我派者善，逆我派者恶，不需再问青红皂白。否则为什么要有立场这个词呢？尤其是观点一词并不作废的时候，立场究竟是要说什么呢？是说相同观点的人要站到一起来吗？首先，相同的观点因其相同不是已经站到一起来了么？再强调站到一起来是什么意思？其次，观点并非永远不变，相同一旦变成不同是否就要以立场的名义施之惩罚呢？若非如此，就真想不懂立场为什么不算是一句废话？记得"文革"年代有一首童谣：我们都是木头人，不许说话不许动，看谁立场最坚定。这可真是童言无忌道破天机。奇怪的是这童谣在当时怎么没有被划作反动言论，想来绝不是"四人帮"一流的疏忽，而是在他们看来这正是立场的本意。

立场怎样不知不觉地走进人间，也就怎样神鬼莫察地进了足球场，此一方球迷与彼一方球迷的大打出手、视若仇敌便屡见不鲜。我们是世界，变成了：我们是国家，我们是民族，我们是帮派，我们是我们，

083

史 铁 生
散 文 精 选

你们他妈的是你们。我们是孩子,则变成了:我们是英雄,我们是好汉,你们他妈的算是什么玩意儿?

本没有谁一心去做孬种,或号召大家争当败类。值得担心的倒是"英雄"、"好汉"的内涵不清,倘英雄主义糊里糊涂地竟认同起暴力来,肯定不会有好局面送给人间。狂欢精神一旦散失,便特别危险地要蜕变成狂热,勇猛和不屈都来不及对着生命的困惑,而要顺理成章地杀向异己的人类了(比如网球明星塞莱斯的被刺)。立场这个词把我们害着,把足球以及所有体育比赛都害着,把足球场里和地球上面的英雄害着,把狂欢精神和神圣之域也害着。

神圣之域尤其是不需要宣扬立场的。神圣并不蔑视凡俗,更不与凡俗敌对,神圣不期消灭也不可能消灭凡俗,任何圣徒都凡俗地需要衣食住行,也都凡俗地难免心魂的歧途,惟此神圣才要驾临俗世。神圣只是对凡俗的救助和感召,在富足或贫困的凡俗生活同样会步入迷茫、同样可能昏昏堕落的时候,神圣以其爱与美的期念给我们一条无尽无休的活路。

四

埃斯科巴(哥伦比亚足球队 2 号后卫)在"世界杯"后的惨死,是足球史和体育史上旷古的灾难,是所有球迷及全人类都该深思的。埃斯科巴的惨死,很像马尔克斯的一篇著名小说的标题,是"一场事先张扬的凶杀案"。所谓事先张扬,并不单指几个歹徒先期发出了威吓,而是说,这场凶杀早已在狂欢精神退出足球场时就已经张扬开了。而地球上的一切战争、不义和杀戮,大约也都是这样张扬开的。

狂欢精神丢失了,甚至兴趣也不在足球的技艺上,狂热去投奔哪儿呢?毫无疑问也绝无例外——去投奔战胜者的荣耀。

但是，鲜花、赞美、崇拜都向着战胜者去，失败者一无所有。已经说过，这差别太刺激人了，刺激的结果必是愤恨产生。狂欢精神的丢失，其不妙并不直接表现在战胜者的志得意满，而是最先显露于失败者的愤恨不平，尤其这愤恨并不对着神圣之域的被污染，而是由于自己的遭冷落，这愤恨便要积蓄到失去理性。屡屡的失败而且仍然忘记着聆听，看着吧，坏孩子的脾气就要发作。他本来想的是：我是最好的和我们是最好的，你们他妈的算是什么东西？可是现在怎么一切都颠倒了呢？被惯坏的孩子就要闹脾气，像北京话里说的要"耍叉"了，不讲理了，要在球场之外去寻报复了，要不择手段地去占住那居强的一端。

这样"耍叉"的孩子，常常也声称不欣赏现实世界的规则，但是留神，这与狂欢精神绝不一样，狂欢是在祈祷全人类的自由，"耍叉"的孩子是要大家都来恭维他和跟随他的主义。也可能他的主义是好的，但也可能他的主义是坏的呢？

五

所以，不如"少谈点主义，多研究点问题"，让所有的观点都有表达的机会，旗倒不妨慢举。并非不可以谈主义，但主义之前（或大旗之下）最好先有问题的研究，比如说：英雄和神圣都是什么含义呢？再比如："做人要有尊严"这句话其实什么都没说，因为什么是尊严呢？以及怎么维护这尊严？

成功者就一定是英雄，或者反抗者就一定是英雄么？神圣就是轻物利，或者退避红尘独享逍遥？尊严呢，是否单靠一副傲骨，或随时都警惕着一条测量他人冷热的神经？当然不这么简单。比如爱是神圣的，但爱是怎么回事似乎一向还是问题。有一种意见说：爱就够了，不必弄什么清楚。可是不清楚又怎么知道就够了呢？除非是自己够了，但这就又回到废话上。人民也是神圣的，但这样的大旗谁都能打着，贪污和行霸也用得着。不过有时也简单，比如"你们他妈的算是什么玩意儿"，此言一出即可明白，言者离英雄还远，那很像是自慰的一条计策（阿Q作证），而尊严，却在自以为维护的同时毁坏。所以，研究的项目还多，不忙举旗。

不说成功者。因为谁都不大可能永远不碰上失败。说反抗者。足球场上有好几种反抗者。一种已被红牌罚出场外，没什么说的了。一种在场外寻衅施暴，有法律管他，不说也罢。还有一种，以0∶9落后着，而且比赛已经到了第89分钟，这不是篮球是足球呵——就是说输定了，但十一个反抗者却仍全心全力地踢着，忘生忘死地奔跑，他们的目的从来就不狭隘到只要求战胜对方，他们知道0∶9和9∶0都是那仪式中的一项启示，生命之途上的一步路程，而每一步路程的前面都是一样的无限——无限的困境和无限精彩的可能，这才是英雄的反抗者吧。尤其这时，如果9∶0领先的一方也有如此领悟，不傲不怠，知道人际的胜负实属扯淡，此十一人与彼十一人都是困境的反抗者和精彩的体现者，这时，狂欢精神就全面地回来了。已经开始退场的球迷不是真正的球迷，他们看不见是什么回来了，而依然呐喊或呆望着的球迷是神圣的球迷，他们知道。

0∶9是一个夸张。

但狂欢精神是怎样回来的？从哪儿，和经历了什么才回来？如果它回来了，必是因为这样的发现：我们是世界，我们是孩子，我们是注定的困苦，和注定的爱与美的祈盼。

六

说到精神的胜利，人们马上会想起阿Q，似乎那是未庄这一位农民的专利。真是天大的误会。其实哪一种胜利不是最后落实在精神上呢？单单落实在物质上的胜利倒要狭隘得多了。精神胜利者并不都是阿Q，因为并非人人都把癞头疮去作胜利的基础，更不为自己的虱子比王胡的小些而愤愤。

不久前的"美洲杯"上，巴西靠"上帝之手"赢了阿根廷，赛后记者就这个球去问巴西队的感想，巴西队里竟有人说"去问他们的马拉多纳吧"，意思是说鼎鼎大名的马拉多纳也曾靠一个手球，为阿根廷队淘汰过英国队。我一向是巴西队的球迷，不因其冠军得的多，而因其把足球踢得潇洒美丽出神入化，但这一回真让千里万里之外的这一个巴西队的球迷为之羞愧。"上帝之手"有时难免，但上述回答真是有点阿Q的心理了。

这便想起足球场上还有一种反抗者，他们怎么也不能镇静地面对失败。他们的球队是最好的球队——这是他们立场的前提，不容怀疑也不容讨论的，于是失败就只好归咎到裁判头上去。毫无疑问，对裁判的错误应当揭露。但是这一种反抗者对裁判的错误一般采取两种截然相反的态度：利于对方则暴怒，利于自己则窃喜，暴怒时他们要问公理何在？窃喜时他们心想彼此彼此什么他妈的公理？这真正是矫情。

矫情的结果是并不能让自己进步，贬损对方吧，又不真能使对方溃退，想来想去还是那个裁判讨厌。但是把那个讨厌的裁判骂也骂过了，形势仍不乐观。于是便时有贿赂裁判的事件发生，这倒是未庄那一位穷汉未及学成的计策。

文学界经常也能看见这样的矫情，总也盼不到赞誉和畅销的时候，便去骂"评论家"和读者，或者转而去贿赂他们，当然不是用金钱，而是用文思（或文风）向"评论家"和市场靠拢。雄心再大一些的则去化验获诺贝尔奖的丹方，说是得有这一味得有那一味中国人才可能获那大奖，少了这一味缺了那一味则是皓首穷经也必名落孙山的。结

史 铁 生
散 文 精 选

果弄得人无所适从，翻箱倒柜找故事，掘地三尺挖古董，中西大菜满汉全席都上了桌，还是无济于事。怎么回事呢？很可能就在忙着化验他人之丹方的时候，把自己最重要的东西丢了：心魂。而那里面才是无限地辽阔，无穷地丰富，有不尽地创造的可能呀。其实文学和足球一样，根本是在困惑和狂欢时的聆听，立足于地而向苍天的询问，魂游于天而对土地的关怀。奖者，一种有趣的标记而已。对于真正的球迷，0∶0的结果并不表明90分钟的无味或多余。

七

如果我是外星人，我选择足球来了解地球的人类。如果我从天外来，我最先要去看看足球，它浓缩着地上人间的所有消息。

比如人对于狂欢和团聚的需要，以及狂欢和团聚又怎样演变成敌视和隔离，这已经说过。再比如它所表达的个人与群体的相互依赖，二十二个球员散布在场上，乍看似无关联，但牵一发而全身动，那时才看出来，每一个精彩点都是一个美妙结构的产物，而每一次局部失误都造成整体意图的毁灭。比如说，它的变化无穷正好似命运的难于预测，场上的阵势忽而潮涌忽而潮落，刚还是晴天朗照，转眼却又风声鹤唳，每一个位置都蕴含着极不确定的动向，每一个人都具"波粒二重性"，每一个点和每一个点之间的关系都有无限的可能，真正是测不准，因而预测足球的胜负就像预测天气变化一样靠不住，一个强队常常就被一支弱旅打得一败涂地，这在其它比赛中是少见的。又比如它的胜败常具偶然性，你十次射门都打在门柱上，我一次捡漏就置你于死地。而射在门柱上的那个球，只要再往里偏一公分就可能名垂球史，可这一公分其实就由于气流一阵细微的改变。那一次捡漏呢，则是因为对方的跑位也只差了一公分，这一公分的缘由说不定可以从看台上

人们如醉如痴是因为听到了比球场更为辽阔的世界，和比 90 分钟更为悠久的历史，听到了这仪式所象征的人的无边梦想，于是还要呼喊，还要吹响喇叭，还要手舞足蹈……

我们是世界，我们是孩子，我们是注定的困苦，和注定的爱与美的祈盼。

一位妙龄少女的午餐中去找。谋事在人成事在天，智者千虑也把捉不住偶然性的乖戾，于是神神鬼鬼令人敬畏。这都与我们的命运太相似了。接着，外星人还可以在这儿受到法制启蒙，他会看出要是没有那位黑衣法官，这球赛就没法进行，他尤其会看出在诸条规则中不准越位是最根本的一条，否则大家都去门前等着射门，地球上就可能只剩下扭门撬锁的小偷和蒙面入室的大盗了。外星人还能在这儿看见警察（星星点点散布在各处），认识官员（稀稀落落坐在主席台上），了解商业（四周的广告牌），粗通建筑（钢筋水泥的体育场），探知艺术的起源（看台上情不自禁的歌舞），发现贫富之别（票价不同因而所占位置各异），发现门派之盛，相互间竟至于睚眦必报、拳脚相加、水火难容……总之，几乎人间所有的事物在这儿都有样品，所有的消息在这儿都有传达。

这个与人间同构的球场，最可能成为人间的模型或象征，刺激起人的种种占有欲，倘占有落空，便加倍地勾引起平素积蓄的怨愤，坏脾气就关不住闸门。爱的祈望并不总比恨的发泄有力量。如果地球世界的强权、歧视、怨恨和复仇依然长寿，当然足球世界就最易受到浸染，足球场上就最易出现殴斗和骚乱。

八

也许外星人最后还会看出一件事：在足球和地球上，旗幡林立的主义中，民族主义是最悠久也最坚固的主义，是最容易被煽动起来的热情。

坐在看台上，我发现我的热情也渐渐地全被立场控制，很难再有刚一进来时的那种狂欢的感动，也顾不上去欣赏球艺，喜与忧全随着中国队的利与不利而动。只要中国队一拿球便是满场的喝彩，只要意大利队一攻到禁区便是四起的嘘声。这无可厚非。但是这样的热情进一步高亢，殴斗和骚乱就都有了解释。这样的情绪倘再进一步走出足球场，流窜到地球的各个角落，渗透进人类诸多的理论和政策中去，冷战、热战、还有"圣战"也就都有了根据。

民族主义其实信奉的是"老子天下第一"，"老子"难免势单力薄，明摆着不能样样居强，这才借了"民族"去张扬。但若"老子"的民族也不能样样居强呢，便又很容易生出民族自卑感，自卑而不能以自强去超越，通常的方略就是拉出祖宗的光荣来撑腰，自吹自擂自欺自慰都认作骨气。其实，这样的主义者看重的也一定不是民族，倘自家闹出争端，民族也就无足轻重。不信就请细心注意，一到了没有外族之时他就变成地方主义，一到了没有外地之时他就变成帮派主义，三人行他提倡咱俩，只剩下咱俩事情就清楚了：我第一，你第二。

当然你不能不让谁认为自己正确，和坚持自己认为的正确，（他说不定真就是天下第一呢？）但正确得靠研究的结果说话，深厚的土地上才是插牢一面大旗的地方。比如说"把什么和什么开除出文学正堂"，但是，由谁来圈定正堂的方位呢？开除一事又该由谁来裁决？恐怕谁都不合适。"正堂"和"开除"都在研究问题的气氛中自然发生，就像人们自然会沐浴清泉而排除污水，绝非可以毕其功于一面大旗的。

其实我们从幼儿园里就受过良好的教育：诚实，谦虚，摆事实讲道理。我们在学校里继续受着良好的教育：以他人之长补自己之短。怎么长大成人倒变糊涂？是的是的，这世界太复杂，不可不有一点策略，否则寸步难行。但这不应该妨碍我们仍然需要看清一个真理：无论是民族还是主义，也无论是宗教还是科学，能够时时去查看自己的缺陷与危险的那一个（那一种）才有希望。

九

但是，谁总能那么冷静呢？况且，大家若一味地都是沉思般地冷

静着，足球也不好玩，日子也很难过。不让激情奔涌是不行的，如同不让日走星移四季更换。不是足球酿造了激情，是激情创造了足球。激情是生之必要，就像呼吸和睡觉，不仅如此，激情更是生之希望，是善美之途的起步。

但是，什么才能使这激情不掉进仇视和战争呢？（据说，南美有两个国家曾因足球争端引发过一场真刀真枪的战争。）是苦难。不管什么民族和主义，不管怎么伟大和卑微，都不可能逃开的那一类苦难。

我又回忆起1976年地震时的情景，那时的人们既满怀激情又满怀爱意，一切名目下的隔离或敌视都显出小气和猥琐，惟在大地无常的玩笑中去承受生死的疑问，疑问并不见得能有回答，但爱却降临。只可惜那时光很短暂。

看来苦难并不完全是坏东西。爱，不大可能在福乐的竞争中牢固，只可能在苦难的基础上生长。当然应该庆幸那苦难时光的短暂，但是否可以使那苦难中的情怀长久呢？

长久地听见那苦难（它确实没有走远），长久地听见那苦难中的情怀，长久地以此来维护激情也维护爱意，我自己以为这就是宗教精神的本意。宗教精神当然并不等于各类教会的主张，而是指无论多么第一和伟大的人都必有的苦难处境，和这处境中所必要的一种思索、感悟、救路。万千歧途，都是因为失去了神的引领。这里说的神，并非万能的施主，而是人的全部困苦与梦想、局限与无限的路途，以及0∶9时的一如既往，和由其召唤回来的狂欢。

1995年9月6日
10月10日再次修改

病隙碎笔3

一

从网上读到一篇文章，说到中国孩子和美国孩子学画画之关心点的不同，中国孩子总是问老师"我画得像不像"，美国孩子则是问"我画得好不好"。

先说"像不像"。像什么呢？一是像老师的范本，二是像名家或传统的画路。我在电视上见过几个中国孩子比赛水墨画，看笔法都是要写意，但其实全有成规：小鸡是几笔都是几笔，小虾则一群与一群的队形完全一致，葫芦的叶子不仅数目相等并且位置也一样，而白菜的旁边总是配上两朵蘑菇……这哪里还有自己的意，全是别人的实呀！三是像真的。怎样的真呢？倘其写意也循成规，真，料必也只是流于外在的形吧。

再说"好不好"。根据什么说它好不好呢？根据外在的真，只能是像不像。好不好则必牵系着你的心愿，你的神游，神游阻断处你的犹豫和彷徨，以及现实的绝境给你的启示，以及梦想的不灭为你开启的无限可能性。这既是你的劫数也是你的自由，这样的舞蹈你能说它像

什么吗？它什么也不像，前面没有什么可以让它像的东西，因而你只有问自己，乃至问天问地：这，好不好？

二

国画，越看越有些腻了。山水树木花鸟鱼虫，都很像，像真的，像前人，互相像，鉴赏家常也是这样告诉你：此乃袭承哪位大师、哪一门派。西画中这类情况也有。书法中这样的事尤其多，寿字、福字、龙虎二字，写来写去再也弄不出什么新意却还是写来写去，让人看了憋闷，觉得书者与观者的心情都被囚禁。

艺术，原是要在按部就班的实际中开出虚幻，开辟异在，开通自由，技法虽属重要但根本的期待是心魂的可能性。便是写实，也非照相。便是摄影，也并不看重外在的真。一旦艺术，都是要开放遐想与神游，且不宜搭乘已有的专线。

曾经我不大会看画，众人都说好，便追去看。贴近了看，退远了看，看得太快怕人说你干嘛来，看得慢了又不知道看什么，看出像来暗自快慰，看着不像便怀疑人家是不是糊弄咱。后来，有一次，忽然之间我被震动了——并非因为那画面所显明的意义，而是因其不拘一格的构想所流露的不甘就范的心情。一俟有了这样的感受，那画面便活跃起来，扩展开去，使你不由地惊叹：原来还有这样的可能！于是你不单看见了一幅画，还看见了画者飞扬的激情，看见了一条渴望着创造的心迹，观者的心情也便跟随着不再拘泥一处，顿觉僵死的实际中处处都蕴藏着希望。

三

不过，倘奇诡、新异肯定就好，艺术又怕混淆于胡来。贬斥了半天"像",回头一想,什么都不像行吗?换个角度说,你根据什么说A是艺术,B是创作,而C是胡来?所谓"似与不似之间",这"之间"若仅是画面上分寸的推敲,结果可能还是成规,或者又是胡来。这"之间",必是由于心神的突围,才可望走到艺术的位置;可以离形,但不能失神,可以脱离实际沉于梦幻,却不可无所寻觅而单凭着手的自由。这就像爱与性的关系:爱中之性,多么奇诡也是诉说,而无爱之性再怎么像模像样儿也还是排泄。

什么都不像既然也不行,那又该像什么呢?像你的犹豫,像你的绝望,像你的不甘就范的心魂。但心魂的辽阔岂一个"像"字可以捕捉?所以还得是"好不好";"好不好"是心魂在无可像处的寻觅。

四

中国观众,对戏剧,对表演,也多以"像不像"来评价。医生必须像医生,警察千万得像警察。可医生和警察,脱了衣裳谁像谁呢?脱了衣裳并且入梦,又是怎么个像法呢?(有一段相声说:梦,有俩人商量着做的吗?)像,惟在外表,心魂却从来多样。心魂,你说他应该像什么?只像他自己不好吗?只像他希望自己所是的那样,不好吗?可见,"像不像"的评价,还是对形的要求,对表层生活的关注,心魂的辽阔与埋藏倒被忽视。

所以中国的舞台上与中国的大街上总是很像。中国的演员,功夫多下在举首投足、一颦一笑的像上。中国观众的期待,更是被培养在这个像字上。于是,中国的艺术总是以像而赢得赞赏。极例是"文革"中的一个舞蹈《喜晒战备粮》:一群女孩儿不过都换了一身干净衣裳,跳到台上去筛一种想像中的谷物。筛来筛去,这我在农村见过,觉得真像,又觉得真没劲——早知如此,给我们村儿的女子们换身衣裳不

得了？想来我们村儿的女子们倒更要活泼得多了。还有所谓的根雕，你看去吧，好好的天之造物，非得弄得像龙像凤，像鹰像鹤，偏就不见那根须本身的蓬勃与呼啸。还是一个"像"字作怪。"不肖子孙"所以是斥责，就因其不像祖宗，不按既定方针办。龙与鹤的意思都现成，像就是了，而自然的蓬勃与呼啸是要心魂参与创造的，而心魂一向都被忽视。

五

像字当头，艺术很容易流于技艺。用笔画，会的人太多，不能标榜特色总归是寂寞，就有人用木片画，用手指或舌头画，用气吹着墨液在纸上走。有个黄色笑话，说古时某才子善用其臀作画，蘸了墨液在纸上只一坐，像什么就不说了，但真是像。玩笑归玩笑，其实用什么画具都不要紧，远古无"荣宝斋"时，岩洞壁画依然动人魂魄。古人无规可循，所画之物也并不求像，但那是心魂的奔突与祈告，其牵魂的力量自难磨灭。我是说，心魂的路途远未走完，未必是工具已经不够使。

六

外在的"像"与"真"，或也是艺术追求之一种，但若作为艺术的最高鉴定，尴尬的局面在所难免。比如，倘若真就是好，任何黄色的描写就都无由贬斥，任何乌七八糟的东西都能叫艺术，作者只要说一句"这多么真实"，或者"我的生活真的是这样"，你说什么？他反过来还要说你："遮遮掩掩的你真是那样干么？虚伪！"是呀，许你满台土语，就不许我通篇脏话？许你引车卖浆惟妙惟肖，就不许我鸾颠凤倒纤毫毕现？许你衣冠楚楚，倒不许我一丝不挂？你真还是我真？哎哎，确也如此——倘去实际中比真，你真比不过他。不过，若只求实际之真，艺术真也是多余。满街都是真，床上床下都是真，看去呗。可艺术何为？艺术是一切，这总说不通吧？那么，艺术之真不同于实际之真，应该是没有疑问的。

艺术是假吗？当然也不是。倒是满街的实际，可能有一半是假；床上床下的真，可能藏着假情假意，一丝不挂呢，就真的没有遮掩？而在这真假之间，心魂一旦感受到荒诞，感受到苦闷有如囚徒，便可能开辟另一种存在，寻觅另一种真了。这样的真，以及这样的开辟与寻觅本身，被称为艺术，应该是合适的。

七

说艺术之真有可能成为伪善的借口，成为掩盖实际之真的骗术，这可信。但因此就将实际之真作为艺术的最高追求，却不能接受。

"艺术源于生活"，我曾以为是一句废话——工农兵学商，可有哪一行不是源于生活吗？后来我明白，这当然不是废话，这话意在消解对实际生活的怀疑。

有位大诗人说过，"诗是对生活的匡正"。他不知道"匡正"也是源于生活？料必他是看出了"源于生活"要么是废话，要么就会囿于实际，使心魂萎缩。

粉饰生活的行为，倒更会推崇实际，拒斥心魂。因为，心魂才是自由的起点和凭证，是对不自由的洞察与抗议，它当然对粉饰不利。所以要强调艺术的不能与实际同流。艺术，乃"于无声处"之"惊雷"，是实际之外的崭新发生。

八

"匡正",不单是针对着社会,更是针对着人性。自由,也不仅是对强权的反抗,更是对人性的质疑。文学因而不能止于干预实际生活,而探问心魂的迷茫和意义才更是它的本分。文学的求变无疑是正当,因为生活一直在变。但是,生命中可有什么不变的东西吗?这才是文学一向在询问和寻找的。日新月异的生活,只是为人提供了今非昔比的道具,马车变成汽车,蒲扇换成空调,而其亘古的梦想一直不变,上帝对人的期待一直不变。为使这梦想和期待不致被日益奇诡、奢靡的道具所湮灭,艺术这才出面。上帝就像出题的考官,不断变换生活的题面,看你是否还能从中找出生命的本义。

对于科学,后人不必重复前人,只需接过前人的成就,继往开来。生命的意义却似轮回,每个人都得从头寻找,惟在这寻找中才可能与前贤汇合,惟当走过林莽、走过激流、走过深渊、走过思悟一向的艰途,步上山巅之时你才能说继承。若在山腰止步,登峰之路岂不又被埋没?幸有世世代代不懈的攀登者,如西绪福斯一般重复着这样的攀登,才使梦想照耀了实际,才有信念一直缭绕于生活的上空。

九

不能把遮掩实际之真的骗术算在艺术之真的头上,就像不能把淫乱归在性欲名下。而实际之真阻断了心魂恣肆的情况,也是常有,比如婚内强奸也可导致生育,但爱情随之荒芜。

实际的真与否,有舆论和法律去调教,比如性骚扰的被处罚,性丑闻的被揭露,再比如拾金不昧的被表彰。但艺术之真是在信仰麾下,并不受实际牵制，它的好与不好就如爱情的成败，惟自作自受。一般来看，掩盖实际之真的骗术，多也依靠实际之假，或以实际的利益为引诱，哪有欺世盗名者希望大家心魂自由的呢？

黄色所以是黄色，只因其囿于器官的实际，心魂被快感淹没，不得伸展。倘非如此，心魂借助肉体而天而地，爱愿借助性欲而酣畅地表达，而虔诚地祈告，又何黄之有？一旦心魂驾驭了实际，或突围，或彷徨，或欢聚，你就自由地写吧，画吧，演吧，字还是那些字，形还是那些形，动作还是那些动作，意味却已大变——爱情之下怎么都是艺术，一黄不染。黄色，其实多么小气，而"金风（爱）玉露（性）一相逢，便胜却人间无数"！那是诗是歌是舞，是神的恩赐呀谁管得着？

其实，对黄色，也无须太多藏禁。那路东西谁都难免想看看，但正因其太过实际，生理书上早都写得明白，看看即入穷途。半遮半掩，倒是撩拨青少年。

十

我们太看重了白昼，又太忽视着黑夜。生命，至少有一半是在黑夜中呀——夜深人静，心神仍在奔突和浪游。更因为，一个明确走在晴天朗照中的人，很可能正在心魂的黑暗与迷茫中挣扎，黑夜与白昼之比因而更其悬殊。

这迷茫与挣扎，不是源于生活？但更是"匡正"，或"匡正"的可能。这就得把那个"像"字颠来倒去鞭打几回！因为，这黑夜，这迷茫与挣扎，正是由于无可像者和不想再像什么。这是必要的折磨，否则尽是"酷肖子孙"，千年一日将是何等无聊？连白娘子都不忍仙界的寂寞，"千年等一回"来寻这人间的多彩与真情。

十一

不能因为不像,就去谴责一部作品,而要看看那不像的外形是否正因有心魂在奔突,或那不像的传达是否已使心魂震动、惊醒。像,已经太腻人,而不像,可能正为生途开辟着新域。

"艺术高于生活",似有些高高在上,轻慢了某些平凡的疾苦,让人不爱听。再说,这"高于"的方向和尺度由谁来制定呢?你说你高,我说我比你还高,他说我低,你说他其实更低,这便助长霸道,而霸道正是瞒与骗的基础。那就不如说"艺术异于生活"。"异"是自由,你可异,我亦可异,异与异仍可存异,惟异端的权利不被剥夺是普遍的原则。

不过,"异"主要是说,生理的活着基本相同,而心魂的眺望各有其异,物质的享受必趋实际,而心魂的眺望一向都在实际之外。但是,实际之外可能正是黑夜。黑夜的那边还有黑夜,黑夜的尽头呢?尽头者,必不是无,仍是黑夜,心魂的黑夜。人们习惯说光明在前面引领,可光明的前面正是黑夜的呼唤呀。现成的光明俯拾即是,你要嫌累就避开黑夜,甭排队也能领得一份光明,可那样的光明一定能照亮你的黑夜吗?惟心神的黑夜,才开出生命的广阔,才通向精神的家园,才是要麻烦艺术去照亮的地方。而偏好实际,常常湮灭了它。缺乏对心魂的关注,不仅限制了中国的艺术,也限制着中国人心魂的伸展。

十二

"普遍主义"很像"高于",都是由一个自以为是的制高点发放通行证,强令排异,要求大家都与它同,此类"普遍"自然是得反对。

但要看明白，这并不意味着天下人就没有共通点，天下事就没有普遍性。要活着，要安全，要自由表达，要维护自己独特的思与行……这有谁不愿意吗？因此就得想些办法来维护，这样的维护不需要普遍吗？对"反对普遍主义"之最愚蠢的理解，是以为你有你的实际，我有我的实际，因此谁想怎么干就怎么干吧。可是，日本鬼子据其实际要侵略你，行吗？村长据其实际想强奸某一村民，也不行吧？所以必得有一种普遍的遵守。

十三

语言也是这样，无论谈恋爱还是谈买卖，总是期望相互能听懂，你说你的我说我的就不如各自回家去睡觉。要是你听不懂我的我就骂人，就诉诸强迫，那便是霸道，是要普遍反对的。可是，反抗霸道若也被认为是霸道，事情就有些乱。为免其乱就得有法律，就得有普遍的遵守。然而又有问题：法律由谁来制定？只根据少数人（或国）的利益显然不对吧？所以就得保证所有的人（或国）都能自由发言。

说到保护民族语言的纯洁与独立，以防强势文化对它的侵蚀与泯灭，我倾向赞成，但也有些疑问。疑问之一：这纯洁与独立，只好以民族为单位吗？为什么不更扩大些或更缩小些？疑问之二：民族之间可能有霸道，民族之内就不可能有？民族之间可以恃强凌弱，一村一户中就不会发生同样的事？为什么不干脆说"保护个人的自由发言"呢？

本当是个人发言，关注普遍，不知怎么一弄，常常就变成了集体发言，却只看重一己了。只有个人自由，才有普遍利益，只因有普遍的遵守，才可能保障个人的自由，这道理多么简单。事实上，轻蔑个人自由的人，也都不屑普遍的遵守，道理也简单：自由一普遍，霸字搁在哪儿？

十四

　　远来的和尚，原是要欣赏异地风俗，或为人类学等等采集标本，自然是希望着种类的多样，稀有种类尤其希望它保持原态，不见得都有闲心去想这标本中人是否活得煎熬，是否也图自由与发展？他们不想倒也罢了，标本中人若为取悦游僧和学者而甘做标本，倒把自己的愿望废置，把自己必要的变革丢弃，事情岂不荒唐？

十五

　　前不久，可能是在电视上也可能是在报纸上，见一位导演接受记者采访。记者问："有人说您的'中国特色'其实是迎合外国人的口味。"导演说："不，因为我表现的是人的普遍情感，所以外国人也能接受。"我便想：什么是普遍情感？这普遍是谁的统计？怎么统计的？其依据和目的都是什么？以及被这统计所排除、所遗漏的那些心魂应当怎样处置？尤其，这普遍怎么又成了特色？是什么人，会认此普遍为特色呢？是不是由市场判定的普遍？是不是由外国口味判定的中国特色？

　　一个创作者，敢说他表现的是普遍，这里面隐约已经有了一方"父母官"的影子。一个创作者，竟说他表现的是普遍，谦虚得又似过头，这岂非是说自己并无独到之见？一个创作者，至少要自以为有独特的发现，才会有创作的激情吧？普遍的情感满街都是，倘不能从中见出独具的心流，最多也只能算模仿生活。内在的新异已被小心地择出或粗心地忽略，一旦走上舞台和银幕，料必仍只是外在的像。这样的"创作"，我在想，其动力会是什么呢？不免还是想到了"迎合"，迎合市场，迎合"父母官"，迎合一种故有的优势话语，或者迎合别的什么。未必

史　铁　生
散 文 精 选

就是迎合大众，倒可能是麻醉大众。大众的心流原本是多么丰富，多么不拘，多么辽远，怎么迎合得过来？惟把他们麻醉到只认得一种戏路，只相信一种思绪配走上舞台或银幕，他们才可以随时随地被迎合。所以我又想，是否正因为这堂而皇之的普遍，万千独具的心流所以被湮灭，以致中国特色倒要由外国人来判定？还有，为什么要以国为单位来配制特色？为什么不让每一缕心魂自然而然地表现其特色呢？

十六

别抱怨摆弄实际之真的所谓艺术总是捉襟见肘吧，那是必然。正因为实际走到了末路，艺术这才发生，若领着艺术再去膜拜实际，岂非鬼打墙？所以，艺术正如爱情，都是不能嫌累的事。心魂之域本无尽头，比如"诗意地栖居"可不是独享逍遥，而是永远地寻觅与投奔，并且总在黑夜中。

十七

要讲真话，勿瞒与骗，这是中国人普遍推崇的品质。可从来，有几人真能做得彻底，真能"知无不言，言无不尽"？（且莫苛求"言必行"吧。）倒是常听见这样的表白："有些话我不能讲，但我讲的保证都是真话。"说实在的，能如此也已经令人钦佩。扪心自问，我自己顶多也就这样。但这绝不是说我钦佩我自己，恰恰相反，用陕北话说：我这心里头害麻烦。翻译成北京话就是：糟心。有点儿像吸毒，自各儿也看不起自各儿，又戒不掉。软弱的自己看不起自己的软弱但还是软弱着，虚伪的自己看不起自己的虚伪却还是"有些话不能讲"——真真岂有此理！

岂有此理就完了吗？钦佩着勇敢者之余，软弱如我者想：岂有此

理的深处就怕还藏着另外的道理，未必一副硬骨头就能包打天下。说真话、硬骨头、匕首与投枪，于虚伪自然是良药，但痼疾犹在，久不见轻，大概还是医路的问题。自古就有"文死谏"的倡导，意思也就是硬骨头、讲真话，可这品质世世代代一直都被倡导，或只被倡导，且有日趋金贵之势，岂不令人沮丧？怎么回事？中国人一向推崇的品质，怎么竟成了中国人越来越难得的高风亮节？

十八

说真话有什么错吗？当然没有，还能是说假话不成？但说真话就够了吗？这就又得看看：除了实际之真，心魂之真是否也有表达？是否也能表达？是否也提倡表达？是否这样的表达也被尊重？倘只白昼在表达，生命至少要减半。倘黑夜总就在黑夜中独行，或聋，或哑，或被斥为"不打粮食"，真，岂不是残疾着吗？比如两口子，若互相只言白昼，黑夜之浪动的心流或被视为无用，或被看作邪念，千万得互相藏好，那料必是要憋出毛病的。比如憋出猜疑和防备，猜疑和防备又难免流入白昼，实际之真也就要打折扣了。这还不要紧，只要黑夜健在，娜拉大不了是个出走。但黑夜要是一口气憋死，实际被实际所囚禁，艺术和爱情和一切就都只好由着白昼去豢养、去叫卖了。失去黑夜的白昼，失去匡正的生活，什么假不能炒成真？什么阴暗不能标榜为圣洁？什么荒唐事不能煽得人落泪？于是，什么真也就都可能沦落到"我不能说"了。

十九

听说有一位导演，在反驳别人的批评时说："不管怎么说，反正我是让观众落了泪。"反驳当然是你的权利,但这样的反驳很无力,让人落泪就一定是好艺术吗?让人哭,让人笑,让人咬牙切齿、捶胸顿足,都太容易,不见得非劳驾艺术不可。而真正的好艺术,真正的心路艰难,未必都有上述效果。

我听一位批评家朋友说过一件事:他去看一出话剧,事先掖了手绢在兜里,预备哭和笑,然而整个演出过程中他哭不出也笑不出,全场惟鸦雀无声。直到剧终,掌声虽也持久,但却犹豫。直到戏散,鱼贯而出的人群仍然没有什么热烈的表示,大家默默地走路,看天,或对视。我那朋友干脆找个没人的地方坐下来发呆。他说这戏真好。他没说真像。他说看戏的人中有说真好的,有说不好的,但没见有谁说真像或者不像。他说,无论说真好的还是说不好的,神情都似有些愕然,加上天黑。他说他在那没人的地方坐了很久,心里仍然是一片愕然,以往的批评手段似乎都要作废,他说他看见了生命本身的疑难。这戏我没看。

二十

我看过一篇报告文学,讲一个叛徒的身世。这人的弟弟是个很有名望的革命者。兄弟俩早年先后参加了革命,说起来他还是弟弟的引路人,弟弟是在他的鼓动下才投身革命的。其实他跟弟弟一样对早年的选择终生无悔,即便是在他屈服于敌人的暴力之时,即便是在他饱受屈辱的后半生中,他也仍于心中默默坚守着当初的信奉。然而弟弟是受人爱戴的人,他却成了叛徒。如此天壤之别,细究因由其实简单:他怕死,怕酷刑的折磨,弟弟不怕。当然,还在于,他不幸被敌人抓去了,弟弟没这么倒霉。就是说,弟弟的不怕未经证实。于是也可以想像另一种可能:被抓去的是弟弟,不是他。这种可能又引出另外两种可能:一是弟弟确实不怕死,也不怕折磨,这样的话世上就会少一个叛徒,

多一个可敬的人。二是弟弟也怕，结果呢，叛徒和可敬的人数目不变，只不过兄弟俩倒了个个儿。

谁是叛徒无关紧要，就像谁是哥谁是弟并不要紧，要紧的是世上确有哥哥这样的人，确有这样饱受折磨的心。知道世上有这样的人的那天，我也是找了个没人的地方呆坐很久，心中全是愕然，以往对叛徒的看法似乎都在动摇。我慢慢地看见，勇猛与可敬之外还有着更为复杂的人生处境。我看见一片蛮荒的旷野，神光甚至也少照耀，惟一颗诉告无处的心随生命的节拍钟表一样地颤抖，永无休止。不管什么原因吧，总归有人处于这样的境地，总归有这样的心魂的绝境，你能看一看就忘了吗？我尤其想起了这样的话：人道主义者是不能使用"个别现象"这种托词的。

二十一

这样的事让我不寒而栗。这样的事总向我提出这样的问题：你是他，你怎么办？这问题常使我夜不能寐。一边是屈辱，一边是死亡，你选择什么？一边是生，是永恒的耻辱与惩罚，一边是死，或是酷刑的折磨，甚至是亲人遭连累，我怎样选择？这问题在白昼我不敢回答，在黑夜我暗自祈祷：这样的事千万别让我碰上吧。但我知道这不算回答，这惟使黑夜更加深沉。我又对自己说：倘这事真的轮到我头上，我惟求速死。可我心里又明白，这不是勇敢，也仍然不是回答，这是逃避，想逃开这两难的选择，想逃出这最无人道的处境。因为我还知道，这样的事并不由于某一个人的速死就可以结束。何况敌人不见得就让你速死，敌人要你活着，逼你就范是他们求胜的方法。然而，逼迫你的仅仅是敌人吗？不，这更像合谋，它同时也是敌人的敌人求胜的方法。在求胜的驱动之下，敌对双方一样地轻蔑了人道，践踏和泯灭着人道，那么不管谁胜，得胜的终于会是人道吗？更令人迷惑的是，这样的敌对双方，到底是因何而敌对？各自所求之胜，究竟有着怎样根本的不同？我的黑夜仍在黑夜中。而且黑夜知道，对这两难之题，是不能用逃避冒充回答的。

二十二

对这样的事，和这样的黑夜，我在《务虚笔记》中曾有触及，我试图走到三方当事者的位置，演算各自的心路。

大凡这类事，必具三方当事者：A——或叛徒，或英雄，或谓之"两难选择者"；B——敌人；C——自己人。演算的结果是：大家都害怕处于A的位置。甚至，A的位置所以存在，正由于大家都在躲避它。比如说，B不可以放过A吗？但那样的话，B也就背叛了他的自己人，从而走到了A的位置。再比如，C不可以站出来，替下你所担心的那个可能成为叛徒的人吗？但那样C也就走到了A的位置。可见，A的位置他们都怕——既怕做叛徒，也怕做英雄，否则毫不犹豫地去做英雄就是，叛徒不叛徒的根本不要考虑。是的，都怕，A的位置这才巩固。是的，都怕，但只有A的怕是罪行。原来是这样，他们不过都把一件可怕的事推给了A，把大家的罪行推给了A去承担，然后，一方备下了屠刀、酷刑和株连，一方备下了赞美，或永生的惩罚。

二十三

大家心里都知道它的可怕，大家却又一齐制造了它，这不荒唐吗？因此，很久以来我就想为这样的叛徒说句话。就算对那两难的选择我仍未找到答案，我也想替他问一问：他到底错在了哪儿？他不该一腔

热血而做出了他年轻时的选择吗？他不该接受一项有可能被敌人抓去的工作吗？他一旦被抓住就不该再想活下去吗？或者，他就应该忍受那非人的折磨？就应该置无辜的亲人于不顾，而单去保住自己的名节，或单要保护某些同他一样承诺了责任的"自己人"吗？

我真是找不出像样的回答。但我不由地总是想：有什么理由使一个人处于如此境地？就因为他要反对某种不合理（说到底是不合人道之理）的现实，就应该处于更不人道的境地中吗？

我认真地为这样的事寻找理由，惟一能找到的是：A的屈服不仅危及了C，还可能危及"自己人"的整个事业。然而，倘这事业求胜的方法与敌人求胜的方法并无根本不同，将如何证明和保证它与它所反对的不合理一定就有根本的不同呢？于是我又想起了圣雄甘地的话：没有什么方法可以获得和平，和平本身是一种方法。这话也可引申为：没有什么方法可以获得人道，人道本身就是方法。那也就是说：人道存在于方法中，倘方法不人道，又如何树立人道，又怎么能反对不人道？

二十四

这真正是一道难题：敌人不会因为你人道，他也就人道。你人道，他很可能乘虚而入，反使其不人道得以巩固。但你若以其人之道还治其人之身呢，你就也蔑视了人道，你就等于加入了他，反使不人道壮大。仇恨的最大弊端是仇恨的蔓延，压迫的最大遗患是压迫的复制。"自己人"万勿使这难题更难吧。以牙还牙的怪圈如能有一个缺口，那必是更勇敢、更理性、更智慧的人发现的，比如甘地的方法，比如马丁·路德·金的方法。他们的发现，肯定不单是因为骨头硬，更是因为对万千独具心流更加贴近的关怀，对人道更为深彻的思索，对目的更清醒的认识。这样的勇敢，不仅要对着敌人，也要对着自己，不仅靠骨头，更要靠智慧。当然,说到底是因为:不是为了坐江山,而是为了争自由。

电视中正在播放连续剧《太平天国》。洪秀全不勇敢?但他还是要坐江山。杨秀清不勇敢?可他总是借天父之口说自己的话。天国将士不勇敢吗,可为什么万千心流汇为沉默?"天国"看似有其信仰,但人造的神不过是"天王"手中的一张牌。那神曾长了一张人嘴,人嘴倘合王意,王便率众祭拜,人嘴如若不轨,王必率众诛之,而那虚假的信仰一旦揭开,内里仍不过一场权力之争,一切轰轰烈烈立刻没了根基。

二十五

小时候看《三国》,见赵子龙在长坂坡前威风八面,于重重围困中杀进杀出,斩上将首级如探囊取物,不禁为之喝彩。现在却常想,那些被取了首级的人是谁?多数连姓名也没有,有姓名的也不过是赵子龙枪下的一个活靶。战争当然就是这么残酷,但小说里也不曾对此多有思索,便看出文学传统中的问题。

我常设想,赵子龙枪下的某一无名死者,曾有着怎样的生活,怎样的期待,曾有着怎样的家,其家人是在怎样的时刻得知了他的死讯,或者连他的死讯也从未接到,只知道他去打仗了,再没回来,好像这人生下来就是为了在某一天消失,就是为了给他的亲人留下一个永远的牵挂,就是为了在一部中国名著中留下一行字:只一回合便被斩于马下。这个人,倘其心流也有表达,世间也许就多有一个多才多艺的鲁班,一个勤劳忠厚的董永,抑或一个风流倜傥的贾宝玉(虽然他不可能那么富贵,但他完全可能那么多情)。当然,他不必非得是名人,是个普通人足够。但一个普通人的心流,并非普遍情感就可以概括,倘那样概括,他就仍只是一个王命难违的士兵,一个名将的活靶,一部名著里的道具,其独具的心流便永远还是沉默。

二十六

我的一位已故艺术家朋友,生前正做着一件事:用青铜铸造一千个古代士兵的首级,陈于荒野,面向苍天。我因此常想像那样的场面。我因此能看见那些神情各异的容颜。我因此能够听见他们的诉说——一千种无人知晓的心流在天地间浪涌风驰。实际上,他们一代一代在那荒野上聚集,已历数千年。徘徊,等待,直到我这位朋友来了,他们才有可能说话了。真不知苍天何意,竟让我这位朋友猝然而逝,使这件事未及完成。我这位艺术家朋友,名叫:甘少诚。

二十七

叛徒(指前述那样的叛徒,单为荣华而出卖朋友的一类此处不论)就正是由普遍情感所概括出的一种符号,千百年中,在世人心里,此类人等都有着同样简化的形象和心流。在小说、戏剧和电影中,他们只要符合了那简化的统一(或普遍),便是"真像",便在观众中激起简化而且统一的情感,很少有人再去想:这一个人,其处境的艰险,其心路的危难。

恨,其实多么简单,朝他吐唾沫就是,扔石头就是。

《圣经》上有一个类似的故事,看耶稣是怎么说吧:法利赛人抓来一个行淫的妇女,认为按照摩西的法律应该用石头砸死她,他们等待耶稣的决定。耶稣先是在地上写下一行字,众人追问那字的意思,耶稣于是站起来说,你们中谁没有犯过罪,就去用石头砸死她吧。耶稣说完又在地上写字。那些人听罢纷纷离去……

因此,我想,把那个行淫的妇女换成那个叛徒,耶稣的话同样成立:

史　铁　生
散　文　精　选

你们中谁不曾躲避过 A 的位置，就可以朝他吐唾沫、扔石头。如果人们因此而犹豫，而看见了自己的恐惧和畏缩，那便是绝对信仰在拷问相对价值的时刻。那时，普遍情感便重新化作万千独具的心流。那时，万千心流便一同朝向了终极的关怀。于是就有了忏悔，于是忏悔的意义便凸显出来。比如，这忏悔的人群中如果站着 B 和 C，是否在未来，就可以希望不再有 A 的位置了呢？

二十八

众人走后，耶稣问那妇女：没有人留下定你的罪吗？答：没有。耶稣说：那我也就不定你的罪，只是你以后不要再犯。这就是说，罪仍然是罪，不因为它普遍存在就不是罪。只不过耶稣是要强调：罪，既然普遍存在于人的心中，那么，忏悔对于每一个人就都是必要。

有意思的是，当众人要耶稣做决定时，耶稣为什么在地上写字？为什么耶稣说完那些话，又在地上写字？我一直想不透。他是说"字写的法律与心做的忏悔不能同日而语"吗？他是说"字写的简单与心写的复杂不可等量齐观"吗？或者，他是说"字写的语言有可能变成人对人的强暴，惟对万千心流深入的体会才是爱的祈祷"？但也许他是取了另一种角度，说：字，本当从沉默的心中流出。

二十九

对于 A 的位置，对于这位置所提出的问题，我仍不敢说已经有了回答，比这远为复杂的事例还很多。我只是想，所有的实际之真，以及所谓的普遍情感，都不是写作应该止步的地方。文学和艺术，从来都是向着更深处的寻觅，当然是人的心魂深处。而且这样的深处，并

不因为曾经到过,今天就无必要。其实,今天,绝对的信仰之光正趋淡薄,日新月异的生活道具正淹没着对生命意义的寻求。上帝的题面一变,人就发昏,原来会做的题也不会了;甚至干脆不做了,既然窗外有着那么多快乐的诱惑。看来,糜菲斯特跟上帝的赌博远未结束,而且人们正在到处说着那句可能使魔鬼获胜的话。

插队时,村中有所小学,小学里有个奇怪的孩子,他平时替他爹算工分,加加减减一丝不乱,可你要是给他出一道加减法的应用题,比如说某工厂的产值,或某公园里的树木,或某棵树上的鸟,加来减去他把脚丫子也用上还是算不清。我猜他一定是让工厂呀、公园呀、树和鸟呀给闹乱了,那些玩意儿怎么能算得清?别小看糜菲斯特吧,它把生活道具弄得越来越邪乎,于中行走容易找不着北。

三十

我想我还是有必要浪费一句话:舍生取义是应该赞美的,为信仰而献身更是美德。但是,这样的要求务须对着自己,倘以此去强迫他人,其"义"或"信仰"本身就都可疑。

三十一

"我不能说",不单因为惧怕权势,还因为惧怕舆论,惧怕习俗,惧怕知识的霸道。原是一份真切的心之困境,期望着交流与沟通,眺望着新路,却有习俗大惊失色地叫:"黄色!"却有舆论声色俱厉地喊:"叛徒!"却有霸道轻蔑地说:"你看了几本书,也来发言?"于是黑夜为强大的白昼所迫,重回黑夜的孤独。

入夜之时,心神如果不死,如果不甘就范,你去听吧,也许你就

史　铁　生
散 文 精 选

能听见如你一样的挣扎还在黑夜中挣扎，如你一样的眺望还在黑夜中眺望。也许你还能听见诗人西川的话：我打开一本书／一个灵魂就苏醒／……／我阅读一个家族的预言／我看到的痛苦并不比痛苦更多／历史仅记录少数人的丰功伟绩／其他人说话汇合为沉默……

你不必非得看过多少本书，但你要看重这沉默、这黑夜，它教会你思想而不单是看书。你可以多看些书，但世上的书从未被哪一个人看完过，而看过很多书却没有思想能力的人却也不少。

三十二

中国的电影和戏剧，很少这黑夜的表达，满台上都是模仿白昼，在细巧之处把玩表面之真。旧时闺秀、新潮酷哥，请安、跪拜、作揖、接吻，虽惟妙惟肖却只一副外壳。大家看了说一声"真像"，于是满足，可就在回家的路上也是各具心流，与那白昼的"真"和"像"迥异。黑夜已在白昼插科打诨之际降临，此刻心里正有着另一些事，另一些令心魂不知所从的事，不可捉摸的心流眺望着不可捉摸的前途，困顿与迷茫正与黑夜汇合。然而看样子他们似乎相信，这黑夜与艺术从来吃的是两碗饭，电影、戏剧和杂技惟做些打岔的工作，以使这黑夜不要深沉，或在你耳边嘀咕：黑夜来了，白昼还会远吗？人们习惯于白昼，看不起黑夜：困顿和迷茫怎么能有美呢？怎么能上得舞台和银幕呢？每个人的心流都是独特，有几个人能为你喊一声"真像"？唔，艺术已经认不出黑夜了，黑夜早已离开了它，惟白昼为之叫卖、喝彩。真不知是中国艺术培养了中国观众，还是中国观众造就了中国艺术。

你看那正被抢救的传统京剧，悦目悦耳，是可以怡然自得半躺半仰着听的，它要你忘忧，不要你动心，虽常是夜场但与黑夜无关，它是冬天里的春天、黑夜中的白昼。不是说它不该被抢救，任何历史遗

迹都要保护，但那是为了什么呢？看看如今的圆明园，像倒还是有的可像——比如街心花园，但荒芜悲烈的心流早都不见。

三十三

夜深人静，是个人独对上帝的时候。其他时间也可以，但上帝总是在你心魂的黑夜中降临。忏悔，不单是忏悔白昼的已明之罪，更是看那暗中奔溢着的心流与神的要求有着怎样的背离。忏悔不是给别人看的，甚至也不是给上帝看的，而是看上帝，仰望他，这仰望逼迫着你诚实。这诚实，不止于对白昼的揭露，也不非得向别人交待问题，难言之隐完全可以藏在肚里，但你不能不对自己坦白，不能不对黑夜坦白，不能不直视你的黑夜：迷茫、曲折、绝途、丑陋和恶念……一切你的心流你都不能回避。因为看不见神的人以为神看不见，但"看不见而信的人是有福的"，于是神使你看见——神以其完美、浩瀚使你看见自己的残缺与渺小，神以其无穷之动使你看见永恒的跟随，神以其宽容要你悔罪，神以其严厉为你布设无边的黑夜。因此，忏悔，除去低头还有仰望，除知今是而昨非还要询问未来，而这绝非白昼的戏剧可以通达，绝非"像"可能触及，那是黑夜要你同行啊，要你说：是！

这样的忏悔从来是第一人称的。"你要忏悔"——这是神说的话，倘由人说就是病句。如同早晨醒来，不是由自己而是由别人说你做了什么梦，岂不奇怪？忏悔，是个人独对上帝的时刻，就像梦，别人不得参与。好梦成真大家祝贺，坏梦实行，众人当然要反对。但好梦坏梦，止于梦，别人就不能管，别人一管就比坏梦还坏，或正是坏梦的实行。君不见"文革"时的"表忠心"和"狠斗私心一闪念"，其坏何源？就因为人说了神的话。

三十四

坏梦实行固然可怕，强制推行好梦，也可怕。诗人顾城的悲剧即属后一种。我不认识顾城，只读过他的诗，后来又知道了他在一个小岛上的故事。无论是他的诗，还是他在那小岛上的生活，都蕴藏着美好的梦想。他同时爱着两个女人，他希望两个女人互相也爱，他希望他们三个互相都爱。这有什么不好吗？至少这是一个美丽的梦想。这不可能吗？可不可能是另外的问题，好梦无不期望着实现。我记得他在书中写过，他看着两个女人在阳光下并肩而行，和平如同姐妹，心中顿生无比的感动。这感动绝无虚伪。在这个越来越以经济指标为衡量的社会，在这个心魂越来越要相互躲藏的人间，诗人选中那个小岛作其圆梦之地，养鸡为生，过最简朴的生活，惟热烈地供奉他们的爱情，惟热切盼望那超俗的爱情能够长大。这样的梦想不美吗？倘其能够实现，怎么不好？可问题不在这儿。问题是：好梦并不统一，并不由一人制订，若把他人独具的心流强行编入自己的梦想，一切好梦就都要结束。

看顾城的书时，我心里一直盼望着他的梦想能够实现。但这之前我已经知道了那结尾是一次屠杀，因此我每看到一处美丽的地方，都暗暗希望就此打住，停下来，就停在这儿，你为什么不能就停在这儿呢？于是我终于看见，那美丽的梦想后面，还有一颗帝王的心：强制推行，比梦想本身更具诱惑。

三十五

B和C具体是谁并不重要。麻烦的是，这样的逻辑几乎到处存在。

比如在朋友之间，比如在不尽相同的思想或信仰之间，也常有A、B、C式的矛盾。甚至在孩子们模拟的"战斗"中，A的位置也是那样原原本本。

我记得小时候，在幼儿园玩过一种"骑马打仗"的游戏，一群孩子，一个背上一个，分成两拨，互相"厮杀"，拉扯、冲撞、下绊子，人仰马翻者为败。老师满院子里追着喊：别这样，别这样，看摔坏了！但战斗正未有穷期。这游戏本来很好玩，可不知怎么一来，又有了对战俘的惩罚：弹脑崩儿，或连人带马归顺敌方。这就又有了叛徒，以及对叛徒更为严厉的惩罚。叛徒一经捉回，便被"游街示众"，被人弹脑崩儿、拧耳朵（相当于吐唾沫、扔石头）。到后来，天知道怎么这惩罚竟比"战斗"更具诱惑了，无需"骑马打仗"，直接就玩起这惩罚的游戏来。可谁是被惩罚者呢？便涌现出一两个头领，由他们说了算。于是，为免遭惩罚，孩子们便纷纷效忠那一两个头领。然而这游戏要玩下去，不能没有被惩罚者呀？可怕的日子于是到了。我记得从那时起，每天早晨我都要找尽借口，以期不必去那幼儿园。

三十六

不久前，我偶然读到一篇英语童话——我的英语好到一看便知那是英语，妻子把它变成中文：战争结束了，有个年轻号手最后离开战场，回家。他日夜思念着他的未婚妻，路上更是设想着如何同她见面，如何把她娶回家。可是，等他回到家乡，却听说未婚妻已同别人结婚；因为家乡早已流传着他战死沙场的消息。年轻号手痛苦至极，便又离开家乡，四处漂泊。孤独的路上，陪伴他的只有那把小号，他便吹响小号，号声凄婉悲凉。有一天，他走到一个国家，国王听见了他的号声，使人把他唤来，问他：你的号声为什么这样哀伤？号手便把自己的故

115

史　铁　生
散 文 精 选

事讲给国王听。国王听了非常同情他……看到这儿我就要放下了,猜那又是个老掉牙的故事,接下来无非是国王很喜欢这个年轻号手,而他也表现出不俗的才智,于是国王把女儿嫁给了他,最后呢?肯定是他与公主白头偕老,过着幸福的生活。妻子说不,说你往下看:……国王于是请国人都来听这号手讲他自己的故事,并听那号声中的哀伤。日复一日,年轻人不断地讲,人们不断地听,只要那号声一响,人们便来围拢他,默默地听。这样,不知从什么时候起,他的号声已不再那么低沉、凄凉。又不知从什么时候起,那号声开始变得欢快、嘹亮,变得生气勃勃了。故事就这么结束了。就这么结束了?对,结束了。当意识到它已经结束了的时候,忽然间我热泪盈眶。

　　我已经 50 岁了。一个年至半百的老头子竟为这么一篇写给孩子的故事而泪不自禁,其中的原因一定很多,多到我自己也说不清。不过我一下子就想起了我的幼儿园,想起了那惩罚的游戏。我想,这不同的童年消息,最初是从哪儿出发的?

病隙碎笔4

一

有位学者朋友给我写信,说我是"证明了神性,却不想证明神"。老实说,前半句话我绝不敢当,秉性愚钝的我只是用着傻劲儿,希望能够理解神性,体会神性;而对后半句话我又不想承认。不过确实,在我看来,证明神性比证明神更要紧。理由是:没有信仰固然可怕,但假冒的"神"更可怕——比如造人为神。事实是,信仰缺失之地未必没有崇拜,神性不明之时,强人最易篡居神位。我们几时缺了"神"么?灶王、财神、送子娘娘……但那多是背离着神性的偶像,背离着信仰的迷狂。这类"神明"也有其性,即与精神拯救无关,而是对肉身福乐的期许:比如对权、财的攀争,比如"乐善好施"也只图"来生有报"。这不像信仰,更像是行贿或投资。所以,证明神务先证明神性,神性昭然,其形态倒不妨入乡随俗。况且,其实,惟对神性的追问与寻觅,是实际可行的信仰之路。

史　铁　生
散　文　精　选

二

我读书少，宗教知识更少，常发怵与学者交谈。我只是活出了一些问题，便思来想去，又因能力有限，所以希望以尽量简单的逻辑把信仰问题弄弄明白。

那位学者朋友还说，我是"尽可能避开认同佛教"。这判断有点儿对。但这点儿对，并不是指"尽可能避开"，而是说我确实对一些流行的佛说有着疑问。

大凡宗教，都相信人生是一次苦旅（或许这正是宗教的起因吧），但是，对苦难的原因则各说不一，因而对待苦难的态度也不相同。流行的佛说（我对佛学、佛教所知甚微，故以"流行的"做出限定）相信，人生之苦出自人的欲望，如：贪、嗔、痴；倘能灭断这欲望，苦难就不复存在。这就预设了一种可能：生命中的苦难是可以消灭的，若修行有道，无苦无忧的极乐世界或者就在今生，或者可期来世。来世是否真确大可不论，信仰所及，无需实证。但问题是：

三

脱离一己之苦可由灭断一己之欲来达成，但是众生之苦犹在，一己就可以心安理得吗？众生未度，一己便告无苦无忧，这虽不该嫉妒甚至可以祝贺，但其传达的精神取向，便很难相信还是爱的弘扬，而明显接近着争的逻辑了。

争天堂，与争高官厚禄，很容易走成同一种心情。种什么神根，得什么俗果。猪八戒对自己仅仅得了个罗汉位耿耿于怀，凡夫俗子为得不到高级职称而愤愤不平就有了神据。我是说，这逻辑用于俗世实

属无奈,若再用于信仰岂不教人沮丧?大凡信仰,正当在竞争福乐的逻辑之外为人生指引前途,若仍以福乐为期许,岂不倒要助长了贪、嗔、痴?

(眼下"欧锦赛"正是如火如荼,荷兰球星伯格坎普在批评某一球队时有句妙语:"他们是在为结果踢球。"伯格坎普因此已然超出球星,可入信者列了。因信称义,而不是因结果,而信恰在永远的过程中。)

四

如何使众生不苦呢?强制地灭欲显然不行。劝戒与号召呢?当然可以,但未必有效。这个人间的特点是不可能没有矛盾,不可能没有差别和距离,因而是不可能没有苦和忧的。再怎么谴责忧苦的众生太过愚顽,也是无济于事,无济于事而又津津乐道,倒显出不负责任。天旱了不下雨,可以无忧吗?孩子病了无医无药,怎能无苦?而水利和医药的发展正是包含着多少人间的苦路,正是由于人类的多少梦想和欲望呀。享用着诸多文明成果的隐士,悠然地谴责创造诸多文明的俗人,这样的事多少有些滑稽。当然,对此可以有如下反驳:要你断灭的是贪、嗔、痴,又没教你断灭所有的欲望。但是,仅仅断灭了贪、嗔、痴并不能就有一个无苦无忧的世界;久旱求雨是贪吗?孤苦求助是痴吗?那么,诸多与生俱来的忧苦何以救赎?可见无苦无忧的许诺很成问题。再么就是断灭人的所有欲望,但那样,你最好就退回到植物去,一切顺其自然,不要享用任何人类文明,也不必再有什么信仰。苦难呼唤着信仰,倘信仰只对人说"你不当自寻烦恼",这就像医生责问病人:没事儿撑的你生什么病?

我赞成祛除贪、嗔、痴的教诲,赞成人类的欲望应当有所节制(所以我也不是"尽可能避开认同佛教"),但仅此,我看还不能说就找到了超越苦难的路。

五

　　以无苦无忧的世界为目标，依我看，会助长人们逃避苦难的心理，因而看不见人的真实处境，也看不见信仰的真意。

　　常听人讲起一个故事，说是一个忙碌的渔夫在海滩上撞见一个悠闲的同行，便谴责他的懒惰。同行懒洋洋地问：可你这么忙到底为了什么？忙碌者说：有朝一日积攒起足够的财富，我就可以不忙不累优哉游哉地享受生命了。悠闲者于是笑道：在下当前正是如此。这故事明显是赞赏那悠闲者的明智。但若多有一问，这赞赏也许就值得推敲：倘遇灾年，这悠闲者的悠闲何以为继？倘那忙碌的渔夫给他送来救济，这明智的同行肯定拒不接受而情愿饿死吗？

　　这并不是说我已经认同了那位忙碌的人士，其实他与那悠闲者一样，只不过他的"无苦无忧"是期待着批发，悠闲者则偏爱零买零卖。要紧的是还有一问：倘命运像对待约伯那样，把忙碌者之忙碌的成果悉数摧毁，或不让悠闲者有片刻悠闲而让他身患顽疾，这怎么办？在一条忧苦随时可能袭来的地平线上，是否就能望见一点真信仰的曙光了？

六

　　再有，以福乐为许诺——你只要如何如何，便可抵达俗人不可抵达的极乐之地——这在逻辑上太近拉拢。以拉拢来推销信仰，这"信仰"非但靠不住，且很容易变成推销者的福利与权柄。

　　比如潇洒的人，他只要说一句"小乐足矣，不必天堂"，便可弃此信仰于一旁，放心大胆去数钞票了。是嘛，天堂惟乐，贪官也乐，天堂尚远，钞票却近，况乎见乐取小，岂不倒有风度？我是说，以福乐

看见苦难的永恒,实在是神的垂怜——惟此才能真正断除迷执,相信爱才是人类惟一的救助。这爱,不单是友善、慈悲、助人为乐,它根本是你自己的福。这爱,非居高地施舍,乃谦恭地仰望,接受苦难,从而走向精神的超越。

人既看见了自身的残缺,也就看见了神的完美,有了对神的敬畏、感恩与赞叹,由是爱才可能指向万物万灵。

相许，信仰难免混于俗行。

再看所谓的"虔诚者"。福乐许诺之下的虔诚者，你说他的终极期待能是什么？于是就难辨哪一笔捐资是出于爱心，哪一笔献款其实是广告，是盯着其后更大的经济收益。你说这是不义，但"圣者"可以隔世投资以求来生福乐，我辈不才，为什么就不能投一个现世之资，求福乐于眼下？商品社会，如是种种就算无可厚非，但不知不觉信仰已纳入商业轨道，这才是问题。逻辑太重要，方法太重要，倘信仰不能给出一个非同凡响的标度，神就要在俗流中做成权贵或巨贾了。

再说最后的麻烦。天堂若非一个信仰的过程，而被确认为一处福乐的终点，人们就会各显神通，多多开辟通往天堂的专线。善行是极乐世界的门票，好，施财也算善行，烧香也算，说媒也算，杀恶人（我说他恶）也算，强迫他人行"善"（我说是善）也算……什么？我说了不算？那么请问：谁说了算？要是谁说了都不算，这"信仰"岂不作废？所以终于得有人说了算——替天行道。于是，造人为神的事就有了，其恶果不言自明。关键是，这样的事必然要出现，因为：许诺福乐原非神之所为，乃人之所愿，是人之贪婪酿造的幻景，人不出面谁出面？

七

看看另一种信仰是怎么说吧：人是生而有罪的。这不仅是说，人性先天就有恶习，因而忏悔是永远要保有的品质，还是说，人即残缺，因而苦难是永恒的。这样的话不大招人喜欢，但却是事实（非人之所愿，恰神之所为）。不过，要紧的还不在于这是事实，而在于因此信仰就可能有了非同凡响的方向。

看见苦难的永恒，实在是神的垂怜——惟此才能真正断除迷执，相信爱才是人类惟一的救助。这爱，不单是友善、慈悲、助人为乐，它根本是你自己的福。这爱,非居高地施舍,乃谦恭地仰望,接受苦难,从而走向精神的超越。这样的信仰才是众妙之门。其妙之一:这样的一己之福人人可为,因此它又是众生之福——不是人人可以无苦无忧,但人人都可因爱的信念而有福。其妙之二:不许诺实际的福乐,只给人以智慧、勇气和无形的爱的精神。这,当然就不是人际可以争夺的地位,而是每个人独对苍天的敬畏与祈祷。其妙之三:天堂既非一处终点,而是一条无终的皈依之路,这样,天堂之门就不可能由一二强人去把守,而是每个人直接地谛听与领悟,因信称义,不要谁来做神的代办。

八

再有,人既看见了自身的残缺,也就看见了神的完美,有了对神的敬畏、感恩与赞叹,由是爱才可能指向万物万灵。现在的生态保护思想,还像是以人为中心,只是因为经济要持续发展而无奈地保护生态,只是出于使人活得更好些,不得已而爱护自然。可什么是好些呢?大约还得是人说了算,而物质的享乐与奢华哪有尽头?至少现在,到处都一样,好像人的最重要的追求就是经济增长,好像人生来就是为了参加一场物质占有的比赛。而这比赛一开始,欲望就收不住,生态早晚要遭殃。这不是哪一国的问题,这是全人类的问题,因而这不完全是政治问题,根本是信仰问题。人为什么不能在精神方面自由些再自由些,在物质方面简朴些再简朴些呢?是呀,这未免太浪漫,离实际有些远,但严谨的实际务要有飞扬的浪漫一路同行才好。人用脑和手去工作、去治理,同时用心去梦想;一个美好的方向不是计算出来的,很可能倒是梦想的指引。总之,人为什么不能以万物的和谐为重,在神的美丽作品中"诗意地栖居"呢?诗意地栖居是出于对神的爱戴,对神的伟大作品的由衷感动与颂扬,惟此生态才可能有根本的保护。经济性的栖居还是以满足人的物

欲为要，地球则难免劫难频仍，苟且偷生。

九

说到人格的神，我总不大以为然。神自有其神格，一定要弄得人格兮兮有什么好处？神之在，源于人的不足和迷惑，是人之残缺的完美比照。一定要为神在描画一个人形证明，常常倒阻碍着对神的认信。神的模样，莫如是虚。虚者，非空非无，乃有乃大，大到无可超乎其外。其实，一切威赫的存在，一切命运的肇因，一切生与死的劫难，一切旷野的呼告和信心，都已是神在的证明。比如，神于西奈山上以光为显现，指引了摩西。我想，神就是这样的光吧，是人之心灵的指引、警醒、监督和鼓励。不过还是那句话，只要神性昭然，神形不必求其统一。

十

我是个愚顽的人，学与思都只由于心中的迷惑，并不很明晰学理、教义和教规。人生最根本的两种面对，无非生与死。对于生，我从基督精神中受益；对于死，我也相信佛说。通常所谓的死，不过是指某一生理现象的中断，但其实，宇宙间无限的消息并不因此而有丝毫减损，所以，死，必牵系着对整个宇宙之奥秘的思悟。对此，佛说常让我惊佩。顿悟是智者的专利，愚顽如我者只好倚重一个渐字。

任何宗教或信仰，我看都该分清其源和流。一则，千百年中，源和流可能已有大异。二则，一切思想和智慧必是以流而传之，即靠流传而存在。三则，惟在流中可以思源，可以有对神性的不断的思悟，而这样的思悟才是信仰之路。我是说，要看重流。流，既可流离神性，也可历经数代人的思悟而更其昭然，更其丰沛浩荡。

上帝的寓言

自从小巧的人脑把科学认作了神明,这颗美丽和谐的星球上便有一种叫作人的动物变得狂妄起来,自以为是天地的主宰,可以听凭自己的意志去移山填海、喝令万物、掠夺自然。

开始的时候,人类的聪明才智大约也曾让上帝欣喜(就像我们欣喜于电脑和机器人),但后来,人类的繁殖速度之快、享乐欲望之强、竞争热情之旺盛、掠夺技巧之高超,肯定令上帝大吃一惊。

这样,人类未来的一句广告词暗合了他们自己的地位:我们是害虫。森林和草原逐日萎缩,河流干涸,飞禽走兽被屠杀,大量物种灭绝在人类的餐桌上,土壤板结,沙漠扩展,大气层浑浊不堪,臭氧层烂开一个大洞……上帝见一颗蓬勃的果子上长了贪婪的害虫,便以疾病的方式喷洒杀虫剂:感冒啦,霍乱啦,鼠疫,结核,天花等等。不料这害虫鬼机灵,慢慢有了抗药性,更加肆无忌惮。当一切杀虫剂都不能控制他们的时候,上帝能怎么办呢?上帝只好叹息着,看这颗果子蔫萎枯烂。上帝知道,果子被蛀空食尽之时,便是害虫自灭之日。

但狂妄的害虫执迷不悟,仍以加倍的乐观去维护一面贪婪之旗,

高歌猛进。

　　上帝不忍,向他们发出暗示或警告。暗示或警告之一是:癌症。癌症,就是在一个本来和谐的生理结构中,忽然有一种细胞不可控制地猛增,先掠夺杀死异类,然后迎来自己的末日。上帝是要说:自然,本来就是一个完美的结构,人不过是其中的一种细胞。上帝是要说:人,如果你们不能醒悟,不能自我控制,一味地膨胀膨胀膨胀,你们就是地球的癌症!暗示或警告之二是:艾滋病。艾滋病,就是由于贪婪地享乐而破坏了自身的免疫系统,以致丧失了抵抗疾病和自身修复的能力。上帝是要说:地球的自身免疫系统就是由森林、草原、河流、海洋、大气、飞禽走兽昆虫等等万物万灵结构起来的,人不过是其中的一个组成部分。上帝是要说:人,如果不能节制你们的欲望,破坏了生态平衡,地球离患艾滋病的日子就已不远!

　　终于有人听懂了上帝的寓言。据说吉林省人大已经通过立法:禁止一切捕猎,收缴一切猎器,不允许人类的餐桌上出现任何野生动物。感谢他们,感谢他们的立法。

　　但是,是否所有的人都能静下心来听一听上帝的寓言呢?是否所有的省份和国度都能确立这样的法律呢?是否仅仅禁猎一法就足够了呢?地球已经千疮百孔,我们真是罪孽深重,上帝和人类的万代子孙必定对我们抱着更多的期待。保护自然生态,想来没有比这更重要的事了。"国破山河在",尚有"城春草木深",若山河破碎、草木不生、鸟兽尽绝呢,国之焉存?家之安在?

1996 年 5 月 5 日

游戏·平等·墓地

1. 游戏，摆脱时间的刑役。

设若我们不管为了一个什么目的到一个什么地方去，坐火车去，要在火车上度过比如说三天三夜。我们带上吃的、喝的以及活命 72 小时所必需的用物，要不就带上钱以备购买这些东西。当然此前我们先买好了车票，就是说我们的肉体在这趟车上已经确定有了一个位置。此外我们还得带上点儿什么呢？考虑到旅途的寂寞，带一副棋或一副牌，也可以是一本书，或者一个可以收听消息的小机器……很明显，这已不是活命的需要，这是逃避、抗拒、或者说摆脱时间空洞的需要，是活命之后我们这种动物所不可或缺的娱乐。如果没有棋没有牌没有书也没有消息，有一个彼此感兴趣的对话者也行，如果连这也没有，那么一个想像力丰富的人还可以在白日梦中与这个世界周旋，一个超凡入圣的人还可以默坐诵经以拒斥俗世的烦恼。但所有这些行为都证明了一个共同的起因：空洞的时间是不堪忍受的，倘其漫长就更是可怕的了。

据说有一种最残酷的刑罚：将一个人关在一间空屋子里，给他充足的食物、水、空气、甚至阳光，但不给他任何事做，不给他任何理睬，不给他与任何矛盾和意义发生关系的机会，总之，就这么让他活着性命，却让他的心神没有着落没有个去处，永远只是度着空洞的时间。据说这刑罚会使任何英雄无一例外地终致发疯，并在发疯之前渴望着死亡。

我们在那趟火车上打牌，下棋，聊天，看书，听各种消息并在心里给出自己的评价……依靠这些玩具和游戏逃过了72小时空白时间的折磨（我们之所以还挺镇静，是因为我们知道72小时毕竟不是太久），然后我们下车，颇有凯旋的感觉。其实呢，我们不过是下了一趟小车，又上了一趟大车。地球是一趟大车，在更为广阔的空间中走；生命是一趟大车，在更为漫长的时间中走。我们落生人间，恰如上了一趟有七八十年乃至更长行程的列车。在这趟车上，有吃的、喝的、空气、阳光以及活命所需的一切条件。但若在这趟车上光有一副牌一副棋之类的玩意就大大地不够，这一回我们不是要熬三天三夜，而是要度过一生！"无聊"这个词汇的出现，证明我们有点恐慌；前述那种最残酷的刑罚，点明了我们最大的恐惧并不是死亡，而是漫长而空洞的时间。幸好上帝为我们想得周全，在这趟车上他还为我们预备了取之不尽用之不竭的各式各样的矛盾和困阻。这些矛盾和困阻显示了上帝无比的慈悲。有了它们，漫长的时间就有了变化万千的内容，我们的心神就有了着落，行动就有了反响，就像下棋就像打牌就像对话等等等等，我们在各种引人入胜的价值系统中寻找着各自喜欢的位置，不管是"有情人终成眷属"还是"纵使齐眉举案，到底意难平"，我们就都能够娱乐自己了。谢谢上帝为我们安排得巧妙：想跑，便有距离；想跳，便有引力；想恋爱，便有男人也有女人；想灭欲，便有红尘也有寺庙；想明镜高悬，既能招来权门威逼也能赢得百姓称颂；想坚持真理，既可留一个美名也可落一个横死；想思考，便有充足的疑问；想创造，

史 铁 生
散文精选

便有辽阔的荒寂；想真，便有假的对照；想善，便有恶的推举；想美，便有丑的烘托；想超凡入圣，便有卑贱庸碌之辈可供嘲笑；想普度众生，便有众生无穷无尽的苦难……感谢上帝吧，他给我们各种职业如同给我们各种玩具，他给我们各种意义如同给我们各种游戏，借此我们即可摆脱那种最残酷的刑罚了。

这样来看，一切职业、事业都是平等的。一切职业、事业，都是人们摆脱时间空洞的方法，都是娱乐自己的玩具，都是互为依存的游戏伙伴，所以都是平等的，本不该有高低贵贱之分。如果不是为了我们这种动物所独具的精神娱乐的需要，其实一切职业、事业都不必，度命本来十分简单——像一匹狼或一条虫那样简单，单靠了本能就已足够，反正在终于要结束这一点上我们跟它们没什么两样。所以我想，一切所谓精英、豪杰、大师、伟人都不该再昧了良心一边为自己贴金一边期待着别人的报答，不管是你们为别人做了什么贡献，都同时是别人为你们提供了快乐，（助人为乐，不是么？）最好别忘了这个逻辑，不然便有大则欺世小则卖乖之嫌疑。——当然当然，这也不全是坏，正如丑烘托了美，居功自傲者又为虚怀若谷的人提供了快乐的机缘。

2. 平等，上帝有意卖一个破绽给我们猜？

"一切职业、事业都是平等的"，这恐怕只是一个愿望，永远都只是一个愿望。事实上，无论是从酬劳还是从声誉的角度看，世间的职业、事业是不平等的，从来也没有平等过，谁也没有办法命令它们平等。

要是我们真正理解了上帝的慈悲，我们就应该欣然接受这一事实。上帝无比的慈悲，正在于他给了我们无穷无尽的矛盾和困阻，这就意味了差别的不可抹杀。如果没有平凡的事业、非凡的事业和更为伟大的事业之区分，就如同一出情节没有发展的戏剧，就等于是抽去两极

使人类的路线收缩成一个无限小的点,我们娱乐的机缘很快就会趋于零了。这便如何是好呢?因为倘若平等的理想消失,就如同一种没有方向的游戏,就等于是抽去一极而使另一极也不能存在,结果还是一样,我们娱乐的机缘仍会很快消失。我们得想个法子,必须得有个办法既能够保住差别又可以挽救平等。于是一个现实主义的戏剧就不得不有一点理想主义的色彩了,写实的技巧就不得不结合浪漫的手法了,善不仅是真,善还得是美,于是我们说"人的能力有大小,只要如何如何我们的精神就一样都是伟大的"。这法子好,真的好,一曲理想的歌唱便在一个务实的舞台上回响了,就像繁殖的节奏中忽然升华出爱情的旋律。此一举巧夺天工,简直是弥补了上帝的疏漏。不过,也许是上帝有意卖一个破绽期待我们去猜透:在现实的舞台上不能消灭角色的差别,但在理想的神坛上必须树立起人的平等。

跟着,麻烦的问题来了:人的平等,是说任何人都应该是平等的吗?那,我们能够容忍——譬如说,"四人帮"和焦裕禄是平等的——这样的观点吗?绝对不能!好吧,把问题提得小一点:难道小偷可以与警察画等号吗?当然不能。为什么不能?因为人间这一现实的戏剧要演下去,总得有一个美好的方向,自由的方向,爱的方向,使人能够期待幸福而不是苦难,乃是这出戏剧的魅力所在(且不去管它真否能够抵达极乐世界),此魅力倘若消散,不仅观众要退席连演员也要逃跑了。所以,必须使剧情朝着那个魅力所系的方向发展,把一个个细节朝那个方向铺垫,于是在沿途就留下价值的刻度,警察和小偷便有善恶之分,焦裕禄与"四人帮"便有美丑之别。但是,没有凶残、卑下、愚昧,难道可以有勇敢、高尚和英明么?没有假恶丑,难道可以有真善美么?总而言之,没有万千歧途怎么会有人间正道呢?"世上本没有路,走的人多了就成了路",这是一种常常给我们启迪的思想。但是,世上本没有路,是不是抬腿一走便是一条正道呢?当真如此,人生真是一件

史 铁 生
散 文 精 选

又简单又乏味的事了。很可能世上本来有很多路,有人掉进泥潭便使我们发现一条不能再走的路,有人坠落深渊便又使我们发现一条不能再走的路,步入歧途者一多我们的危险就少,所谓"沉舟侧畔千帆过",于泥潭和深渊之侧就容易寻找正道了。这样看来,证明歧途和寻找正道即便不可等同,至少是一样地重要了。这样一想,我仿佛看见:警察押解着小偷,马克思怒斥着希特勒(尽管他们不是同时代的人),凡人、伟人、罪人共同为我们走出了一条崎岖但是通向光明的路,共同为我们提供了一个对称因而分明的价值坐标,共同为这出人间戏剧贡献了魅力。

我想,希特勒当然也曾是一个天真无邪的孩子,任何小偷,都没有理由说他生来就配作一个被押解的角色吧?相信存在决定意识的唯物主义者,想必更能同意这种理解。这出人间戏剧啊,要说上帝的脚本策划得很周密,这我信。但要说上帝很公正,我却怀疑。不管是在舞台的小世界,还是在世界的大舞台,没有矛盾没有冲突便没有戏剧,没有坏蛋们的难受之时便没有好人们的开心之日,这很好。但是谁应该做坏蛋?谁应该做丑角?凭什么?根据什么究竟根据什么?偶然。我们只能说这纯粹是偶然的挑选,跟中彩差不多。但是生活的戏剧中必然地有着善与恶、对与错,也必然地需要着这样的差别和冲突,于是这个偶然的中选者就必然地要在我们之中产生,碰上谁谁就自认倒霉吧。那么这些倒霉的中选者自己受着惩罚和唾骂而使别人找到了快乐和光荣,不也有点舍己为人的意思吗?当然他们并无此初衷。当然也不能仅凭效果就给他们奖励。对极了,为了人类美好方向的需要,为了现世戏剧的魅力之需要,我们不仅不能给他们奖励而且必须要给他们恰当的惩罚。杀一儆百有时也是必要的,否则如何标明那是一条罪恶的歧途呢?但是,在俗界的法场上把他们处决的同时,也应当设一个神坛为他们举行祭祀。当正义的胜利给我们带来光荣和喜悦,我

们有必要以全人类的名义,对这些最不幸的罪人表示真心的同情(有理由认为,他们比那些为了真理而捐躯的人更不幸),给这些以死为我们标明了歧途的人以痛心的纪念(尽管他们是无意的)。我们会想起他们天真的童年,想起他们本来无邪的灵魂,想起如果不是他们被选中就得是我们之中的谁被选中,如果他们没被选中他们也会站在我们中间。我们虔诚地为他们祈祷为他们超度吧,希望他们来世交好运(如果有来世的话),恰恰被选去做那可敬可爱的角色。我听说过有这样的人,他们向二次大战中牺牲的英雄默哀,他们也向那场战争中战死的罪人默哀。这件事永远令我感动。这才真正是懂得了历史,真正怀有博大的爱心和深重的悲悯。这样人类就再一次弥补了上帝的疏漏(如果不是上帝有意卖一个破绽留给我们去参悟的话),使人人平等的理想更加光芒四射。

在人间的舞台上,英雄、凡人、罪人是不能平等的。那,现在我们以人人平等为由所祭祀的,是不是抽象的人呢?因而是不是一种哗众取宠的虚伪呢?是抽象的人,但并不是哗众取宠的虚伪;抽象的人不一定要真,正如理想,美就行,抽象的人是人类为自己描绘的方向。那么,这种不现实的人人平等又有什么用呢,不是吃饱了撑的瞎扯淡吗?一点都不瞎扯淡,理想从来就不与现实等同,但理想一向都是有用的。(顺便说一句,吃饱了,于猪是理想的完成,于人则仅仅是理想的开端。)唯当在理想的神坛上树立起人的平等,才可望有"法律面前人人平等"的现实。(没理由把"法律面前人人平等"单送给某一个阶级,因为这是属于全人类的智慧和财富。倘若有人卖假药,显然不能因而就把良药也消灭。)没有一个人人平等的神坛,难免就会有一个"君君臣臣"的俗界。不是么?几千年的"君权神授",弄来弄去跑不了是"刑不上大夫"的根由。

史 铁 生
散 文 精 选

3. 墓地——历史的祭祀，万灵万物和解的象征。

要是您白天忙了一天，晚上去看戏，戏散了您先别走，我告诉您一个最迷人的去处：后台。我们，我和您，我们设想自己还原成了两个孩子，两个给根棒槌就认真（纫针）的孩子，溜进后台。两个孩子想向孙悟空表达一片敬意，想劝唐僧今后遇事别那么刚愎自用，想安慰一下牛郎和织女，再瞅机会朝王母娘娘脸上啐口唾沫。可是，两个孩子忽然发现卸了装的他们原来是同事，一个个"好人"卸了装还是好人，一个个"坏蛋"卸了装也是好人，一个个"神仙"和"凡人"到了后台原来都是一样，他们打打闹闹互相开着玩笑，他们平平等等一同切磋技艺，"孙悟空"问"猪八戒"和"白骨精"打算到哪儿去度蜜月？于是"唐僧"和"王母娘娘"都抱怨市场上买不到像样的礼品。这时候两个孩子除了惊讶，势必会有一些说不清的感动一直留到未来的一生中去。

孩子长大了，有一天他走到一片墓地，在先人的坟墓前培一捧土、置一束花，默立良久。他有可能是我，也有可能是您。那是某一年的清明。每年的清明都是一样。墓地上无声地传颂着先人的消息，传颂着无比悠远、辽阔和纷繁的历史。往日的喧嚣都已沉寂；往日的悲欢都已平息；往日的功过荣辱，都是历史走到今天的脚步；往日千差万别的地位，被人类艰苦卓绝的旅程衬比得微不足道；曾经恩恩怨怨的那些灵魂，如今都退离了前台，退出了尘世的角色，"万法归一"，如同谢幕一般在幽冥中合唱一曲祭歌，祭祀着人类一致的渴盼与悲壮，因而平等。这时候我，或者您，又闯到世界大舞台的后台去了，这才弄明白，我们曾在舞台小世界的后台所得的那份感动都是什么。

这时我才懂得，人类为什么要有墓地。此前我总是蔑视墓地，以

为无用,以为是愚昧的浪费。现在我懂了,那正是历史的祭坛,是象征人类平等的形式。

但是前台常常不免让人灰心,我发现那墓地的辉煌与简陋竟也与死者生前的地位成正比。譬如说:为什么伟人死后要塑一尊像要建一座殿堂,而凡人死了只留一把灰和一捧土呢?难道现世的等级还要延展到虚冥中去分化人类的信念么?难道人不是平等的,连在祈望中都不能得到一个平等的象征么?无论再怎么解释都难有说服力,从不见有一座(哪怕是一座!)凡人纪念堂这一事实,到底是令人悲哀的。我的朋友力雄曾写过一篇文章,他设想建一座凡人纪念堂(不仅仅是骨灰堂),每一个凡人都有资格在那儿占一块小小的空间,小到够放置几页纸或一个小本子就行了。每个人都可以在那儿记录下他们平凡的一生及其感受,以使后人知道历史原来都是什么,以偿人类平等的夙愿。

这设想让我感动不已。我对力雄说,我也有一个不错的想法,很久了。我想,我死的时候穿的什么就是什么,不要特意弄一身装裹,然后找一块最为贫瘠的土地,挖一个以我的肩宽为直径的深坑,把我垂直着埋进去,在那上面种一棵合欢树。我喜欢合欢树。我想这是个好办法。人死了,烧了,未免太无作为,不如让他去滋养一棵树,给正在灰暗下去的地球增添绿色。我想为什么不能人人如此呢?沙漠的扩展、河流的暴虐无常、恶劣气候的频繁,正给人类的生存带来威胁,而这,都是因为地球上的森林正在与日俱减。要是每个人死了都意味着在荒贫的裸土上长成一棵树,中国有十一亿人世界有五十亿人,一百年后中国便多出十几亿棵树,世界便多出五十几亿棵树,那会是一片片多么大的森林!那时候土地会变得肥沃,河流会变得驯顺而且慷慨,气候会更懂秩序,一年四季风调雨顺。当然不是都种合欢树,谁喜欢什么树就种什么树,树都是平等的。后人像爱护先人的坟墓那样爱护着这些树,每逢祭日,培土还是培土,酹酒改为浇灌,献花改为剪枝,死亡不单意味着悲痛,更不意味着浪费,而是意味着建设,意味着对一片乐土的祈祷和展望。森林逐日地大起来,所有可爱的动物和美丽的植物都繁荣昌盛。那样,墓地不仅是人类历史的祭坛,不仅是人类平等的象征,还是万灵万物的圣殿,还是人与自然和解的象征与实证。力雄说我这个想法也很好,就让他那个凡人纪念堂坐落在这样的森林中间,或者就让凡人纪念堂的周围长起这样的大森林来。

我想,为了记住这一棵树下埋的是谁,也可以做一面小小的铜牌挂在树上,写下死者的名字。比如说我,那铜牌上不要写史铁生之墓,写:史铁生之树。或者把树的名字也写上:史铁生之合欢树。

1991 年 7 月 31 日

轻轻地走与轻轻地来

现在我常有这样的感觉：死神就坐在门外的过道里，坐在幽暗处，凡人看不到的地方，一夜一夜耐心地等我。不知什么时候它就会站起来，对我说：嘿，走吧。我想那必是不由分说。但不管是什么时候，我想我大概仍会觉得有些仓促，但不会犹豫，不会拖延。

"轻轻地我走了，正如我轻轻地来"——我说过，徐志摩这句诗未必牵涉生死，但在我看，却是对生死最恰当的态度，作为墓志铭真是再好也没有。

死，从来不是一次性完成的。陈村有一回对我说：人是一点一点死去的，先是这儿，再是那儿，一步一步终于完成。他说得很平静，我漫不经心地附和，我们都已经活得不那么在意死了。

这就是说，我正在轻轻地走，灵魂正在离开这个残损不堪的躯壳，一步步告别着这个世界。这样的时候，不知别人会怎样想，我则尤其想起轻轻地来的神秘。比如想起清晨、晌午和傍晚变幻的阳光，想起一方蓝天，一个安静的小院，一团扑面而来的柔和的风，风中仿佛从

史 铁 生
散 文 精 选

来就有母亲和奶奶轻声的呼唤……不知道别人是否也会像我一样，由衷地惊讶：往日呢？往日的一切都到哪儿去了？

生命的开端最是玄妙，完全的无中生有。好没影儿的忽然你就进入了一种情况，一种情况引出另一种情况，顺理成章天衣无缝，一来二去便连接出一个现实世界。真的很像电影，虚无的银幕上，比如说忽然就有了一个蹲在草丛里玩耍的孩子，太阳照耀他，照耀着远山、近树和草丛中的一条小路。然后孩子玩腻了，沿小路蹒跚地往回走，于是又引出小路尽头的一座房子，门前正在张望他的母亲，埋头于烟斗或报纸的父亲，引出一个家，随后引出一个世界。孩子只是跟随这一系列情况走，有些一闪即逝，有些便成为不可更改的历史，以及不可更改的历史的原因。这样，终于有一天孩子会想起开端的玄妙：无缘无故，正如先哲所言——人是被抛到这个世界上来的。

其实，说"好没影儿的忽然你就进入了一种情况"和"人是被抛到这个世界上来的"，这两句话都有毛病，在"进入情况"之前并没有你，在"被抛到这世界上来"之前也无所谓人。——不过这应该是哲学家的题目。

对我而言，开端，是北京的一个普通四合院。我站在炕上，扶着窗台，透过玻璃看它。屋里有些昏暗，窗外阳光明媚。近处是一排绿油油的榆树矮墙，越过榆树矮墙远处有两棵大枣树，枣树枯黑的枝条镶嵌进蓝天，枣树下是四周静静的窗廊。——与世界最初的相见就是这样，简单，但印象深刻。复杂的世界尚在远方，或者，它就蹲在那安恬的时间四周窃笑，看一个幼稚的生命慢慢睁开眼睛，萌生着欲望。

奶奶和母亲都说过：你就出生在那儿。

其实是出生在离那儿不远的一家医院。生我的时候天降大雪。一

天一宿罕见的大雪，路都埋了，奶奶抱着为我准备的铺盖趟着雪走到医院，走到产房的窗檐下，在那儿站了半宿，天快亮时才听见我轻轻地来了。母亲稍后才看见我来了。奶奶说，母亲为生了那么个丑东西伤心了好久，那时候母亲年轻又漂亮。这件事母亲后来闭口不谈，只说我来的时候"一层黑皮包着骨头"，她这样说的时候已经流露着欣慰，看我渐渐长得像回事了。但这一切都是真的吗？

我蹒跚地走出屋门，走进院子，一个真实的世界才开始提供凭证。太阳晒热的花草的气味，太阳晒热的砖石的气味，阳光在风中舞蹈、流动。青砖铺成的十字甬道连接起四面的房屋，把院子隔成四块均等的土地，两块上面各有一棵枣树，另两块种满了西番莲。西番莲顾自开着硕大的花朵，蜜蜂在层叠的花瓣中间钻进钻出，嗡嗡地开采。蝴蝶悠闲飘逸，飞来飞去，悄无声息仿佛幻影。枣树下落满移动的树影，落满细碎的枣花。青黄的枣花像一层粉，覆盖着地上的青苔，很滑，踩上去要小心。天上，或者是云彩里，有些声音，有些缥缈不知所在的声音——风声？铃声？还是歌声？说不清，很久我都不知道那到底是什么声音，但我一走到那块蓝天下面就听见了他，甚至在襁褓中就已经听见了他。那声音清朗、欢欣，悠悠扬扬不紧不慢，仿佛是生命固有的召唤，执意要你去注意他，去寻找他、看望他，甚或去投奔他。

我迈过高高的门槛，艰难地走出院门，眼前是一条安静的小街，细长、规整，两三个陌生的身影走过，走向东边的朝阳，走进西边的落日。东边和西边都不知通向哪里，都不知连接着什么，惟那美妙的声音不惊不懈，如风如流……

我永远都看见那条小街，看见一个孩子站在门前的台阶上眺望。朝阳或是落日弄花了他的眼睛，浮起一群黑色的斑点，他闭上眼睛，

史　铁　生
散　文　精　选

有点怕，不知所措，很久，再睁开眼睛，啊好了，世界又是一片光明……有两个黑衣的僧人在沿街的房檐下悄然走过……几只蜻蜓平稳地盘桓，翅膀上闪动着光芒……鸽哨声时隐时现，平缓，悠长，渐渐地近了，噗噜噜飞过头顶，又渐渐远了，在天边像一团飞舞的纸屑……这是件奇怪的事，我既看见我的眺望，又看见我在眺望。

那些情景如今都到哪儿去了？那时刻，那孩子，那样的心情，惊奇和痴迷的目光，一切往日情景，都到哪儿去了？它们飘进了宇宙，是呀，飘去五十年了。但这是不是说，它们只不过飘离了此时此地，其实它们依然存在？

梦是什么？回忆，是怎么一回事？

倘若在五十光年之外有一架倍数足够大的望远镜，有一个观察点，料必那些情景便依然如故，那条小街，小街上空的鸽群，两个无名的僧人，蜻蜓翅膀上的闪光和那个痴迷的孩子，还有天空中美妙的声音，便一如既往。如果那望远镜以光的速度继续跟随，那个孩子便永远都站在那条小街上，痴迷地眺望。要是那望远镜停下来，停在五十光年之外的某个地方，我的一生就会依次重现，五十年的历史便将从头上演。

真是神奇。很可能，生和死都不过取决于观察，取决于观察的远与近。比如，当一颗距离我们数十万光年的星星实际早已熄灭，它却正在我们的视野里度着它的青年时光。

时间限制了我们，习惯限制了我们，谣言般的舆论让我们陷于实际，让我们在白昼的魔法中闭目塞听不敢妄为。白昼是一种魔法，一种符咒，让僵死的规则畅行无阻，让实际消磨掉神奇。所有的人都在白昼的魔法之下扮演着紧张、呆板的角色，一切言谈举止一切思绪与梦想，都仿佛被预设的程序所圈定。

因而我盼望夜晚，盼望黑夜，盼望寂静中自由的到来。

甚至盼望站到死中，去看生。

我的躯体早已被固定在床上，固定在轮椅中，但我的心魂常在黑夜出行，脱离开残废的躯壳，脱离白昼的魔法，脱离实际，在尘嚣稍息的夜的世界里游逛，听所有的梦者诉说，看所有放弃了尘世角色的游魂在夜的天空和旷野中揭开另一种戏剧。风，四处游走，串联起夜的消息，从沉睡的窗口到沉睡的窗口，去探望被白昼忽略了的心情。另一种世界，蓬蓬勃勃，夜的声音无比辽阔。是呀，那才是写作啊。至于文学，我说过我跟它好像不大沾边儿，我一心向往的只是这自由的夜行，去到一切心魂的由衷的所在。

扶轮问路①

坐轮椅竟已坐到了第三十三个年头,用过的轮椅也近两位数了,这实在是件没想到的事。1980年秋天,"肾衰"初发,我问过柏大夫:"敝人刑期尚余几何?"她说:"阁下争取再活十年。"都是玩笑的口吻,但都明白这不是玩笑——问答就此打住,急忙转移了话题,便是证明。十年,如今已然大大超额了。

那时还不能预见到"透析"的未来。那时的北京城仅限三环路以内。

那时大导演田壮壮正忙于毕业作品,一干年轻人马加一个秃顶的林洪桐老师,选中了拙作《我们的角落》,要把它拍成电视剧。某日躺在病房,只见他们推来一辆崭新的手摇车,要换我那辆旧的,说是把这辆旧的开进电视剧那才真实。手摇车,轮椅之一种,结构近似三轮摩托,惟动力是靠手摇。一样的东西,换成新的,明显值得再活十年。只可惜,出院时新的又换回成旧的,那时的拍摄经费比不得现在。

不过呢,还是旧的好,那是我的二十位同学和朋友的合资馈赠。

---

① 又名《我的轮椅》。

其实是二十位母亲的心血——儿女们都还在插队，哪儿来的钱？那轮椅我用了很多年，摇着它去街道工厂干活，去地坛里读书，去"知青办"申请正式工作，在大街小巷里风驰或鼠窜，到城郊的旷野上看日落星出……摇进过深夜，也摇进过黎明，以及摇进过爱情但很快又摇出来。

1979年春节，摇着它，柳青骑车助我一臂之力，乘一路北风，我们去《春雨》编辑部参加了一回作家们的聚会。在那儿，我的写作头一回得到认可。那是座古旧的小楼，又窄又陡的木楼梯踩上去"嗵嗵"作响，一代青年作家们喊着号子把我连人带车抬上了二楼。"斯是陋室"——脱了漆的木地板，受过潮的木墙围，几盏老式吊灯尚存几分贵族味道……大家或坐或站，一起吃饺子，读作品，高谈阔论或大放厥词，真正是一个激情燃烧的年代。

所以，这轮椅殊不可以"断有情"，最终我把它送给了一位更不容易的残哥们儿。其时我已收获几笔稿酬，买了一辆更利远行的电动三轮车。

这电动三轮利于远行不假，也利于把人撂在半道儿。有两回，都是去赴苏炜家的聚会，走到半道儿，一回是链子断了，一回是轮胎扎了。那年代又没有手机，愣愣地坐着想了半响，只好侧弯下身子去转动车轮，左轮转累了换只手再转右轮。回程时有了救兵，一次是陈建功，一次是郑万隆，骑车推着我走，到家已然半夜。

链子和轮胎的毛病自然好办，机电部分有了问题麻烦就大。幸有三位行家做我的专职维护，先是瑞虎，后是老鄂和徐杰。瑞虎出国走了，后二位接替上。直到现在，我坐下这辆电动轮椅——此物之妙随后我会说到——出了毛病，也还是他们三位的事；瑞虎在国外找零件，老鄂和徐杰在国内施工，通过卫星或经由一条海底电缆，配合得无懈可击。

史 铁 生
散 文 精 选

两腿初废时,我曾暗下决心:这辈子就在屋里看书,哪儿也不去了。可等到有一天,家人劝说着把我抬进院子,一见那青天朗照、杨柳和风,决心即刻动摇。又有同学和朋友们常来看我,带来那一个大世界里的种种消息,心就越发地活了,设想着,在那久别的世界里摇着轮椅走一走大约也算不得什么丑事。于是有了平生的第一辆轮椅。那是邻居朱二哥的设计。父亲捧了图纸,满城里跑着找人制作,跑了好些天,才有一家"黑白铁加工部"肯于接受。用材是两个自行车轮、两个万向轮并数根废弃的铁窗框。母亲为它缝制了坐垫和靠背。后又求人在其两侧装上支架,撑起一面木板,书桌、饭桌乃至吧台就都齐备。倒不单是图省钱。现在怕是没人会相信了,那年代连个像样的轮椅都没处买;偶见"医疗用品商店"里有一款,其昂贵与笨重都可谓无比。

我在一篇题为"看电影"的散文中,也说到过这辆轮椅:"一夜大雪未停,事先已探知手摇车不准入场(电影院),母亲便推着那辆自制的轮椅送我去……雪花纷纷地还在飞舞,在昏黄的路灯下仿佛一群飞蛾。路上的雪冻成了一道道冰棱子,母亲推得沉重,但母亲心里快乐……母亲知道我正打算写点什么,又知道我跟长影的一位导演有着通信,所以她觉得推我去看这电影是非常必要的,是件大事。怎样的大事呢?我们一起在那条快乐的雪路上跋涉时,谁也没有把握,惟朦胧地都怀着希望。"

那一辆自制的轮椅,寄托了二老多少心愿!但是下一辆真正的轮椅来了,母亲却没能看到。

下一辆是《丑小鸭》杂志社送的,一辆正规并且做工精美的轮椅,全身的不锈钢,可折叠,可拆卸,两侧扶手下各有一金色的"福"字。

除了这辆轮椅,还有一件也是我多么希望母亲看见的事,她却没

能看见：1983年，我的小说得了全国奖。

得了奖，像是有了点儿资本，这年夏天我被邀请参加了《丑小鸭》的"青岛笔会"。双腿瘫痪后，我才记起了立哲曾教我的"不要脸精神"，大意是：想干事你就别太要面子，就算不懂装懂，哥们儿你也得往行家堆儿里凑。立哲说这话时，我们都还在陕北，十八九岁。"文革"闹得我们都只上到初中，正是靠了此一"不要脸精神"，赤脚医生孙立哲的医道才得突飞猛进，在陕北的窑洞里做了不知多少手术，被全国顶尖的外科专家叹为奇迹。于是乎我便也给自己立个法：不管多么厚脸皮，也要多往作家堆儿里凑。幸而除了两腿不仁不义，其余的器官都还按部就班，便一闭眼，拖累着大伙儿去了趟青岛。

参照以往的经验，我执意要连人带那辆手摇车一起上行李厢，理由是下了火车不也得靠它？其时全中国的出租车也未必能超过百辆。树生兄便一路陪伴。谁料此一回完全不似以往（上一次是去北戴河，下了火车由甘铁生骑车推我到宾馆），行李厢内货品拥塞，密不透风，树生心脏本已脆弱，只好于一路挥汗、谈笑之间频频吞服"速效救心"。

回程时我也怕了，托运了轮椅，随众人去坐硬座。进站口在车头，我们的车厢在车尾；身高马大的树纲兄背了我走，先还听他不紧不慢地安慰我，后便只闻其风箱也似的粗喘。待找到座位，偌大一个刘树纲竟似只剩下了一张煞白的脸。

《丑小鸭》不知现在还有没有？那辆"福"字牌轮椅，理应归功其首任社长胡石英。见我那手摇车抬上抬下着实不便，他自言自语道："有没有更轻便一点儿的？也许我们能送他一辆。"瞌睡中的刘树生急忙弄醒自己，接过话头儿："行啊，这事儿交给我啦，你只管报销就是。"胡石英欲言又止——那得多少钱呀，他心里也没底。那时铁良还在"医疗设备厂"工作，说正有一批中外合资的轮椅在试生产，好是好，就是贵。树生又是那句话："行啊，这事儿交给我啦，你去买来就是。"买来了，

143

史　铁　生
散 文 精 选

495块，83年呀！据说胡社长盯着发票不断地啧舌。

　　这辆"福"字牌轮椅，开启了我走南闯北的历史。其实是众人推着、背着、抬着我，去看中国。先是北京作协的一群哥们儿送我回了趟陕北，见了久别的"清平湾"。后又有洪峰接我去长春领了个奖；父亲年轻时在东北林区呆了好些年，所以沿途的大地名听着都耳熟。马原总想把我弄到西藏去看看，我说：下了飞机就有火葬场吗？吓得他只好请我去了趟沈阳。王安忆和姚育明推着我逛淮海路，是在1988年，那时她们还不知道，所谓"给我妹妹挑件羊毛衫"其实是借口，那时我又一次摇进了爱情，并且至今没再摇出来。少功、建功还有何立伟等等一大群人，更是把我抬上了南海舰队的鱼雷快艇。仅于近海小试风浪，已然触到了大海的威猛——那波涛看似柔软，一旦颠簸其间，竟是石头般的坚硬。又跟着郑义兄走了一回五台山，在"佛母洞"前汽车失控，就要撞下山崖时被一块巨石挡住。大家都说"这车上必有福将"，我心说是我呀，没见轮椅上那个"福"字？1996年迈平请我去斯德哥尔摩开会，算是头一回见了外国。飞机缓缓降落时，我心里油然地冒出句挺有学问的话：这世界上果真是有外国呀！转年立哲又带我走了差不多半个美国，那时双肾已然怠工，我一路挣扎着看：大沙漠、大峡谷、大瀑布、大赌城……立哲是学医的，笑嘻嘻地闻一闻我的尿说："不要紧，味儿挺大，还能排毒。"其实他心里全明白。他所以急着请我去，就是怕我一旦"透析"就去不成了。他的哲学一向是：命，干吗用的？单是为了活着？

　　说起那辆"福"字轮椅就要想起的那些人呢？如今都老了，有的已经过世。大伙儿推着、抬着、背着我走南闯北的日子，都是回忆了。这辆轮椅，仍然是不可"断有情"的印证。我说过，我的生命密码根本是两条：残疾与爱情。

如今我也是年近花甲了,手摇车是早就摇不动了,"透析"之后连一般的轮椅也用着吃力。上帝见我需要,就又把一种电动轮椅泊来眼前,临时寄存在王府井的"医疗用品商店"。妻子逛街时看见了,标价三万五。她找到代理商,砍价,不知跑了多少趟。两万九?两万七?两万六,不能再低啦小姐。好吧好吧,希米小姐偷着笑:你就是一分不降我也是要买的!这东西有趣,狗见了转着圈地冲它喊,孩子见了总要问身边的大人:它怎么自己会走呢?据说狗的智力相当于四五岁的孩子,他们都还不能把这椅子看成是一辆车。这东西才真正是给了我自由:居家可以乱窜,出门可以独自疯跑,跳舞也行,打球也行,给条坡道就能上山。舞我是从来不会跳。球呢,现在也打不好了,再说也没对手——会的嫌我烦,不会的我烦他。不过呢,时隔三十几年我居然上了山——昆明湖畔的万寿山。

谁能想到我又上了山呢!
谁能相信,是我自己爬上了山的呢!
坐在山上,看山下的路,看那浩瀚并喧嚣着的城市,想起凡高给提奥的信中有这样的话:"我是地球上的陌生人,(这儿)隐藏了对我的很多要求","实际上我们穿越大地,我们只是经历生活","我们从遥远的地方来,到遥远的地方去……我们是地球上的朝拜者和陌生人"。

坐在山上,看远处天边的风起云涌,心里有了一句诗:嗨,希米,希米/我怕我是走错了地方呢/谁想却碰见了你!——若把凡高的那些话加在后面,差不多就是一首完整的诗了。

坐在山上,眺望地坛的方向,想那园子里"有过我的车辙的地方也都有过母亲的脚印";想那些个"又是雾罩的清晨,又是骄阳高悬的白昼……"想那些个"在老柏树旁停下,在草地上在颓墙边停下,又

史 铁 生
散 文 精 选

是处处虫鸣的午后，又是鸟儿归巢的傍晚……"想我曾经的那些个想："我用纸笔在报刊上碰撞开的一条路，并不就是母亲盼望我找到的那条路……母亲盼望我找到的那条路到底是什么？"

有个回答突然跳来眼前：扶轮问路。是呀，这五十七年我都干了些什么？——扶轮问路，扶轮问路啊！但这不仅仅是说，有个叫史铁生的家伙，扶着轮椅，在这颗星球上询问过究竟。也不只是说，史铁生——这一处陌生的地方，如今我已经弄懂了他多少。更是说，譬如"法轮常转"，那"轮"与"转"明明是指示着一条无限的路途——无限的悲怆与"有情"，无限的蛮荒与惊醒……以及靠着无限的思问与祈告，去应和那存在之轮的无限之转！尼采说"要爱命运"。爱命运才是至爱的境界。"爱命运"既是爱上帝——上帝创造了无限种命运，要是你碰上的这一种不可心，你就恨他吗？"爱命运"也是爱众生——设若那一种不可心的命运轮在了别人，你就会松一口气怎的？而凡高所说的"经历生活"，分明是在暗示：此一处陌生的地方，不过是心魂之旅中的一处景观、一次际遇，未来的路途一样还是无限之问。

2007 年 11 月 20 日

哲理卷

无病之病

听说有这样的医生，对治病没什么兴趣，专长论文，虽医道平平，论文却接二连三地问世。他们也接诊病人，也查阅病历，却只挑选"有价值"的一类投以热情。据说那是为了科研。毫无疑问我们都应当拥护科研，似不该对其挑选心存疑怨。但是，他们的挑选标准却又耐人寻味：遇寻常的病症弃之，见疑难的病症避之，如此淘汰之余才是其论文的对象。前者之弃固无可非议，科研嘛，但是后者之避呢，又当如何解释？要点在于，无论怎么解释都已不妨碍其论文的出世了。

以上只是耳闻，我拿不出证据，也不通医道。尤其让我不敢轻信的原因是，"寻常"与"疑难"似有非此即彼的逻辑，弃避之余的第三种兴趣可能是什么呢？第三种热情又是靠什么维系的？但如果注意到，不管是在什么领域，论文的数量都已大大超过了而且还在以更快的速度超过着发明与发现，便又可信上述耳闻未必虚传。于是想到：论文之先不一定都是科研的动机，论文也可以仅仅是一门手艺。

世上有各种手艺：烧陶、刻石、修脚、理发、酿酒、烹饪、制衣、编席……所以是手艺，在于那都是沿袭的技术，并无创见。一旦有了

史　铁　生
散 文 精 选

创见，大家就不再看那是手艺，而要赞叹：这是学问！这是艺术呵！手艺，可以因为创造之光的照耀，而成长为学问或艺术。反之，学问和艺术也可以熟谙成一门手艺。比如文学作品，乃至各类文章，常常也只能读出些熟而生巧的功夫。

其实，天下论文总归是两类动机：其一可谓因病寻医问药；其二，是应景，无病呻吟。两类动机都必散布于字里行间，是瞒不过读者的。前一种，无论其成败，总能见出心路的迷惑，以及由之而对陌生之域的惊讶、敬畏与探问。后一种呢，则先就要知难而避，然后驾轻车行熟路。然而，倘言词太过庸常，立论太过浅显，又怕轻薄了写作的威仪，不由得便要去求助巧言、盛装，甚至虎皮。

还以前述那类医生做比——到底什么病症才对他们"有价值"呢？不是需要医治的一种，也不是值得研究的一种，而是便于构筑不寻常之论文的那一种。方便又不寻常，这类好事不可能太多，但如果论文的需求又太多太多呢？那就不难明白，何以不管在什么领域，都会有那么多不寻常的自说自话了。它们在"寻常"与"疑难"之间开辟了第三种可能，在无病之地自行其乐。

"寻常"，是已被榨干说尽的领域，是穷途，是一种限制。"疑难"尚为坚壁，或者说不定还是陷阱，是险径，也是限制。而限制，恰恰是方便的天敌，何苦要与它过不去呢？（正像一句流行的口头禅所劝导的：哥们儿你累不累？）所以要弃之与避之。这样，方便就保住了，只缺着不寻常。然而不寻常还有什么不方便么？比如撒一泡旷古的长尿（听说在所谓的"行为艺术"中出现过这类奇观）。对于论文，方便而又不寻常的路在哪儿？在语言市场上的俏货，在理论的叠床架屋并浅入深出，在主义的相互帮忙和逻辑的自我循环，在万勿与实际相关，否则就难免又碰上活生生的坚壁或陷阱——势必遭遇无情的诘问。所以，魔魔道道的第三种热情，比如说，就像庸医终于逃脱了患者的纠缠，去做无病的诊治游戏,在自说自话中享受其论说的自由。

我没说论文都是这样。我只是说有些论文是这样,至少有些论文让人相信论文可以是这样:有富足的智力,有快乐的心理,惟不涉精神的疑难。其病何在?无病之病是也。

写到这儿,我偶然从《华人文化世界》上读到一篇题为"当代医学的挑剔者"的文章(作者王一方),其中提到一位名叫图姆斯的哲学家,以其自身罹病的经验,写了一本书:《病患的意义》。文中介绍的图姆斯对现代医学的"挑剔",真是准确又简洁地说出了我想说而无能说出的话。

在图姆斯看来,现代医学混淆了由医生(客体)通过逻辑实证及理性建构的医学图景与病患者(主体)亲自体验的异常丰富的病患生活世界的界限。前者是条理近乎机械、权威(不容怀疑)的"他们"的世界,后者是活鲜、丰富的"我"的世界;前者是被谈论的、被研究的、被确认的客观世界,后者是无言的体验、或被打断或被告知不合逻辑、荒诞不经的主观世界。正是这一条条鸿沟,不仅带来医、患之间认识、情感、伦理判断及行为等方面的冲突,也使得医学只配作为一堆"知识"、"信息"、"技术项目",而不能嵌入生命与感情世界。为此,患者图姆斯为现代医学开出了药方,一是建议医学教育中重视医学与文学的沟通,鼓励医科学生去阅读叙述疾病过程与体验的文学作品,以多重身份去品味、体悟、理解各种非科学的疾患倾诉;二是亲自去体验疾病。……古人"三折肱而为良医",图姆斯的"折肱"……却为现代医学的精神困境送去了一支燃烧着的红烛。

以上所录图姆斯对现代医学的"挑剔"和药方,我想也可以是照亮现代文学、艺术和评论之困境的红烛吧。况且精神的病患甚于生理

史 铁 生
散 文 精 选

的病患，而生理病患的困苦终归是要打击到精神上来，才算圆满了其魔鬼的勾当。——图姆斯大约也正是基于这一点而希望医学能与文学沟通的。

我记得，好像是前两年得了诺贝尔奖的那个诗人帕斯说过：诗是对生活的纠正。我相信这是对诗性最恰切的总结。我们活着，本不需要诗。我们活着，忽然觉悟到活出了问题，所以才有了"诗性地栖居"那样一句名言。诗性并不是诗歌的专利（有些号称诗歌的东西，其中并无诗性），小说、散文、论文都应该有，都应该向诗性靠近，亦即向纠正生活靠近。而纠正生活，很可能不是像老师管教学生那样给你一种纪律，倒更可能像似不谙世故的学生，捉来一个司空见惯却旷古未解的疑问，令老师头疼。这类疑问，常常包含了生活的一种前所未有的可能性，因而也常常指示出现实生活的某种沉疴痼疾。

1997 年 3 月 21 日

我最记得母亲消失在那面青灰色高墙里的情景。她当然是绕过那面墙走上了远途的,但在我的印象里,她是走进那面墙里去了。没有门,但是母亲走进去了,在那些高高的树上蝉鸣浩大,在那些高高的树下母亲的身影很小,在我的恐惧里那儿即是远方。

我们活着,本不需要诗。我们活着,忽然觉悟到活出了问题,所以才有了『诗性地栖居』那样一句名言。

没有生活

很久很久以前并且忘记了是在哪儿,在我开始梦想写小说的时候我就听见有人说过:"作家应该经常到生活中去。文学创作,最最重要的是得有生活。没有生活是写不出好作品的。"那时我年少幼稚不大听得懂这句话,心想可有人不是在生活中吗?"没有生活"是不是说没有出生或者已经谢世?那样的话当然是没法儿写作,可这还用说么?然而很多年过去了,这句近乎金科玉律的话我还是不大听得懂。到底什么叫"没有生活"? "没有生活"到底是指什么?

也许是,有些生活叫生活或叫"有生活",有些生活不叫生活或者叫"没有生活"?如果是这样,如果生活已经划分成了两类,那么当不当得成作家和写不写得出好作品,不是就跟出身一样全凭运气了么?要是你的生活恰恰属于"没有生活"的一类,那你就死了写作这条心吧。不是么?总归得有人生活在"没有生活"之中呀?否则怎样证实那条金科玉律的前提呢?

为了挽救那条金科玉律不至与宿命论等同,必得为生活在"没有生活"中而又想从事写作的人找个出路。(生活在"没有生活"中的人

史 铁 生
散 文 精 选

想写作,这已经滑稽,本身已构成对那金科玉律的不恭。先顾不得了。)唯一的办法是指引他们到"有生活"的生活中去。然后只要到了那地方,当作家就比较地容易了,就像运输总归比勘探容易一样,到了那儿把煤把矿砂或者把好作品一筐一车地运回来就行了。但关键是,"有生活"的生活在哪儿?就是说在作家和作品产生之前,必要先判断出"有生活"所在之方位。正如在采掘队或运输队进军之前,必要有勘探队的指引。真正的麻烦来了:由谁来判断它的方位?由作家吗?显然不合逻辑——在"有生活"所在之方位尚未确认之前,哪儿来的作家?那么,由非作家?却又缺乏说服力——在作家和作品出现之前,根据什么来判断"有生活"所在之方位呢?而且这时候胡说白道极易盛行,公说在东,婆说在西,小叔子说在南,大姑子说在北,可叫儿媳妇听谁的?要是没有一条经过验证的根据,那岂不是说任何人都可以到任何地方去寻找所谓"有生活"么?岂不就等于说任何生活都可能是"有生活"也都可能是"没有生活"么?但这是那条金科玉律万难忍受的屈侮。光景看来挺绝望。万般无奈也许好吧就先退一步:就让第一批作家和作品在未经划分"有生活"和"没有生活"的生活中自行产生吧,暂时忍受一下生活等于生活的屈侮,待第一批作家和作品出现之后就好办了就有理由划分"有生活"和"没有生活"的区域。可这岂止是危险这是覆巢之祸啊!这一步退让必使以后的作家找到不甘就范的理由,跟着非导致那条金科玉律的全线崩溃不可——此中逻辑毫不艰涩。

也许是我理解错了,那条金科玉律不过是想说:麻木地终日无所用心地活着,虽然活过了但不能说其生活过了,虽然有生命但是不能说是"有生活"。倘若这样我以为就不如把话说得更明确一点:无所用心地生活即所谓"没有生活"。真若是这个意思我就终于听懂。真若是这样我们就不必为了写作而挑剔生活了,各种各样的生活都可能是"有生活"也都可能是"没有生活",所有的人就都平等了,当作家就不是

一种侥幸，不是一份特权，自己去勘探也不必麻烦别人了。

我希望，"有生活"也并不是专指猎奇。

任何生活中都包含着深意和深情。任何生活中都埋藏着好作品。任何时间和地点，都可能出现好作家。但愿我这理解是对的，否则我就仍然不能听懂那条金科玉律，不能听懂它为什么不是一句废话。

1993 年

墙下短记

一些当时看去不太要紧的事却能长久扎根在记忆里。它们一向都在那儿安睡，偶尔醒一下，睁眼看看，见你忙着（升迁或者遁世）就又睡去，很多年里它们轻得仿佛不在。千百次机缘错过，终于一天又看见它们，看见时光把很多所谓人生大事消磨殆尽，而它们坚定不移固守在那儿，沉沉地有了无比的重量。比如一张旧日的照片，拍时并不经意，随手放在哪儿，多年中甚至不记得有它，可忽然一天整理旧物时碰见了它，拂去尘埃，竟会感到那是你的由来也是你的投奔；而很多郑重其事的留影，却已忘记是在哪儿和为了什么。

近些年我常常想起一道墙，碎砖头垒的，风可以吹落砖缝间的细土。那道墙很长，至少在一个少年看来是很长，很长之后拐了弯，拐进一条更窄的小巷里去。小巷的拐角处有一盏街灯，紧挨着往前是一个院门，那里住过我少年时的一个同窗好友。叫他L吧。L和我能不能永远是好友，以及我们打完架后是否又言归于好，都不重要，重要的是我们一度形影不离，流动不居的生命有一段就由这友谊铺筑成。细密的小巷中,上学和放学的路上我们一起走,冬天和夏天,风声或蝉鸣,太阳到星空,十岁也许九岁的L曾对我说,他将来要娶班上一个(暂且叫她作M的)女生做老婆。L转身问我:"你呢,想和谁?"我准备不及,想想,觉得M确是漂亮。L说他还要挣很多钱。"干吗?""废话,那时你还花你爸的钱呀?"少年之间的情谊,想来莫过于我们那时的无猜无防了。

我曾把一件珍爱的东西送给L。一本连环画呢,还是一个什么玩具?已经记不清。可是有一天我们打了架,为什么打架也记不清了,但丝毫不忘的是:打完架,我又去找L要回了那件东西。

老实说,单我一个人是不敢去要的,或者也想不起去要。是几个当时也对L不大满意的伙伴指点我、怂恿我,拍着胸脯说他们甘愿随我一同前去讨还,再若犹豫就成了笨蛋兼而傻瓜。就去了。走过那道很长很熟悉的墙,夕阳正在上面灿烂地照耀,但在我的记忆里,走到L家的院门时,巷角的街灯已经昏黄地亮了。这只可理解为记忆的作怪。

站在那门前,我有点害怕,身旁的伙伴便极尽动员和鼓励,提醒我:倘调头撤退,其可卑甚至超过投降。我不能推卸罪责给别人:跟L打架后,我为什么要把送给L东西的事告诉别人呢?指点和怂恿都因此发生。我走进院中去喊L,L出来,听我说明来意,愣着看一会我,让我到大门外等着。L背着他的母亲,从屋里拿出那件东西交在我手里,不说什么,就又走回屋去。结束总是非常简单,咔嚓一下就都过去。

我和几个同来的伙伴在巷角的街灯下分手,各自回家。他们看看我手上那件东西,好歹说一句"给他干吗",声调和表情都失去来时的热度,失望甚或沮丧料想都不由于那件东西。

我贴近墙根独自往回走,那墙很长,很长而且荒凉,记忆在这儿又出了差误,好像还是街灯未亮、迎面的行人眉目不清的时候。晚风轻柔得让人无可抱怨,但魂魄仿佛被它吹离,飘起在黄昏中再消失进

157

史　铁　生
散　文　精　选

那道墙里去。捡根树枝，边走边在那墙上轻划，砖缝间的细土一股股地垂流……咔嚓一下所送走的，都扎根进记忆去酿制未来的问题。

那很可能是我对于墙的第一种印象。

随之，另一些墙也从睡中醒来。

几年前，有一天傍晚"散步"，我摇着轮椅走进童年时常于其间玩耍的一片胡同。其实一向都离它们不远，屡屡在其周围走过，匆忙得来不及进去看望。

记得那儿曾有一面红砖短墙，墙头插满锋利的碎玻璃碴儿，我们一群八九岁的孩子总去搅扰墙里那户人家的安宁，攀上一棵小树，扒着墙沿央告人家把我们的足球扔出来。那面墙应该说藏得很是隐蔽，在一条死巷里，但可惜那巷口的宽度很适合做我们的球门，巷口外的一片空地是我们的球场。球难免是要踢向球门的，倘临门一脚踢飞，十之八九便降落到那面墙里去。墙里是一户善良人家，飞来物在我们的央告下最多被扣压十分钟。但有一次，那足球学着篮球的样子准确投入墙内的面锅，待一群孩子又爬上小树去看时，雪白的面条热气腾腾全滚在煤灰里。正是所谓"三年困难时期"，足球事小，我们乘暮色抱头鼠窜。好几天后，我们由家长带领，以封闭"球场"为代价换回了那只足球。

那条小巷依旧，或者是更旧了。可能正是"国庆"期间，家家门上都插了国旗。变化不多，唯独那"球场"早被压在一家饭馆和一座公厕下面。"球门"对着饭馆的后墙，那户善良人家料必是安全得多了。

我摇着轮椅走街串巷，闲度国庆之夜。忽然又一面青灰色的墙叫我怦然心动，我知道，再往前去就是我的幼儿园了。青灰色的墙很高，里面有更高的树，树顶上曾有鸟窝，现在没了。到幼儿园去必要经过这墙下，一俟见了这面高墙，退步回家的希望即告断灭。那青灰色几

近一种严酷的信号，令童年分泌恐怖。

这样的"条件反射"确立于一个盛夏的午后，所以记得清楚，是因为那时的蝉鸣最为浩大。那个下午母亲要出长差，到很远的地方去。我最高的希望是她不去出差，最低的希望是我可以不去幼儿园，在家，不离开奶奶。但两份提案均遭否决，据哭力争亦不奏效。如今想来，母亲是要在远行之前给我立下严明的纪律。哭声不停，母亲无奈说带我出去走走。"不去幼儿园！"出门时我再次申明立场。母亲领我在街上走，沿途买些好吃的东西给我，形势虽然可疑，但看看走了这么久又不像是去幼儿园的路，牵着母亲的长裙心里略略地松坦。可是！好吃的东西刚在嘴里有了味道，迎头又来了那面青灰色高墙，才知道条条小路相通。虽立刻大哭，料已无济于事。但一迈进幼儿园的门槛，哭喊即自行停止，心里明白没了依靠，唯规规矩矩做个好孩子是得救的方略。幼儿园墙内，是必度的一种"灾难"，抑或只因为这一个孩子天生地怯懦和多愁。

三年前我搬了家，隔窗相望就是一所幼儿园，常在清晨的赖睡中就听见孩子进园前的嘶号。我特意去那园门前看过，抗拒进园的孩子其壮烈都像宁死不屈，但一落入园墙便立刻吞下哭声，恐惧变成冤屈，泪眼望天，抱紧着对晚霞的期待。不见得有谁比我更能理解他们，但早早地对墙有一点感受，不是坏事。

我最记得母亲消失在那面青灰色高墙里的情景。她当然是绕过那面墙走上了远途的，但在我的印象里，她是走进那面墙里去了。没有门，但是母亲走进去了，在那些高高的树上蝉鸣浩大，在那些高高的树下母亲的身影很小，在我的恐惧里那儿即是远方。

坐在窗前，看远近峭壁林立一般的高墙和矮墙。我现在有很多时间看它们。有人的地方一定有墙。我们都在墙里。没有多少事可以放

史　铁　生
散 文 精 选

心到光天化日下去做。规规整整的高楼叫人想起图书馆的目录柜,只有上帝可以去拉开每一个小抽屉,查阅亿万种心灵秘史,看见破墙而出的梦想都在墙的封护中徘徊。还有死神按期来到,伸手进去,抓阄儿似的摸走几个。

我们有时千里迢迢——汽车呀,火车呀,飞机可别一头栽下来呀——只像是为了去找一处不见墙的地方:荒原、大海、林莽甚至沙漠。但未必就能逃脱。墙永久地在你心里,构筑恐惧,也牵动思念。一只"飞去来器",从墙出发,又回到墙。你千里迢迢地去时,鲁宾逊正千里迢迢地回来。

哲学家先说是劳动创造了人,现在又说是语言创造了人。墙是否创造了人呢?语言和墙有着根本的相似:开不尽的门前是撞不尽的墙壁。结构呀,解构呀,后什么什么主义呀……啦啦啦,啦啦啦……游戏的热情永不可少,但我们仍在四壁的围阻中。把所有的墙都拆掉就不行么?我坐在窗前用很多时间去幻想一种魔法。比如"啦啦啦,啦啦啦……"很灵验地念上一段咒语,唰啦一下墙都不见。怎样呢?料必大家一齐慌作一团(就像热油淋在蚁穴),上哪儿的不知道要上哪儿了,干吗的忘记要干吗了,漫山遍野地捕食去和睡觉去么?毕竟又嫌趣味不够,然后大家埋头细想,还是要砌墙。砌墙盖房,不单为避风雨,因为大家都有些秘密,其次当然还有一些钱财。秘密,不信你去慢慢推想,它是趣味的爹娘。

其实秘密就已经是墙了。肚皮和眼皮都是墙,假笑和伪哭都是墙,只因这样的墙嫌软嫌累,要弄些坚实耐久的来加密。就算这心灵之墙可以轻易拆除,但山和水都是墙,天和地都是墙,时间和空间都是墙,命运是无穷的限制,上帝的秘密是不尽的墙。真要把这秘密之墙也都拆除,虽然很像似由来已久的理想接近了实现,但是等着瞧吧,满地球都怕要因为失去趣味而响起昏昏欲睡的鼾声,梦话亦不知从何说起。

趣味是要紧而又要紧的。秘密要好好保存。

探秘的欲望终于要探到意义的墙下。

活得要有意义,这老生常谈倒是任什么主义也不能推翻。加上个"后"字也是白搭。比如爱情,她能被物欲拐走一时,但不信她能因此绝灭。"什么都没啥了不起"的日子是要到头的,"什么都不必介意"的舞步可能"潇洒"地跳去撞墙。撞墙不死,第二步就是抬头,那时见墙上有字,写着:哥们儿你要上哪儿呢,这到底是要干吗?于是躲也躲不开,意义找上了门,债主的风度。

意义的原因很可能是意义本身。干吗要有意义?干吗要有生命?干吗要有存在?干吗要有有?重量的原因是引力,引力的原因呢?又是重量。学物理的人告诉我:千万别把运动和能量以及和时空分割开来理解。我随即得了启发:也千万别把人和意义分割开来理解。不是人有欲望,而是人即欲望。这欲望就是能量,是能量就是运动,是运动就走去前面或者未来。前面和未来都是什么和都是为什么?这必来的疑问使意义诞生,上帝便在第七天把人造成。上帝比靡菲斯特更有力量,任何魔法和咒语都不能把第七天的成就删除。在第七天以后所有的光阴里,你逃得开某种意义,但逃不开意义,如同你逃得开一次旅行但逃不开生命之旅。

你不是这种意义,就是那种意义。什么意义都不是,就掉进昆德拉所说的"生命不能承受之轻"。你是一个什么呢?生命算是个什么玩意儿呢?轻得称不出一点重量你可就要消失。我向L讨回那件东西,归途中的惶茫因年幼而无以名状,如今想来,分明就是为了一个"轻"字:珍宝转眼被处理成垃圾,一段生命轻得飘散了,没有了,以为是什么原来什么也不是,轻易、简单,灰飞烟灭。一段生命之轻,威胁了生命全面之重,惶茫往灵魂里渗透:是不是生命的所有段落都会落此下

史　铁　生
散 文 精 选

场呵？人的根本恐惧就在这个"轻"字上，比如歧视和漠视，比如嘲笑，比如穷人手里作废的股票，比如失恋和死亡。轻，最是可怕。

　　要求意义就是要求生命的重量。各种重量。各种重量在撞墙之时被真正测量。但很多重量，在死神的秤盘上还是轻，秤砣平衡在荒诞的准星上。因而得有一种重量，你愿意为之生也愿意为之死，愿意为之累，愿意在它的引力下耗尽性命。不是强言不悔，是清醒地从命。神圣是上帝对心魂的测量，是心魂被确认的重量。死亡光临时有一个仪式，灰和土都好，看往日轻轻地蒸发，但能听见，有什么东西沉沉地还在。不期还在现实中，只望还在美丽的位置上。我与 L 的情谊，可否还在美丽的位置上沉沉地有着重量？

　　不要熄灭破墙而出的欲望，否则鼾声又起。
　　但要接受墙。
　　为了逃开墙，我曾走到过一面墙下。我家附近有一座荒废的古园，围墙残败但仍坚固，失魂落魄的那些岁月里我摇着轮椅走到它跟前。四处无人，寂静悠久，寂静的我和寂静的墙之间，膨胀和盛开着野花，膨胀和盛开着冤屈。我用拳头打墙，用石头砍它，对着它落泪、喃喃咒骂，但是它轻轻掉落一点儿灰尘再无所动。天不变道亦不变。老柏树千年一日伸展着枝叶，云在天上走，鸟在云里飞，风踏草丛，野草一代一代落子生根。我转而祈求墙，双手合十（什），创造一种祷词或谶语，出声地诵念，求它给我死，要么还给我能走的腿……睁开眼，伟大的墙还是伟大地矗立，墙下呆坐一个不被神明过问的人。空旷的夕阳走来园中，若是昏昏地睡去，梦里常掉进一眼枯井，井壁又高又滑，喊声在井里嗡嗡碰撞而已，没人能听见，井口上的风中也仍是寂静的冤屈。喊醒了，看看还是活着，喊声并没惊动谁，并不能惊动什么，墙上有青润的和干枯的苔藓，有蜘蛛细巧的网，死在半路的蜗牛身后拖一行

鳞片似的脚印，有无名少年在那儿一遍遍记下的 3.1415926……

在这墙下，某个冬夜，我见过一个老人。记忆和印象之间总要闹出一些麻烦：记忆说未必是在这墙下，但印象总是把记忆中的那个老人搬来，真切地在这墙下。雪后，月光朦胧，车轮吱吱唧唧轧着雪路，是园中唯一的声响。这么走着，听见一缕悠沉的箫声远远传来，在老柏树摇落的雪雾中似有似无，尚不能识别那曲调时已觉其悠沉之音恰好碰住我的心绪。侧耳屏息，听出是《苏武牧羊》。曲终，心里正有些凄怆，忽觉墙影里一动，才发现一个老人背壁盘腿端坐在石凳上，黑衣白发，有些玄虚。雪地和月光，安静得也似非凡。竹箫又响，还是那首流放绝地、哀而不死的咏颂。原来箫声并不传自远处，就在那老人唇边。也许是气力不济，也许是这古曲一路至今光阴坎坷，箫声若断若续并不高亢，老人颤颤的吐纳之声亦可悉闻。一曲又尽，老人把箫管轻横腿上，双手摊放膝头，看不清他是否闭目。我惊诧而至感激，一遍遍听那箫声和箫声断处的空寂，以为是天谕或是神来引领。

那夜的箫声和老人，多年在我心上，但猜不透其引领指向何处。仅仅让我活下去似乎用不着这样神秘。直到有一天我又跟那墙说话，才听出那夜箫声是唱着"接受"，接受天命的限制。（达摩的面壁是不是这样呢？）接受残缺。接受苦难。接受墙的存在。哭和喊都是要逃离它，怒和骂都是要逃离它，恭维和跪拜还是想逃离它。我常常去跟那墙谈话，对，说出声，默想不能逃离它时就出声地责问，也出声地请求、商量，所谓软硬兼施。但毫无作用，谈判必至破裂，我的一切条件它都不答应。墙，要你接受它，就这么一个意思反复申明，不卑不亢，直到你听见。直到你不是更多地问它，而是听它更多地问你，那谈话才称得上谈话。

我一直在写作，但一直觉得并不能写成什么，不管是作品还是作

史 铁 生
散 文 精 选

家还是主义。用笔和用电脑,都是对墙的谈话,是如衣食住行一样必做的事。搬家搬得终于离那座古园远了,不能随便就去,此前就料到会怎样想念它,不想最为思恋的竟是那四面矗立的围墙;年久无人过问,记得那墙头的残瓦间长大过几棵小树。但不管何时何地,一闭眼,即刻就到那墙下。寂静的墙和寂静的我之间,野花膨胀着花蕾,不尽的路途在不尽的墙间延展,有很多事要慢慢对它谈,随手记下谓之写作。

1994 年 9 月 5 日

记忆迷宫

人们越来越多地使用电脑写作了。人们夸奖"386"比"286"好、"486"比"386"更好，那情形很像是在夸奖这个人比那个人更聪明。就像智力比赛，所谓"更聪明"即是说：运算（理解）的速度更快，存储（记忆）的信息更多，以及表达得更准确和联想的范围更宽广。于是有一个可笑的问题提出：用"486"写作，会比用"286"写得更好吗？这个可笑的问题甚至不用回答。但与这个问题同样可笑的逻辑却差不多通行，比如：要是我们写得不及某人，我们首先会怪罪我们的大脑不及某人。

如果作品的美妙和作者的智商不成正比，如果我们的文学止步不前而世界上仍在不断涌现出伟大的作家，我们主要应该怪罪什么呢？如果"486"并没有写出比"286"更有新意更有魅力的作品，大家都明白，是坐在"486"前面敲打键盘的那个人不行。如果一个智商很高的大脑却缺乏创造力，只能不断地临摹前人和复制生活，其原因何在呢？

我看过一位哲学家写的一篇谈"电脑与灵魂"的文章，其中有这样一段话：

史　铁　生
散 文 精 选

　　躯体和灵魂之间的模糊分别通常是理解为躯体与心灵，或者大脑与心灵之间的分别。研究这分别的一个途径是问：大脑是否能够做到心灵所能做的一切……

　　当然，目前更受注目的一个问题是电子计算机（电脑）是否有人……一样的能力……假如电子计算机能做到的跟人一样，则我们也只不过是电子计算机而已；也就是说，我们的存在也并不独特。从这个角度看，我们其实正在问"人是否存在"——一个与传统问题"神是否存在"有同样重要性的问题。

　　显然，大脑做不到心灵所能做到的一切。心灵比大脑广阔得多，深远得多，复杂得多。甚至所谓无限，我想其实也只是就心灵的浩渺无边而言。我们生存的空间有限，我们经历的时间有限，但我们心灵的维度是无限的。在电脑方兴未艾突飞猛进的时代，我们更容易发现，人的独特之处，究其根本不在于大脑，不在于运算得更快和记忆得更牢，而在于心灵的存在。浩渺无边的心灵，是任何大脑和电脑所无能比拟的。再高超的电脑也是人的造物，再聪明的大脑如果没有心灵隐于其后，也只近似传声筒或复印机。恰恰是心灵的浩渺无边，使人的大脑独具创造力，使文学成为必要，使创作能够永恒，使作家常常陷入迷茫也使作家不断走进惊喜。大脑不能穷尽心灵，因此我们永远为心灵所累不得彻底解脱，也因此，我们的创作才有了永无穷尽的前途。

　　所以，如果"486"写得不如"286"，我们应该怀疑的是：在"486"前面，"人是否存在"？键盘噼噼啪啪地敲响着，当然不能怀疑一个血肉之躯的存在，也不能怀疑一个正常大脑的存在，但我们有理由怀疑心灵是否存在？就是说，聪明的电脑或者聪明的大脑是否联通了心灵，其运作是否听命于心灵？心灵不在，即是人的不在，一台聪明的电脑

或大脑便是人或上帝的一次盲目投资。当然,并不否定聪明的作用,但写作如果仅仅是大脑对大脑的操作,则无论是什么级别的大脑都难免走入文学的穷途。文学的无穷天地,我想可以描述为:大脑对心灵的巡察、搜捕和缉拿归案。聪明对于写作是一件好事,正如侦探的本事高超当然更利于破案,但侦探如果单单乐意走进市场而不屑于巡察心灵,我们就可能只有治安和新闻,而没有文学了。

心灵是什么呢?以及,心灵在哪儿?

我记得有一位哲学家(记不住他的名字)写过一本书(也记不住它的题目),书中问道:"我在哪儿?"胳膊是我的,"我"在胳膊里么?但没有了胳膊,却依然故"我"。腿呢?也一样,"我"也不在腿里。那么"我"在心脏或大脑里了?但是把心脏或大脑解剖开来找吧,还是找不到"我"。虽然找不到,但若给心脏或大脑上加一个弹孔,"我"便消失。

"我",看来是一个结构,心灵是一个结构,死亡即是结构的消散或者改组。那么这个结构都包含什么呢?设想把一个人所有不致命的器官都摘除,怎样呢?这个人很可能就像一棵树或者一株草了。健全的生理就能够产生心灵么?那么把一个生理健全的人与世隔绝起来,隔绝得完全彻底,他的心灵还能有什么呢?心灵并不像一个容器,内容没有了容器还可以存在,不,心灵是一个结构,是信息的组织,是与信息共生共灭的。所以,心灵的构成当然不等于生理的构成,心灵的构成正是"天人合一",主观与客观的共同参与,心灵与这个世界同构。世界是什么?如果世界不能被我们认识穷尽,我们一向所说的世界到底是什么呢?我想,这世界,就重叠在我们的心灵上。虽然我们不能穷尽它,但是它就在那儿,以文学的名义无止无休地诱惑着我们,召唤着我们。

我在写一篇小说的时候,发现了一个悖论:

史 铁 生
散文精选

> 我是我的印象的一部分
> 而我的全部印象才是我

我没有用"记忆",而是用了"印象"。因为往日并不都停留在我的记忆里,但往日的喧嚣与骚动永远都在我的印象中。因为记忆,只是阶段性的僵死记录,而印象是对全部生命变动不居的理解和感悟。记忆只是大脑被动的存储,印象则是心灵仰望神秘时,对记忆的激活、重组和创造。记忆可以丢失,但印象却可使丢失的生命重新显现。一个简单的例证是:我们会忘记一行诗句,但如果我们的心绪走进了那句诗的意境,我们就会丝毫不差地记起它;当然那得是真正的诗句。一个众所周知的例证是:普鲁斯特在吃玛德莱小点心时,一瞬间看遍了自己的一生。如普鲁斯特一样的感受,几乎我们每个人都有过。

但是,印象中的往事是否真实呢?这也许就先要问问:真实是什么?当我们说"真实"的时候,这"真实"可能指的是什么?

我想引用我正在写着的一部小说中的一段话:

> 当一个人像我这样,坐在桌前,沉入往事,想在变幻不住的历史中寻找真实,要在纷纷纭纭的生命中看出些真实,真实便成为一个严重的问题。真实便随着你的追寻在你的前面破碎、分解、融化、重组……如烟如尘,如幻如梦。

我走在树林里,那两个孩子已经回家。整整那个秋天,整整那个秋天的每个夜晚,我都在那片树林里踽踽独行。一盏和一盏路灯相距很远,一段段明亮与明亮之间是一段段黑暗与黑暗,我的影子时而在明亮中显现,时而在黑暗中隐没。凭空而来的风一浪一浪地掀动斑斓的落叶,如同掀动着生命的印象。我感觉自己

就像是这空空的来风，只在脱落下和旋卷起斑斓的落叶之时，才能捕捉到自己的存在。

往事，或者故人，就像那落叶一样，在我生命的秋风里，从黑暗中飘转进明亮，从明亮中逃遁进黑暗。在明亮中的，我看见他们，在黑暗里的，我只有想像他们，依靠那些飘转进明亮中的去想像那些逃遁进黑暗里的。

我无法看到黑暗里他们的真实，只能看到想像中他们的样子，随着我的想像他们飘转进另一种明亮。这另一种明亮，是不真实的么？当黑暗隐藏了某些落叶，你仍然能够想像它们，因为你的想像可以照亮黑暗可以照亮它们，但想像照亮的它们并不就是黑暗隐藏起的它们，可这是我所能得到的唯一的真实。即便是那些明亮中的，我看着它们，它们的真实又是什么呢？也只是我印象中的真实吧，或者说仅仅是我真实的印象。往事，和故人，也是这样，无论他们飘转进明亮还是逃遁进黑暗，他们都只能在我的印象里成为真实。

真实并不在我的心灵之外，在我的心灵之外并没有一种叫作真实的东西原原本本地呆在那儿。真实，有时候是一个传说甚至一个谣言，有时候是一种猜测，有时候是一片梦想，它们在心灵里鬼斧神工地雕铸我的印象。而且，它们在雕铸我的印象时，顺便雕铸了我。否则我的真实又是什么呢，又能是什么呢？这些印象的累积和编织，那便是我了。

所有的小说，也许都可以说是记忆的产物，因为没有记忆便不可能有小说。但这样类推的话，我们也可以说没有乐器便没有音乐，没有刀斧便没有雕塑，没有颜料便没有图画，没有地球便没有人类。如此逻辑不失为真理，但如此真理也不失为废话。有意义的问题是：记忆，

史 铁 生
散 文 精 选

在创作者那儿，发生了什么？相关的问题是：为什么会发生？相似的问题是：我们为什么要写作？

记忆，在创作者那儿已经面目全非，已经走进另一种存在。我又要引一段我曾写过的话：

我生于1951年。但在我，1951年却在1955年之后发生。1955年的某一天，我记得那天日历上的字是绿色的，时间，对我来说就始于这个周末。

在此之前1951年是一片空白，1955年那个周末之后它才传来，渐渐有了意义，才存在。但1955年那个周末之后，却不是1955年的一个星期天，而是1951年冬天的某个凌晨——传说我在那个凌晨出生，我想像那个凌晨，于是1951年的那个凌晨抹杀了1955年的一个星期天。那个凌晨，我来到人间，奶奶说那天下着大雪。但在我，那天却下着1956年的雪，我不得不用1956年的雪去理解1951年的雪，从而1951年的冬天有了形象，不再是空白。然后是1958年，这年我上了学，这一年我开始理解了一点儿太阳、月亮和星星的关系。而此前的1957年呢，则是1964年时才给了我突出的印象，那时我才知道一场"反右"运动大致的情况，因而1957年下着1964年的雨。再之后有了公元前，我知道了并设想着远古的某些历史，而公元前中又混含着对2001年的幻想，我站在今天设想远古又幻想未来，远古和未来在今天随意交叉，因而远古和未来都刮着现在的风。

我理解，博尔赫斯的"交叉小径的花园"是指一个人的感觉、思绪和印象，在一个人的感觉、思绪和印象里，时间成为错综交叉的小径。他强调的其实不是时间，而是作为主观的人的心灵，这才是那迷宫的全部。

这已经不能说是记忆了，这显然也不是大脑猎奇的企图所致。这样的重组或者混淆，以及重组和混淆的更多可能性，乃是大脑去巡察心灵的路径，去搜捕和缉拿心灵的作为。昆德拉说（大意）："没有发现，就不能算得好小说。"我想，写作肯定不是为了重现记忆中的往事，而是为了发现生命根本的处境，发现生命的种种状态，发现历史所不曾显现的奇异或者神秘的关联，从而，去看一个亘古不变的题目：我们心灵的前途，和我们生命的价值，终归是什么？

这样的发现，是对人独特存在的发现，同时是对神的独特存在的发现。

这样的发现肯定是永无终结的，因为，比如说我们的大脑永远巡察不尽我们的心灵，比如说我们的智力永远不能穷尽存在的神秘，比如说存在是一个无穷的运动我们永远都不能走到终点，比如说我们永远都在朝圣的途中但永远都不能走到神的位置。也就是说，我们对终极的发问，并不能赢得终极的解答和解决。就像存在是一个永恒的过程一样，生命的意义是一个永恒的问题。比如艺术，谁能给它一个终极的解答么？比如爱，谁能给它一个终极的解决，从而给我们一个真正自由和博爱的世界？自由和爱永远是一个问题。自由和爱，以问题的方式而不是以答案形态，叠入我们的心灵。要点在于：这样的问题，有，还是没有？有和没有，即是神的存在和不存在，即是心灵的醒悟或者迷途。这差不多就是我们为什么要写作的理由了。

记忆给了我们这样的方便。

1994 年 4 月 12 日

宿命的写作

"四十而不惑,五十而知天命",这话似乎有毛病:四十已经不惑,怎么五十又知天命?既然五十方知天命,四十又谈何不惑呢?尚有不知(何况是天命),就可以自命不惑吗?

斗胆替古人做一点解释:很可能,四十之不惑并不涉及天命(或命运),只不过处世的技巧已经烂熟,识人辨物的目光已经老练,或谦恭或潇洒或气宇轩昂或颐指气使,各类作派都已能放对了位置,天命么,则是另外一码事,再需十年方可明了。再过十年终于明了:天命是不可明了的。不惑截止在日常事务之域,一旦问天命,惑又从中来,而且五十、六十、七老八十亦不可免惑,由是而知天命原来是只可知其不可知的。古人所以把不惑判给四十,而不留到最终,想必是有此暗示。

惑即距离,空间的拓开,时间的迁延,肉身的奔走,心魂的寻觅,写作因此绵绵无绝期。人是一种很傻的动物:知其不可知而知欲不泯。人是很聪明的一种动物:在不绝的知途中享用生年。人是一种认真又倔犟的动物:朝闻道,夕死可也。人是豁达且狡猾的一种动物:游戏人生。人还是一种非常危险的动物:不仅相互折磨,还折磨他们的地

球母亲。因而人合该又是一种服重刑或服长役的动物：苦难永远在四周看管着他们。等等等等于是最后：人是天地间难得的一种会梦想的动物。

这就是写作的原因吧。浪漫(不主义)永不过时,因为有现实以"惑"的方式不间断地给它输入激素和多种维他命。

我自己呢,为什么写作？先是为谋生,其次为价值实现（倒不一定求表扬,但求不被忽略和删除,当然受表扬的味道总是诱人的）,然后才有了更多的为什么。现在我想,一是为了不要僵死在现实里,因此二要维护和壮大人的梦想,尤其是梦想的能力。

至于写作是什么,我先以为那是一种职业,又以为它是一种光荣,再以为是一种信仰,现在则更相信写作是一种命运。并不是说命运不要我砌砖,要我码字,而是说无论人干什么人终于逃不开那个"惑"字,于是写作行为便发生。还有,我在给一个朋友的信中这样说过："写什么和怎么写都更像是宿命,与主义和流派无关。一旦早已存在于心中的那些没边没沿、混沌不清的声音要你写下它们,你就几乎没法去想'应该怎么写和不应该怎么写'这样的问题了……一切都已是定局,你没写它时它已不可改变地都在那儿了,你所能做的只是聆听和跟随。你要是本事大,你就能听到得多一些,跟随得近一些,但不管你有多大本事,你与它们之间都是一个无限的距离。因此,所谓灵感、技巧、聪明和才智,毋宁都归于祈祷,像祈祷上帝给你一次机会（一条道路）那样。"

借助电脑,我刚刚写完一个长篇（谢谢电脑,没它帮忙真是要把人累死的）,其中有这样一段："你的诗是从哪儿来的呢？你的大脑是根据什么写出了一行行诗文的呢？你必于写作之先就看见了一团混沌,你必于写作之中追寻那一团混沌,你必于写作之后发现你离那一团混沌还是非常遥远。那一团激动着你去写作的混沌,就是你的灵魂所在,

史　铁　生
散 文 精 选

有可能那就是世界全部消息错综无序的编织。你试图看清它、表达它——这时是大脑在工作，而在此前，那一片混沌早已存在，灵魂在你的智力之先早已存在，诗魂在你的诗句之前早已成定局。你怎样设法去接近它，那是大脑的任务；你能够在多大程度上接近它，那就是你诗作的品位；你永远不可能等同于它，那就注定了写作无尽无休的路途，那就证明了大脑永远也追不上灵魂，因而大脑和灵魂肯定是两码事。"卖文为生已经十几年了，唯一的经验是，不要让大脑控制灵魂，而要让灵魂操作大脑，以及按动电脑的键盘。

1995 年 12 月 22 日

复杂的必要

母亲去世十年后的那个清明节,我和父亲和妹妹去寻过她的坟。

母亲去得突然,且在中年。那时我坐在轮椅上正惶然不知要向哪儿去,妹妹还在读小学。父亲独自送母亲下了葬。巨大的灾难让我们在十年中都不敢提起她,甚至把墙上她的照片也收起来,总看着她和总让她看着我们,都受不了。才知道越大的悲痛越是无言:没有一句关于她的话是恰当的,没有一个关于她的字不是恐怖的。

十年过去,悲痛才似轻了些,我们同时说起了要去看看母亲的坟。三个人也便同时明白,十年里我们不提起她,但各自都在一天一天地想着她。

坟却没有了,或者从来就没有过。母亲辞世的那个年代,城市的普通百姓不可能有一座坟,只是火化了然后深葬,不留痕迹。父亲满山跑着找,终于找到了他当年牢记下的一个标志,说:离那标志向东三十步左右就是母亲的骨灰深埋的地方。但是向东不足二十步已见几间新房,房前堆了石料,是一家制作墓碑的小工厂了,几个工匠埋头叮当地雕凿着碑石。父亲憋红了脸,喘气声一下比一下粗重。妹妹推

史　铁　生
散 文 精 选

着我走近前去,把那儿看了很久。又是无言。离开时我对他们俩说:也好,只当那儿是母亲的纪念堂吧。

虽是这么说,心里却空落得以至于疼。

我当然反对大造阴宅。但是,简单到深埋且不留一丝痕迹,真也太残酷。一个你所深爱的人,一个饱经艰难的人,一个无比丰富的心魂……就这么轻易地删简为零了?这感觉让人沮丧至极,仿佛是说,生命的每一步原都是可以这样删除的。

纪念的习俗或方式可以多样,但总是要有。而且不能简单,务要复杂些才好。复杂不是繁冗和耗费,心魂所要的隆重,并非物质的铺张可以奏效。可以火葬,可以水葬,可以天葬,可以树碑,也可为死者种一棵树,甚或只为他珍藏一片树叶或供奉一根枯草……任何方式都好,唯不可意味了简单。任何方式都表明了复杂的必要。因为,那是心魂对心魂的珍重所要求的仪式,心魂不能容忍对心魂的简化。

从而想到文学。文学,正是遵奉了这种复杂原则。理论要走向简单,文学却要去接近复杂。若要简单,任何人生都是可以删简到只剩下吃喝屙撒睡的,任何小说也都可以删简到只剩下几行梗概,任何历史都可以删简到只留几个符号式的伟人,任何壮举和怯逃都可以删简成一份光荣加一份耻辱……但是这不行,你不可能满足于像孩子那样只盼结局,你要看过程,从复杂的过程看生命艰巨的处境,以享隆重与壮美。其实人间的事,更多的都是可以删简但不容删简的。不信去想吧。比如足球,若单为决个胜负,原是可以一上来就踢点球的,满场奔跑倒为了什么呢?

1995 年 2 月 10 日

熟练与陌生

艺术要反对的,虚伪之后,是熟练。有熟练的技术,哪有熟练的艺术?

熟练(或娴熟)的语言,于公文或汇报可受赞扬,于文学却是末路。熟练中,再难有语言的创造,多半是语言的消费了。罗兰·巴特说过:文学是语言的探险。那就是说,文学是要向着陌生之域开路。陌生之域,并不单指陌生的空间,主要是说心魂中不曾敞开的所在。陌生之域怎么可能轻车熟路呢?倘是探险,模仿、反映和表现一类的意图就退到不大重要的地位,而发现成其主旨。米兰·昆德拉说:没有发现的文学就不是好的文学。发现,是语言的创造之源,便幼稚,也不失文学本色。在人的心魂却为人所未察的地方,在人的处境却为人所忽略的时候,当熟练的生活透露出陌生的消息,文学才得其使命。熟练的写作,可以制造不坏的商品,但不会有很好的文学。

熟练的写作表明思想的僵滞和感受力的麻木,而迷恋或自赏着熟练语言的大批繁殖,那当然不是先锋,但也并不就是传统。

如果传统就是先前已有的思想、语言以及文体、文风、章法、句

史　铁　生
散 文 精 选

式、情趣……那其实就不必再要新的作家，只要新的印刷和新的说书艺人就够。但传统，确是指先前已有的一些事物，看来关键在于：我们要继承什么，以及继承二字是什么意思？传统必与继承相关，否则是废话。可是，继承的尺度一向灵活因而含混，激进派的尺标往左推说你是墨守成规，保守者的尺标往右拉看你是丢弃传统。含混的原因大约在于，继承是既包含了永恒不变之位置又包含了千变万化之前途的。然而一切事物都要变，可有哪样东西是永恒不变的和需要永恒不变的么？若没有，传统（尤其是几千年的传统）究竟是在指示什么？或单说变迁就好，继承又是在强调什么？永恒不变的东西是有的，那就是陌生之域，陌生的围困是人的永恒处境，不必担心它的消灭。然而，这似乎又像日月山川一样是不可能丢弃的，强调继承真是多余。但是！面对陌生，自古就有不同的态度：走去探险，和逃回到熟练。所以我想，传统强调的就是这前一种态度——对陌生的惊奇、盼念、甚至是尊敬和爱慕，惟这一种态度需要永恒不变地继承。这一种态度之下的路途，当然是变化莫测无边无际，因而好的文学，其实每一步都在继承传统，每一步也都不在熟练中滞留因而成为探险的先锋。传统是其不变的神领，先锋是其万变之前途中的探问。

（也许先锋二字是特指一派风格，但那就要说明：此"先锋"只是一种流派的姓名，不等于文学的前途。一向被认为是先锋派的余华先生说，他并不是先锋派，因为没有哪个真正的作家是为了流派而写作。这话说得我们心明眼亮。）

那，为什么而写作呢？我想，就因为那片无边无际的陌生之域的存在。那不是凭熟练可以进入的地方，那儿的陌生与危险向人要求着新的思想和语言。如果你想写作，这个"想"是由什么引诱的呢？三种可能：市场，流派，心魂。市场，人们已经说得够多了。流派，余华也给了我们最好的回答。而心魂，却在市场和流派的热浪中被忽视，

但也就在这样被忽视的时候它发出陌生的呢喃或呼唤。离开熟练，去谛听去领悟去跟随那一片混沌无边的陌生吧。

　　在心魂的引诱下去写作，有一个问题：是引诱者是我呢，还是被引诱者是我？这大约恰恰证明了心魂和大脑是两回事——引诱者是我的心魂，被引诱者是我的大脑。心魂，你并不全都熟悉，它带着世界全部的消息，使生命之树常青，使崭新的语言生长，是所有的流派、理论、主义都想要接近却总遥遥不可接近的神明。任何时候，如果文学停滞或委靡，诸多的原因中最重要的一个就是：大脑离开了心魂，越离越远以致听不见它也看不见它，单剩下大脑自作聪明其实闭目塞听地操作。就像电脑前并没有人，电脑自己在花里胡哨地演示，虽然熟练。

放下与执着

几位老友，不常见面，见了面总劝我"放下"。放下什么呢？没说，断续劝我："把一切都放下，人就不会生病。"我发现我有点儿狡猾了，明知那是句佛家经常的教诲（比如"放下屠刀，立地成佛"；"屠刀"也不专指索命的器具，是说一切迷执），却佯装不知。佯装不知，是因为我心里着实有些不快；可见嗔心确凿，是要放下的。何致不快呢？从那劝导中我听出了一个逆推理：你所以多病，就因为你没放下。逆推理中又含了一条暗示：我为什么身体好呢？全都放下了。

既知嗔心确在，就别较劲儿。坐下，喝茶，说点儿别的。可谁料，一晚上，主张放下的几位却始终没放下几十年前的"文革"旧怨，那时谁把谁怎样了吧，谁和谁是一派的吧，谁表面如何其实不然呀，等等。就不说这"谁"字具体是指谁了吧，总归不是"他"或"他们"，就是"我"和"我们"。

所以，放下什么才是真问题。比如说：放下烦恼，也放下责任吗？放下怨恨，也放下爱愿吗？放下差别心，难道连美丑、善恶都不要分？

放下一切，既不可能，也不应该。总不会指着什么都潇洒地说一声"放下"，就算有了佛性吧？当然，万事都不往心里去可以是你的选择、你的自由，但人间的事绝不可以是这样，也从来没这样过。举几个例子吧：是执着于教育的人教会了你读书，包括读经。是执着于种田的人保障着众人的温饱，你才有余力说"放下"。惟因有了执着于交通事业的人，老友们才得聚来一处喝茶。若无各门各类的执着者，咱这会儿还在钻木取火呢，还是连钻木取火也已经放下？

错的不是执着，是执迷，有些谈佛论道的书中将这两个词混用，窃以为十分不妥。"执迷"的意思，差不多是指异化、僵化、故步自封、知错不改。何致如此呢？无非"名利"二字。但谋生，从而谋利，只要合法，就不是迷途。名却厉害。温饱甚至富足之后，价值感，常把人弄得颠三倒四。谋利谋到不知所归，其实也是在谋名了——优越感，或价值感。价值感错了吗？人要活得有价值，不对吗？问题是，在这个一切都可以卖的时代，价值的解释权通常是属于价格的，价值感自也是亦步亦趋。

价值和价格的差距本属正当。但这差距却无从固定，可以很大，也可以很小，当然这并非坏事，这正是经济学所赞美的那只市场的无形之手。可这只手，一旦显形为铺天盖地的广告，一旦与认钱不认货的媒体相得益彰，事情就不一样了。怎么不一样？只要广告深入人心，东西好坏倒不要紧了，好也未必就卖得好，不好也未必就卖不好。媒体和广告沆瀣一气，大约是经济学未及引入的一个——几乎没有底线的——参数。是呀，倘那无形或有形的手也成了商品，又靠谁来调节它呢？价格既已不认价值这门亲，价值感孤苦无靠去拜倒在价格门下，也就不是什么难解的题。而这逻辑，一旦以"更高、更快、更强"的气势，超越经济，走进社会各个领域，耳边常闻的关键词就只有利润、码洋、

181

史　铁　生
散　文　精　选

票房和收视率了。另有四个词在悄声附和：房子、车子、股市、化疗。此即执迷。

　　而"执着"与"执迷"不分，本身就是迷途。这世界上有爱财的，有恋权的，有图名的，有什么都不为单是争强好胜的。人们常管这叫欲壑难填，叫执迷不悟，都是贬意。但爱财的也有比尔·盖茨，他既能聚财也能理财，更懂得财为何用，不好吗？恋权的嘛，也有毛遂自荐的敢于担当,也有种种"举贤不避亲"的言与行,不对吗？图名的呢？雷锋，雷锋及一切好人！他们不图名？愿意谁说他们没干好事，不是好人？不过是不图虚名、假名。争强好胜也未必就不对，阿姆斯特朗怎么样，那个身患癌症还六次夺得环法自行车赛冠军的人？对这些人，大家怎么说？会说他执迷？会请他放下？当然不，相反人们会赞美他们的执着——坚持不懈、百折不挠、矢志不渝，都是褒奖。
　　主张"一切都放下"，或"执着"与"执迷"分不清，是否正应了佛家的另一个关键词——"无明"呢？
　　"无明"就是糊涂。但糊涂分两种。一种叫顽固不化，朽木难雕，不可教也，"无明"应该是指这一种。另一种，比如少小无知，或"山重水复疑无路"，这不能算"无明"，这是"柳暗花明又一村"的前奏，是成长壮大的起点。而郑板桥的"难得糊涂"已然是大智慧了。
　　后一种糊涂，是错误吗？执着地想弄明白某些尚且糊涂着的事物，不应该吗？比如一件尚未理清的案件，一处尚未探明的矿藏，一项尚未完善的技术、对策或理论。这正是坚持不懈者施才展志的时候呀，怎倒要知难而退者来劝导他呢？严格说，我们的每一步其实都在不完善中，都在不甚明了中，甚至是巨大的迷茫之中，因而每时每刻都可能走对了，也都可能走错了。问题是人没有预知一切的能力，那么，是应该就此放下呢，还是要坚持下去？设想，对此，佛祖会取何态度？

干脆"把一切都放下"吗？那就要问了：他压根儿干吗要站出来讲经传道？他看得那么深、那么透，干吗不统统放下？他曾经糊涂，曾经烦恼，但他放得下王子之位却放不下生命的意义，所以才有那锲而不舍的苦行，才有那菩提树下的冥思苦想。难道他就是为了让后人把一切都放下，没病没灾然后啥都无所谓？该想的佛都想了各位就甭想了，该受的佛都受了各位就甭再受了，该干的佛也都干了各位啥心也甭操了——有这事儿？恐怕，盼望这事儿的，倒是执迷不悟。

可是，哪能谁都有佛祖一样的智慧呢？我等凡人，弄不好一错再错，苦累终生，倒不如尘缘尽弃，早得自在吧。可是，怕错，就不是执着？怕苦，就不是执着？一身享用着别人执着的成果，却一心只图自在，不是执着？不是执着，是执迷！佛祖要是这般明哲保身，犯得上去那菩提树下饱经折磨吗？偷懒的人说一句"放下"多么轻松，又似多么明达，甚至还有一份额外的"光荣"——价值感，却不去想那菩提树下的所思所想，却不去辨别什么要放下、什么是不可以放下的，结果是弄一个价值虚无来骗自己，蒙大家。

老实说，我——此一姓史名铁生的有限之在，确是个贪心充沛的家伙，天底下的美名、美物、美事没有他没想（要）过的，虽然我并不认为这是他多病的原因。不过，此一史铁生确曾因病得福。二十一岁那年，命运让这家伙不得不把那些充沛的东西——绝不敢说都放下了，只敢说——暂时都放一放。特别要强调的是，这"暂时都放一放"，绝非觉悟使然，实在是不得已而为之。先哲有言："愿意的，命运领着你走；不愿意的，命运拖着你走。"我就是那"不愿意"而被"拖着走"的。被拖着走了二十几年，一日忽有所悟：那二十一岁的遭遇以及其后的二十几年的被拖，未必不是神恩——此一铁生并未经受多少选择之苦，便被放在了"不得不放一放"的地位，真是何等幸运的事情！

183

史　铁　生
散　文　精　选

虽则此一铁生生性愚顽，放一放又拿起来，拿起来又不得不再放一放，至今也不能了断尘根，也还是得了一些恩宠的。我把这感想说给某位朋友，那朋友忒善良，只说我是谦虚。我谦虚？更有位智慧的朋友说我：他谦虚？他骨子里了不得！这"了不得"，估计也是"贪心充沛"的意思。前一位是爱我者，后一位是知我者。不过，从那时起，我有点儿被"领着走"的意思了。

如今已是年近花甲。也读了些书，也想了些事，由衷感到，尼采那一句"爱命运"真是对人生态度之最英明的指引。当然不是说仅仅爱好的命运，而是说对一切命运都要持爱的态度。爱，再一次表明与"喜欢"不同，谁能喜欢坏运气呢？但是你要爱它。就好比抓了一手坏牌，你骂它？恨它？耍着赖要重新发牌？当然你不喜欢它，但你要镇静，对它说是，而后看你如何能把这一手坏牌打得精彩。

大凡能人，都嫌弃宿命，反对宿命。可有谁是能力无限的人吗？那你就得承认局限。承认局限，大家都不反对，但那就是承认宿命呵。承认它并不等于放弃你的自由意志。浪漫点儿说就是：对舞蹈说是，然后自由地跳。这逻辑可以引申到一切领域。

所以，既得有所"放下"，又得有所"执着"——放下占有的欲望，执着于行走的努力。放不下前者的，必至贪、嗔、痴。连后者也放下的，难免还是贪、嗔、痴。看一切都是无意义的人，怎么可能会爱命运。不爱命运，必是心里多有怨。怨，涉及到人即是嗔——他人不合我意，涉及到物即是痴——世界不可我心，仔细想来，都是一条贪根使然。

2007 年 11 月 27 日

心魂,你并不全都熟悉,它带着世界全部的消息,使生命之树常青,使崭新的语言生长,是所有的流派、理论、主义都想要接近却总遥遥不可接近的神明。

爱,是立于此岸的精神彼岸,从来不是以完成的状态消解此岸,而是以问题的方式驾临此岸。

诚实与善思

我来此史（铁生）眼看就是一个花甲了。这些年我们携手同舟，也曾在种种先锋身后紧跟，也曾在种种伟大脚下膜拜，更是在种种天才与博学的漩涡中惊悚不已。生性本就愚钝，再经此激流暗涌，早期症状是找不着北，到了晚期这才相信，诚实与善思乃人之首要。

良家子弟，从小都被教以谦逊、恭敬——"三人行必有我师"，"满招损，谦受益"以及"骄军必败"等等，却不知怎么，越是长大成人倒越是少了教养——单说一个我、你、他或还古韵稍存，若加上个"们"字，便都气吞山河得要命。远而儒雅些的比如"问苍茫大地谁主沉浮？我们，我们，我们！"近且直白的则是"你们有什么资格指责我们！"

你们，他们，为啥就不能指责我们？我们没错，还是我们注定是没错的？倘人家说得对又当如何？即便不全对，咱不是还有一句尤显传统美德的"无则加勉"吗？就算全不对，你有你的申辩权、反驳权，怎么就说人家没资格？人均一脑一嘴，欲剥夺者倒错得更加危险。

古有"五十步笑百步"之嘲，今却有百步笑五十步且面无愧色者在，譬如阿Q的讥笑小D或王胡。不过，百步就没有笑五十步的权利吗？

史铁生
散文精选

当然不是，但有愧色就好，就更具说服力。其实五十步也足够愧之有色了，甚至一步、半步就该有，或叫见微知著，或叫防患于未然。据说，"耻辱"二字虽多并用，实则大相径庭。"知耻而后进"——"耻"是愧于自身之不足；"辱"却相反，是恨的酵母——"仇恨入心要发芽"。

电影《教父》中的老教父，给他儿子有句话："不要恨，恨会使你失去判断。"此一黑道家训，实为放之诸道而皆宜。无论什么事，怨恨一占上风，目光立刻短浅，行为必趋逞强。为什么呢？被愤怒拿捏着，让所恨的事物牵着走，哪还会有"知己知彼"的冷静！

比如今天，欲取"西方中心"而代之者，正风起云涌。其实呢，中不中心的也不由谁说了算。常听到这样的话："我们中国其实是最棒的！""他们西方有啥了不起！""你们美国算什么！"类似的话——我才是最棒的，他有啥了不起，你算个什么——若是让孩子说了，必遭有教养的家长痛斥，或令负责任的老师去反省；怎么从个人换到国族，心情就会大变呢？看来，理性常不是本性的对手。一团本性的怒火尚可被理性控制，怒火一多，牵连成片，便能把整座森林都烧成怨恨，把诚实与善思都烧死在里面。老实说，我倒宁愿有一天，不管世人论及什么，是褒是贬，或对或错，都拿中国说事；那样，"中心"的方位自然而然就会有变化了。此前莫如细听那老教父的潜台词：若要不失判断，先不能让情绪乱了自己，所谓知己知彼，诚实是第一位的。

何谓诚实？见谁都一倾私密而后快吗？当然不能，也不必。诚实就像忏悔，根本是对准自己的。某些不光明、不漂亮、不好意思的事，或可对外隐瞒到底，却不能跟自己变戏法儿，一忽悠就看它没了。所以人要有独处的时间，以利反思、默问和自省。据说有人发明了一种药，人吃了精神百倍，夜以继日地"大干快上"也不觉困倦和疲劳，而且无损健康。但发明者一定是忘记了黑夜的妙用，那正是人自我面对或独问苍天的时候。那史写过一首小诗，拿来倒也凑趣——

黑夜有一肚子话要说／清晨却忘个干净／白昼疯狂扫荡／喷洒农药似的／喷洒光明。于是／犹豫变得剽悍／心肠变得坚硬／祈祷指向宝座／语言显露凶光……／今晚我想坐到天明／坐到月影消失／坐到星光熄灭／从万籁俱寂一直坐到／人声泛起。看看／白昼到底是怎样／开始发疯……

　　够不够得上诗另当别论。但黑夜的坦诚,确乎常被白昼的喧嚣所颠覆,正如天真的孩子,长大了却沾染一身"立场"。"立场"与"观点"和"看法"相近,原只意味着表达或陈述,后不知怎样一弄,竟成权柄,竟至要挟。"你什么观点?""你对此事怎么看?"——多么平和的问句,让人想起洒满阳光的课堂。若换成"你是什么立场?""你到底站在哪一边?"——便怎么听都像威胁,令人不由得望望四周与身后。我听见那史沉默中的回应——对前者是力求详述,认真倾听,反复思考;对后者呢,客气的是"咱只求把问题搞搞清楚",混账些的就容易惹事了:"孙子,你丫管着吗!"不过呢,话粗理不粗,就事论事,有理说理,调查我立场干吗?要不要填写出身呢?"立场"一词,因"文革"而留下"战斗队"式的后遗症。不过,很可能其原初的创意就不够慎重——人除了站在地球上还能站在哪儿呢?故其明显是指一些人为勾划过的区域——国族、村镇,乃至帮帮派派。当然了,人家问的是思想——你的思想,立于何场?人类之场,博爱之场——但真要这么说,众多目光就会看你是没正经。那该怎么说呢?思想,难道不是大于国族或帮派?否则难道不是狭隘?思想的辽阔当属无边,此人类之一大荣耀;而思想的限制,盖出于自我。不是吗?思想只能是自己的思与想,即便有什么信奉,也是自思自想之后的选择。又因为自我的局限,思想所以是生于交流,死于捆绑——不管是自觉,还是被迫。一旦族同、

史　铁　生
散　文　精　选

党同、派同纷纷伐异，弃他山之石，灭异端之思，结果只能是阉割了思想，谋杀了交流。故"立场"一经唱响，我撒腿（当然是轮椅）就跑，深知那儿马上就没有诚实了。

诚实，或已包含了善思。善美之思不可能不始于诚实，起点若就闹鬼，那蝴蝶的翅膀就不知会扇动出什么了。而不思不想者又很难弄懂诚实的重要，君不见欺人者常自欺？君不见傻瓜总好挑起拇指拍胸脯？诚实与善思构成良性循环，反之则在恨与傻的怪圈里振振有词。

索洛维耶夫在《爱的意义》中说：做什么事都有天赋，信仰的天赋是什么呢？是谦卑。那么，善思的源头便是诚实。

比如问：你是怎样选择了你的信仰的？若回答说"没怎么想，随大流儿呗"，这信仰就值得担忧，没准儿恰就是常说的迷信。碰巧了这迷信不干坏事，那算你运气好，但既是盲从，就难保总能碰得那么巧。或者是，看这信仰能带来好处，所以投其门下？好处，没问题，但世上的好处总分两种：一是净化心灵，开启智慧；一种则更像投资，或做成个乱世的班头。所以，真正的信仰，不可不经由妥善的思考。

又比如问：人为什么要有信仰呢？不思者不予理会，未思者未免一惊，而善思者嘴上不说，心里也有回答：与这无边的存在相比，人真是太过渺小，凭此人智，绝难为生命规划出一条善美之路。而这，既是出于谦卑而收获的诚实，又是由于诚实而达到的谦卑。

所以我更倾向于认为，诚实与善思是互为因果的。小通科技者常信人定胜天，而大科学家中却多见有神论者，何故？就因为，前者是"身在此山中"，而后者已然走出群山，问及天际了。电视上曾见一幕闹剧：一位自称深谙科学的人物，请来一位据说精通"意念移物"的大师，一个说一个练。会练的指定桌上一支笔，伴作发功状，吸引住众人的视线，同时不动声色地吁一口气，笔便随之滚动。会说的立刻

予以揭穿:"大家注意,他的嘴可没闲着!"会练的就配合着再来一回。会说的于是宣布胜利:"明白了吧?这不是骗术是什么!"对呀,是骗术,可你是骗术就证明人家也是骗术?你是气儿吹的,人家就也得是?照此逻辑,小偷之所得为啥不能叫工资呢?幸好,科学已然证明了意念也具能量,是可以做功的!教训之一:不善思,也可以导致不诚实。教训之二:一个不诚实的,大可以忽悠一群不善思的。

那么诚实之后,善思,还需要什么独具的能力吗?当然。音乐家有精准的辨音力,美术家有非凡的辨色力,美食家有其更丰富的味觉受体,善思者则善于把问题分开更多层面。乱着层面的探讨难免会南辕北辙,最终弄成一锅糨糊。比如,你可以在种种不同的社会制度中辨其优劣,却不可以佛祖的慈悲来要求任何政府。你可以让"范跑跑"跟雷锋比境界,却不能让其任何一位去跟耶稣基督论高低。再比如跳高:张三在第一个高度(一米二零)上三次失败,李四也是在第一个高度(一米九零)上三次失败,你可以说他们一样都没成绩,却不能笼统地说二位并无差别。又比如高考:A校有一百个被清华或北大录取,只一个名落孙山;B校有一个考上了清华或北大,却有一百个没考上大学。如果有人说这两所学校其实一样,都有上了清华、北大的,也都有被拒大学门外的,你会觉得此人心智正常吗?倘此时又有人义正辞严地问:难道,教育的优劣只靠升学率来判断吗?——好了,我们就有一个头脑混乱的鲜活范例了。

乱了层面,甚至会使人情绪化到不识好歹。比如,人称黄河是我们的母亲河,而后载歌载舞地赞美她,这心情谁都理解,但曾经黄水泛滥、而今几度断流的黄河真还是那么美吗?你一准能听到这样的回答:在我们眼里她永远是最美的!理由呢是"儿不嫌母丑,狗不嫌家贫"。这就明显是昏话了,人有思想,凭啥跟狗比?再说了,"嫌"并不必然

史　铁　生
散 文 精 选

与"弃"相跟，嫌而不弃倒是爱的证明。喜欢，更可能激起对现成美物的占有欲，爱则意味着付出——让不美好的事物美好起来。母亲的美丑，没有谁比儿女更清楚，惟一派"皇帝新衣"般的氛围让人不敢实话实说。麻烦的是外人来了，一瞧："哟，这家儿的老太太是怎么了？"儿女们再嘴硬，怕也要暗自神伤吧。但这才是爱了！不过，一味吃老子、喝老子的家伙们，也都是口口声声地"爱"；听说有个词叫"爱国贼"，料其不是空穴来风。

据说，女人三十岁以前要是丑，那怨遗传，三十岁以后还丑就得怨自己了——美，更在于风度。何为风度？诚实、坦荡、谦恭、智慧等等融为一体，而后流露的深远消息。不过你发现没有，这诸多品质中，诚实仍属首要。风度不像态度，态度可以弄假，风度只能流露。风度就像幽默，是装不来的，一装就不是流露而是暴露了——心里藏半点儿鬼，也会把眼神儿弄得离奇。可你看，罗丹的"思想者"，屈身弓背，却神情高贵；米洛的"维纳斯"，赤身断臂，却优雅端庄。那岂是临时的装点，那是锤炼千年的精神融铸！倘有一天，黄河上激流澎湃，碧波千里，男人看她风情万种，女人看他风度翩翩！两岸儿女还要处心积虑地为她辩护吗？可能倒要挑剔了——美，哪有个止境？那时候，人们或许就能听懂一位哲人的话了：我们要维护我们的文化，但这文化的核心是，总能看到自身的问题。

有件事常让我诧异：为什么有人会担心写作的枯竭？有谁把人间的疑难全部看清，并一一处置停当了吗？真若这样，写作就真是多余；若非如此，写作又怎么会枯竭呢？正是一条无始无终的人生路引得人要写作，正因为这路上疑难遍布，写作才有了根由，不是吗？所以，枯竭的忧虑，当与其初始的蝴蝶相关。有位年纪不轻的朋友到处诉苦："写作是我生命的需要，可我已经来不及了。"这就奇怪，可有什么离

开它就不能活的事（比如呼吸），会来不及吗？我便回想自己那只初始的蝴蝶。我说过：我的写作先是为谋生，再是为价值实现，而后却看见了生命的荒诞，荒诞就够了吗？所以一直混迹在写作这条路上。现在我常暗自庆幸：我的写作若停止在荒诞之前，料必早就枯竭了；不知是哪位仙人指路，教我谋生懂够，尤其不使价值与价格挂钩，而后我那只平庸的蝴蝶才扇动起荒诞的翅膀。荒诞，即见生命的疑难识之不尽、思之不竭；若要从中寻出条路来，只怕是有始而无终，怎么倒会"来不及"呢？

可我自己也有过"来不及"的担忧。在那只蝴蝶起飞之后不久，焦灼便告袭来，走在街上也神不守舍地搜索题材，睡进梦里也颠三倒四地构思小说；瞧人家满山遍野地奔跑尚且担心着枯竭，便想：我这连直立行走的特征也已丢失的人又凭什么？看人家智慧兼而长寿，壮健并且博识，就急：凭我这体格儿，这愚钝，这孤陋寡闻，会有什么结果等着我？可写作这东西偏又是急不出来的。心中惶恐，驱车地坛，扑面而来的是一片郁郁苍苍的寂静，是一派无人问津的空荒……"而雨，知道何时到来／草木恪守神约／于意志之外／从南到北绿遍荒原。"心便清醒了些：不是说重过程而轻结果吗？不是说，暂且拖欠下死神的追债，好歹先把这生命的来因去果看看清楚吗？你确认你要这样干吗？那就干吧，没人能告诉你结果。是呀，结果！最是它能让人四顾昏眩，忘记零度。

人写的历史往往并不可靠，上帝给人的位置却是"天不变，道亦不变"，所以要不断地回望零度。零度，最能让人诚实——你看那走出伊甸的亚当和夏娃，目光中悲喜交加。零度，最是逼人的善思——你看那眺望人间的男人和女人，心中兼着惊恐与渴盼。每一个人的出生，或人的每一次出生，都在重演这样的零度——也许人的生死相继就是

史 铁 生
散 文 精 选

为了成全这样的回归吧？只是这回归，越来越快地就被时尚吞没。但就算虚伪的舞台已比比皆是，好的演员，也要看护好伊甸门前的初衷。否则，虚构只图悬念，夸张只为噱头，戏剧的特权都拿去恭维现实，散场之后你瞧吧，一群群全是笑罢去睡的观众。所以诚实不等于写实，诚实天空地阔，虽然剧场中常会死寂无声。而彻底的写实主义，你可主的是什么义？倒更像屈从现状换一种说词。

戏剧多在夜晚出演，这事值得玩味。只为凑观众的闲暇吗？莫如说是"陌生化"，开宗明义的"间离"：请先寄存起白昼的娇宠或昏迷，进入这夜晚的清醒与诚实，进入一向被冷落的另种思绪——

> 但你要听，以孩子的惊奇／或老人一样的从命／以放弃的心情／从夕光听到夜静／在另外的地方／以不合要求的姿势／听星光全是灯火，遍野行魂／白昼的昏迷在黑夜哭醒

尤其千百年前，人坐在露天剧场，四周寂暗围拢，头顶星光照耀，心复童真，便易看清那现实边缘亮起的神光，抑或鬼气。燠热悄然散去，软风抚摸肌肤，至燥气全无时，人已随那荒歌梦语忘情于天地……可以相信，其时上演的绝不止台上的一出戏，千万种台下的思绪其实都已出场，条条心流扶摇漫展，交叠穿缠，连接起相距万里的故土乡情，连接起时差千年的前世今生，或早已是魂赴乌有之域（譬如《去年在马里昂巴》）……那才叫魂牵梦绕，那才是"一切皆有可能"。可能之路断于白昼的谎言与假面，趋真之心便在黑夜里哭醒。"我们是相互交叉的／一个个宇宙／我们是分裂的／同一个神""生命之花在黑夜里开放／在星光的隙间，千遍万遍／讲述着爱的寓言""梦的花粉飞扬，在黎明／结出希望"……

写作，所以是始于诚实的思问，是面对空冥的祈祷，或就是以笔

墨代替香火的修行。修行有什么秘诀神功吗?秘诀仍在诚实——不打诳语,神功还是善思——思之极处的别有洞天,人称"悟性"。

读书也是一样,不要多,要诚实;不在乎多,在乎善思。孩提之时,多被教导说,要养成爱读书的好习惯;近老之时才知,若非善思,这习惯实在也算不得太好。读而不思,自然省得出去惹事,但易养成夸夸其谈的毛病,说了一大片话而后不知所云。国人似乎更看重满腹经书,但有奇思异想,却多摇头——对未知之物宁可认其没有,对不懂之事总好斥为胡说。现在思想开放,常听人笑某些"知识分子"是"知道分子";虽褒贬明确,却似乎位置颠倒。"道可道,非常道","君子之财,取之有道","大道废,有仁义;智慧出,有大伪",读书所求莫过知此"道"也。而知也知之,识也识之,偏不入道者,真是"白瞎了你这个人儿"。

我写过一种人的坏毛病,大家讨论问题,他总要挑出个厚道的对手来斥问:"读过几本书呀,你就说话!"可问题是,读过几本书才能说话呢?有个标准没有?其实厚道的人心里都明白,这叫虚张声势。孔子和老子读过几本书呢?苏格拉底和亚里士多德读过几本书呢?那年月,书的数量本就有限吧。人类的发言,尤其发问,当在有书之前。先哲们先于书看见了生命的疑难,思之不解或知有不足,这才写书、读书、教书和解书,为的是交流——现在的话就是双赢——而非战胜。

读了一点刘小枫先生的书,才知道一件事:古圣贤们早有一门"隐微写作"的功夫,即刻意把某些思想写得艰涩难懂。这可是玩的什么花活?一点不花,就为把那些读而不思的人挡在门外,以免其自误误人。对肯于思考的人呢,则更利于他们自己去思去想,纳不过闷儿来的自动出局,读懂了的就不会乱解经文。可见,思考不仅是先于读书,而且是重于读书。"带着问题学"总还是对的,惟不必"立竿见影"。

于是我又弄懂了一件事:知识分子所以常令人厌倦,就因其自命

史　铁　生
散 文 精 选

博知，隔行隔山的也总好插个嘴。事事关心本不是坏品质，但最好是多思多问，万不可粗知浅尝就去插上一番结论，而后推广成立场让人去捍卫。不说别人，单那史就常让我尴尬，一个找不到工作只好去写小说的家伙，还啥都不服气；可就我所知，几十年来的社会重大事件，没有一回他能判断对的。这很添乱。其实所有的事，先哲们几乎都想过了，孰料又被些自以为是的人给缠瞎。可换个角度想，让这些好读书却又不善思想的人咋办呢，请勿插嘴？这恐怕很难，也很违背人权。几千年的路，说真的也是难免走瞎，幸好"江山代有才人出"，他们的工作就是把一团团乱麻择开，令我等迷途知返。返向哪里？柏拉图说要"爱智慧"，苏格拉底说"我惟一的知识就是我的无知"，而上帝说"我是道路"。有一天那史忽有所悟，揪住我说：嗨，像你我这样的庸常之辈，莫如以诚实之心先去看懂常识。

　　常识？比如说什么事？

　　就说眼下这一场拍卖风波吧。那对"鼠首"、"兔首"往那儿一摆，你先说说这是谁的耻辱？

　　倒要请教。

　　是掠夺者的耻辱呀！那东西摆在哪儿也是掠夺者的罪证，不是吗？

　　毫无疑问。

　　可怎么大家异口同声，都说是被掠夺者的耻辱呢？

　　这还是一百多年前的愚昧观念在作怪。那时候弱肉强食，公理不明，掠夺者耀武扬威，被掠夺者反倒自认耻辱。

　　可是今天，文明时代，谁还会这样认为呢？

　　是呀，是呀。文明，看掠夺才是耻辱。

　　那么欺骗呢？文明，看欺骗是什么？

　　……

　　哈，你心虚了，你既想站在那位赢得拍品又不肯付钱者的立场上，

却又明知那是欺骗！以欺骗反抗掠夺，不料却跟掠夺一起步入愚昧。

可那东西本来就是我们的，我们有权要求他们还回来！

但不是骗回来。不还，说明有人宁愿保留耻辱。可您这一骗，尚不知国宝回不回得来，耻辱，肯定是让您又给弄回来了。

嗯……行吧，至少可以算逻辑严密。还有什么事呢？

还有就是当前这场经济危机。所谓"刺激消费"，我真是看不懂。人有消费之需，这才要工作，要就业，此一因果顺序总不能颠倒过来吧？总不会说，人是为了"汗滴禾下土"，才去食那"粒粒盘中餐"的吧？总不会是说，种种消费，原是为了"锄禾日当午"，为了"出没风波里"，为了"心忧炭贱愿天寒"吧？倘此逻辑不错，消费又何苦请谁来刺激呢？需要的总归是需要，用不着谁来拉动；不需要的就是不需要，刻意拉动只会造成浪费。莫非闲来无事，只好去"伐薪烧炭南山中"，不弄到"两鬓苍苍十指黑"就不踏实？可"赤日炎炎似火烧"，"公子王孙"咋就知道"把扇摇"呢？

好吧好吧，你这个写小说的又来插经济一嘴了！

这毛病，请问到底是出在哪里？

这个嘛……诚实地说，俺也不知道。

您不是口口声声地"诚实与善思"吗？请就此事教我。

那就接着往下问吧，任何关节上都别自己忽悠自己，不要坚定立场，而要坚定诚实，这样一直问下去，直至问无可问……

2008 年末

无答之问或无果之行

现今，信徒们的火气似乎越来越大，狂傲风骨仿佛神圣的旗帜，谁若对其所思所行稍有疑虑或怠慢，轻则招致诅咒，重则引来追杀。这不免让人想起"红卫兵"时代的荒唐，大家颂扬和憧憬的是同一种幸福未来，却在实行的路途上相互憎恨乃至厮杀得英雄辈出，理想倒乘机飘离得更加遥远。很像两个孩子为一块蛋糕打架，从桌上打到桌下，打到屋外再打到街上，一只狗悄悄来过之后，理想的味道全变。

很多严厉的教派，如同各类专横的主义，让我不敢靠近。

闻佛门"大肚能容"可"容天下难容之事"，倍觉亲近，喜爱并敬仰，困顿之时也曾得其教益。但时下，弄不清是怎么一来，佛门竟被信佛的潮流冲卷得与特异功能等同。说：佛就是最高档次的特异功能者，所以洞察了生命的奥秘。说：终极关怀即是对这奥秘的探索，唯此才是生命的根本意义，生命也才值得赞美。说：若不能平息心识的波澜，人就不可得此功能也就无从接近佛性。言下之意生命也就失去价值，不值得赞美。更说：便是动着行善的念头，也还是掀动了心浪，唯善恶不思才能风息浪止，那才可谓佛行。如是之闻，令我迷惑不已。

从听说特异功能的那一天起，我便相信其中必蕴藏了非凡的智识，是潜在的科学新大陆。当然不是因为我已明了其中奥秘，而是我相信，已有的科学知识与浩瀚的宇宙奥秘相比，必仅沧海一粟，所以人类认识的每一步新路必定难符常规；倘不符常规即判定其假，真就是"可笑之人"也要失笑的可笑之事了。及至我终于目睹了特异功能的神奇，便更信其真，再听说它有多么不可思议的能力，也不会背转身去露一脸自以为是的嘲笑。嘲笑曾经太多，胜利的嘲笑一向就少。

但是——我要在"但是"后面小做文章了。（其实大小文章都是做于"但是"之后，即有所怀疑之时。）但是！我从始至今也不相信特异功能可以是宗教。宗教二字的色彩不论多么纷繁，终极关怀都是其最根本的意蕴。就是说，我不相信生命的意义就是凭借特异功能去探索生命的奥秘。那样的话它与科学又有什么不同？对于生命的奥秘，你是以特异功能去探索，还是以主流科学去探索，那都一样，都还不是宗教不是终极关怀，不同的只是这探索的先进与落后、精深与浅薄以及功效的高低而已。而且这探索的前途，依"可笑之人"揣想，不外两种：或永无止境，或终于穷尽。"永无止境"比较好理解，那即是说：人类的种种探索，每时每刻都在限止上，每时每刻又都在无穷中；正因如此，才想到对终极的询问，才生出对终极的关怀，才要问生命的意义到底何在。而"终于穷尽"呢，总让人想不通穷尽之后又是什么？即便生命的奥秘终于了如指掌，难道生命的意义就不再成为问题么？

我总以为，终极关怀主要不是对来路的探察，而是对去路的询问，虽然来路必要关心，来路的探察于去路的询问是有助的。在前几年的文学寻根热时，我写过几句话："小麦是怎么从野草变来的是一回事，人类何以要种粮食又是一回事。不知前者尚可再从野草做起，不知后者则所为一概荒诞。"这想法，至今也还不觉得需要反悔。人，也许是猴子历经劳动后的演变，也许是上帝快乐或寂寞时的创造，也许是神

史 铁 生
散 文 精 选

仙智商泛滥时的发明,也许是外星人纵欲而留下的野种,也许是宇宙能量一次偶然或必然的融合,这都无关宏旨,但精神业已产生,这一事实无论其由来如何总是要询问一条去路,或者总是以询问去路证明它的存在,这才是关键。回家祭祖的路线并不一定含有终极关怀,盲流的家园可以是任意一方乐土,但精神放逐者的家园不可以不在生命的意义。生命的意义若是退回到猴子或还原为物理能量,那仿佛我们千辛万苦只是要追究"造物主"的错误。"道法自然"已差不多是信徒们的座右铭,但人,不在自然之中吗?人的生成以及心识的生成,莫非不是那浑然大道之所为?莫非不是"无为无不为"的自然之造化?去除心识,风息浪止,是法自然还是反自然,真是值得考虑。(所谓"不二法门",料必是不能去除什么的,譬如心识。去除,倒反而证明是"二"。"万法归一"显然也不是寂灭,而是承认差别和矛盾的永在,唯愿其和谐地运动,朝着真善美的方向。)佛的伟大,恰在于他面对这差别与矛盾,以及由之而生的人间苦难,苦心孤诣沉思默想;在于他了悟之后并不放弃这个人间,依然心系众生,执着而艰难地行愿;在于有一人未度他便不能安枕的博爱胸怀。若善念一动也违佛法,佛的传经布道又算什么?若是他期待弟子们一念不动,佛法又如何传至今天?佛的光辉,当不在大雄宝殿之上,而在他苦苦地修与行的过程之中。佛的轻看佛法,绝非价值虚无,而是暗示了理论的局限。佛法的去除"我执",也并非是取销理想,而是强调存在的多维与拯救的无限。

(顺便说一句:六祖慧能得了衣钵,躲过众师兄弟的抢夺,星夜逃跑……这传说总让我怀疑。因为,这行动似与他的著名偈语大相径庭。既然"菩提本无树,明镜亦非台,本来无一物,何处染尘埃",倒又怎么如此地看重了衣钵呢?)

坦白说,我对六祖慧能的那句偈语百思而不敢恭维。"本来无一物"的前提可谓彻底,因而"何处染尘埃"的逻辑无懈可击,但那彻底的

前提却难成立，因为此处之"物"显然不是指身外之物以及对它的轻视，而是就神秀的"身为菩提树，心如明镜台"而言，是对人之存在的视而不见，甚至是对人之心灵的价值取销。"本来无一物"的境界或许不坏，但其实那也就没有好歹之分，因为一切都无。一切都无是个省心省力的办法，甚至连那偈语也不必去写，宇宙就像人出现之前和灭绝之后那般寂静，浑然一体了无差异，又何必还有罗汉、菩萨、佛以及种种境界之分？但佛祖的宏愿本是根据一个运动着的世界而生，根据众生的苦乐福患而发，一切都无，佛与佛法倒要去救助什么？所救之物首先应该是有的吧，身与心与尘埃与佛法当是相反相成的吧，这才是大乘佛法的入世精神吧。所以神秀的偈语，我以为更能体现这种精神，"身为菩提树，心如明镜台，时时勤拂拭，莫使染尘埃"，这是对身与心的正视，对罪与苦的不惧，对善与爱的提倡，对修与行的坚定态度。

也许，神秀所说的仅仅是现世修行的方法，而慧能描画的是终极方向和成佛后的图景。但是，"世上可笑之人"的根本迷惑正在这里：一切都无，就算不是毁灭而是天堂，那天堂中可还有差别？可还有矛盾？可还有运动么？依时下信佛的潮流所期盼的，人从猴子变来，也许人还可变到神仙去，那么神仙即使长生是否也要得其意义呢？若意义也无，是否就可以想象那不过是一棵树、一块石、一座坚固而冷漠的大山、一团随生随灭的星云？就算这样也好，但这样又何劳什么终极关怀？随波逐流即是圣境，又何必念念不忘什么"因果"？想来这"因果"的牵念，仍然是苦乐福患，是生命的意义吧。

当然还有一说：一切都无，仅指一切罪与苦都无，而福乐常在，那便是仙境便是天堂，便是成佛。真能这样当然好极了。谁能得此好运，理当祝贺他，欢送他，或许还可以羡慕他。可是剩下的这个人间又将如何？如果成佛意味着独步天堂，成佛者可还为这人间的苦难而忧心么？若宏愿不止，自会忧心依旧，那么天堂也就不只有福乐了。若思

史 铁 生
散 文 精 选

断情绝，弃这人间于不闻不问，独享福乐便是孜孜以求的正果，佛性又在哪儿？还是地藏菩萨说得好："地狱未空，誓不成佛。"我想这才是佛性之所在。但这样，便躲不过一个悖论了：有佛性的誓不成佛，自以为成佛的呢，又没了佛性。这便如何是好？佛将何在？佛位，岂不是没有了？

或许这样才好。佛位已空，才能存住佛性。佛位本无，有的才是佛行。这样才"空"得彻底，"无"得真诚，才不会执于什么衣钵，为着一个领衔的位置追来逃去。罗汉呀，菩萨呀，那无非标明着修习的进程，若视其为等级诱人的宝座，便难免又演出评职称和晋官位式的闹剧。佛的本意是悟，是修，是行，是灵魂的拯救，因而"佛"应该是一个动词，是过程而不是终点。

修行或拯救，在时空中和在心魂里都没有终点，想必这才是"灭执"的根本。大千世界生生不息，矛盾不休，运动不止，困苦永在，前路无限，何处可以留住？哪里能是终点？没有。求其风息浪止无扰无忧，倒像是妄念。指望着终点（成佛、正果、无苦而极乐），却口称"断灭我执"，不仅滑稽，或许就要走歪了路，走到为了独享逍遥连善念也要断灭的地步。

还是不要取销"心识"和"执着"吧——可笑如我者作如此想。因为除非与世隔绝顾自逍遥，魔性佛性总归都是一种价值信奉；因为只要不是毁灭，灵魂与肉身的运动必定就有一个方向；因为除了可祝贺者已独享福乐了之外，再没见有谁不执着的，唯执着点不同而已。有执着于爱的，有执着于恨的，有执着于长寿的，有执着于功名的，有执着于投奔天堂的，有执着于拯救地狱的，还有执着于什么也不执着以期换取一身仙风道骨的……想来，总不能因为有魔的执着存在，便连佛的执着也取销吧，总不能因为心识的可能有误，便连善与恶也不予识别，便连魔与佛也混为一谈吧。

佛之轻看心识，意思大概与"生命之树常青，理论永远是灰色的"相似。我们的智力、语言、逻辑、科学或哲学的理论，与生命或宇宙的全部存在相比，是有限与无穷的差距。今天人们已经渐渐看到，因为人类自许为自然的主宰，自以为科学技术的不断发展便可引领我们去到天堂，已经把这个地球榨取得多么枯瘪丑陋了，科学的天堂未见，而人们心魂中的困苦有增无减。因此，佛以其先知先觉倡导着另一种认识方法和生活态度。这方法和态度并不简单，若要简单地概括，佛家说是：明心见性。那意思是说：大脑并不全面地可靠，万勿以一（一己之见）盖全（宇宙的全部奥秘），不可妄自尊大，要想接近生命或宇宙的真相，必得不断超越智力、逻辑、理论的局限，才能去见那更为辽阔奥渺的存在；要想创造人间的幸福，先要尊法自然的和谐，取与万物和平相处的态度。这当然是更为博大的智慧，但可笑如我者想，这并非意味着要断灭心识。那博大的智慧，是必然要经由心识的，继而指引心识，以及与心识通力合作。就像大学生都曾是从小学校里走出来的，而爱因斯坦的成就虽然超越了牛顿但并不取销牛顿。超凡入圣也不能弃绝了科学技术，最简单的理由就是芸芸众生并不个个都能餐风饮露。这是一个悖论，科学可以造福，科学也可以生祸，福祸相倚，由是佛的指点才为必要。语言和逻辑呢，也不能作废，否则便是佛经也不能读诵。佛经的流传到底还是借助了语言文字，经典的字里行间也还是以其严密的逻辑令人信服、教人醒悟。便是玄妙的禅宗公案，也仍然要靠人去沉思默解，便是"非常道"也只好强给它一个"非常名"，真若不留文字，就怕那智慧终会湮灭，或沦为少数慧根丰厚者的独享。这又是一个悖论，语言给我们自由，同时给我们障碍，这自由与障碍之间才是佛的工作，才是道的全貌。最要紧的是：倘在此心识纷纭、执着各异的世界上，一刀切地取销心识和执着，料必要得一个价值虚无的麻木硕果，以致佛魔难分，小术也称大道，贪官也叫公仆，

201

史　铁　生
散 文 精 选

恶也作佛善也作佛,佛位林立单单不见了佛性与佛行。

　　心识加执着,可能产生的最大祸患,怕就是专制也可以顺理成章。恶的心识自不必说,便是善的执着也可能如此。比如爱,"爱你没商量"就很可能把别人爱得痛苦不堪,从而侵扰了他人的自由和权利。但这显然不意味着应该取销爱,或者可爱可不爱。失却热情(执着)的爱早也就不是爱了。没有理性(心识)的爱呢,则很可能只是情绪的泛滥。美丽的爱是要执着的,但要使其在更加博大的维度中始终不渝,这应该是佛愿的指向,是终极的关怀。

　　心识也好,智慧也好,都只是对存在的(或生命奥秘的)"知",不等于终极关怀。而且！智慧的所"见"也依然是没有止境,佛法的最令人诚服之处,就在于它并不讳言自身的局限,和其超越、升华的无穷前景。若仅停留于"知",并不牵系于"愿"付诸于"行",便常让人疑惑那是不是借助众生的苦难在构筑自己的光荣。南怀瑾先生的一部书中的一个章节,我记得标题是"唯在行愿",我想这才言中了终极关怀。终极关怀都是什么？论起学问来令人胆寒,但我想"条条大路通罗马",千头万绪都在一个"爱"字上。"断有情",也只是断那种以占有为目的、或以奉献求酬报的"有情",而绝不是要把人断得麻木不仁,以致见地狱而绕行,见苦难而逃走。(话说回来,这绕行和逃走又明显是"有情"未断的表征,与地藏菩萨的关怀相比,优劣可鉴。)爱,不是占有,也不是奉献。爱只是自己的心愿,是自己灵魂的拯救之路。因而爱不要求(名、利、情的)酬报；不要求酬报的爱,才可能不通向统制他人和捆绑自己的"地狱"。地藏菩萨的大愿,大约就可以归结为这样的爱,至少是始于这样的爱吧。

　　但是,我很怀疑地藏菩萨的大愿能否完成。还是老问题：地狱能空吗？矛盾能无吗？困苦能全数消灭吗？没有差别没有矛盾没有困苦的世界,很难想象是极乐,只能想象是死寂。——我非常渴望有谁能

来驳倒我,在此之前,我只好沿着我不能驳倒的这个逻辑想下去。

有人说:佛法是一条船,目的是要渡你去彼岸,只要能渡过苦海到达彼岸,什么样的船都是可以的。对此我颇存疑问:一是,说彼岸就是一块无忧的乐土,迄今的证明都很无力;二是"到达"之后将如何?这个问题似在原地踏步,一筹莫展;三是,这样的"渡",很像不图小利而要中一个大彩的心理,怕是聪明的人一多,又要天翻地覆地争夺不休。

所谓"断灭我执",我想根本是要断灭这种"终点执"。所谓"解脱",若是意味着逃跑,大约跑到哪儿也还是难于解脱,唯平心静气地接受一个永动的过程,才可望"得大自在"。彼岸,我想并不与此岸分离,并不是在这个世界的那边存在着一个彼岸。当地藏菩萨说"地狱不空誓不成佛"时,我想,他的心魂已经进入彼岸。彼岸可以进入,但彼岸又不可能到达,是否就是说:彼岸又不是一个名词,而是动词?我想是的。彼岸、普度、宏愿、拯救,都是动词,都是永无止境的过程。而过程,意味着差别、矛盾、运动和困苦的永远相伴,意味了普度的不可完成。既然如此,佛的"普度众生"以及地藏菩萨的大愿岂不是一句空话了?不见得。理想,恰在行的过程中才可能是一句真话,行而没有止境才更见其是一句真话,永远行便永远能进入彼岸且不弃此岸。若因行的不可完成,便叹一声"活得真累",而后抛弃爱愿,并美其名为"解脱"和"得大自在"——人有这样的自由,当然也就不必太反对,当然也就不必太重视,就像目送一只"UFO"离去,回过头来人间如故。

还有一种意见,认为:说到底人只可拯救自己,不能拯救他人,因而爱的问题可以取销。我很相信"说到底人只可拯救自己",但怎样拯救自己呢?人不可能孤立地拯救自己,和,把自己拯救到一个与世隔绝的地方去。世上如果只有一个人,或者只有一个生命,拯救也就

史 铁 生
散 文 精 选

大可不必。拯救，恰是在万物众生的缘缘相系之中才能成立。或者说，福乐逍遥可以独享，拯救则从来是对众生（或曰人类）苦乐福患的关注。孤立一人的随生随灭，细细想去，原不可能有生命意义的提出。因而爱的问题取销，也就是拯救的取销。

当然"爱"也是一个动词，处于永动之中，永远都在理想的位置，不可能有彻底圆满的一天。爱，永远是一种召唤，是一个问题。爱，是立于此岸的精神彼岸，从来不是以完成的状态消解此岸，而是以问题的方式驾临此岸。爱的问题存在与否，对于一个人、一个族、一个类，都是生死攸关，尤其是精神之生死的攸关。

1994年5月24日

神位·官位·心位

有好心人劝我去庙里烧烧香,拜拜佛,许个愿,说那样的话佛就会救我,我的两条业已作废的腿就又可能用于走路了。

我说:"我不信。"

好心人说:"你怎么还不信哪?"

我说:"我不相信佛也是这么跟个贪官似的,你给他上贡他就给你好处。"

好心人说:"哎哟,你还敢这么说哪!"

我说:"有什么不敢?佛总不能也是'顺我者昌,逆我者亡'吧?"

好心人说:"哎哟哎哟,你呀,腿还想不想好哇?"

我说:"当然想。不过,要是佛太忙一时顾不上我,就等他有工夫再说吧,要是佛心也存邪念,至少咱们就别再犯一个拉佛下水的罪行。"

好心人苦笑,良久默然,必是惊讶着我的执迷不悟,痛惜着我的无可救药吧。

我忽然心里有点怕。也许佛真的神通广大,只要他愿意就可以让我的腿好起来?老实说,因为这两条枯枝一样的废腿,我确实丢失了

史 铁 生
散 文 精 选

很多很多我所向往的生活。梦想这两条腿能好起来,梦想它们能完好如初。二十二年了,我以为这梦想已经淡薄或者已经不在,现在才知道这梦想永远都不会完结,一经唤起也还是一如既往地强烈。唯一的改变是我能够不露声色了。不露声色但心里却有点怕,或者有点慌:那好心人的劝导,是不是佛对我的忠心所做的最后试探呢?会不会因为我的出言不逊,这最后的机缘也就错过,我的梦想本来可以实现但现在已经彻底完蛋了呢?

果真如此吗?

果真如此也就没什么办法:这等于说我就是这么个命。

果真如此也就没什么意思:这等于说世间并无净土,有一双好腿又能走去哪里?

果真如此也就没什么可惜:佛之救人且这般唯亲、唯利、唯蜜语,想来我也是逃得过初一逃不过十五。

果真如此也就没什么可怕:无非又撞见一个才高德浅的郎中,无非又多出一个吃贿的贪官或者一个专制的君王罢了。此"佛"非佛。

当然,倘这郎中真能医得好我这双残腿,倾家荡产我也宁愿去求他一次。但若这郎中偏要自称是佛,我便宁可就这么坐稳在轮椅上,免得这野心家一日得逞,众生的人权都要听其摆弄了。

我既非出家的和尚,也非在家的居士,但我自以为对佛一向是敬重的。我这样说绝不是承认刚才的罪过,以期佛的宽宥。我的敬重在于:我相信佛绝不同于图贿的贪官,也不同于专制的君王。我这样说也绝不是拐弯抹角的恭维。在我想来,佛是用不着恭维的。佛,本不是一职官位,本不是寨主或君王,不是有求必应的神明,也不是可卜凶吉的算命先生。佛仅仅是信心,是理想,是困境中的一种思悟,是苦难里心魂的一条救路。

这样的佛，难道有理由向他行贿和谄媚吗？烧香和礼拜，其实都并不错，以一种形式来寄托和坚定自己面对苦难的信心，原是极为正当的，但若期待现实的酬报，便总让人想起提着烟酒去叩长官家门的景象。

我不相信佛能灭一切苦难。如果他能，世间早该是一片乐土。也许有人会说："就是因为你们这些慧根不足、心性不净、执迷不悟的人闹得，佛的宏愿才至今未得实现。"可是，真抱歉——这逻辑岂不有点像庸医无能，反怪病人患病无方吗？

我想，最要重视的当是佛的忧悲。常所谓"我佛慈悲"，我以为即是说，那是慈爱的理想同时还是忧悲的处境。我不信佛能灭一切苦难，佛因苦难而产生，佛因苦难而成立，佛是苦难不尽中的一种信心，抽去苦难佛便不在了。佛并不能灭一切苦难，即是佛之忧悲的处境。佛并不能灭一切苦难，信心可还成立吗？还成立！落空的必定是贿赂的图谋，依然还在的就是信心。信心不指向现实的酬报，信心也不依据他人的证词，信心仅仅是自己的信心，是属于自己的面对苦难的心态和思路。这信心除了保证一种慈爱的理想之外什么都不保证，除了给我们一个方向和一条路程之外，并不给我们任何结果。

所谓"证果"，我久思未得其要。我非佛门弟子，也未深研佛学经典，不知在佛教的源头上"证果"意味着什么，单从大众信佛的潮流中取此一意来发问："果"是什么？可以证得的那个"果"到底是什么？是苦难全数地消灭？还是某人独自享福？是世上再无值得忧悲之事？还是某人有幸独得逍遥，再无烦恼了呢？

苦难消灭自然也就无可忧悲，但苦难消灭一切也就都灭，在我想来那与一网打尽同效，目前有的是原子弹，非要去劳佛不可？若苦难不尽，又怎能了无烦恼？独自享福万事不问，大约是了无烦恼的唯一可能，但这不像佛法倒又像贪官庸吏了。

207

史 铁 生
散 文 精 选

　　中国信佛的潮流里，似总有官的影子笼罩。求佛拜佛者，常抱一个极实惠的请求。求儿子，求房子，求票子，求文凭求户口，求福寿双全……所求之事大抵都是官的职权所辖，大抵都是求官而不得理会，便跑来庙中烧香叩首。佛于这潮流里，那意思无非一个万能的大官，且不见得就是清官，徇私枉法乃至杀人越货者竟也去烧香许物，求佛保佑不致东窗事发抑或银铛入狱。若去香火浓烈的地方做一次统计，保险：因为灵魂不安而去反省的、因为信心不足而去求教的、因为理想认同而去礼拜的，难得有几个。

　　我想，这很可能是因为中国的神位，历来少为人的心魂而设置，多是为君的权威而筹谋。"君权神授"，当然求君便是求神，求官便是求君了，光景类似于求长官办事先要去给秘书送一点礼品。君神一旦同一，神位势必日益世俗得近于衙门。中国的神，看门、掌灶、理财、配药，管红白喜事，管吃喝拉撒，据说连厕所都有专职的神来负责。诸神如此地务实，信徒们便被培养得淡漠了心魂的方位；诸神管理得既然全面、神通广大且点滴无漏，众生除却歌功颂德以求实惠还能何为？大约就只剩下吃"大锅饭"了。"大锅饭"吃到不妙时，还有一句"此处不养爷"来泄怨，还有一句"自有养爷处"来开怀。神位的变质和心位的缺失相互促进，以致佛来东土也只热衷俗务，单行其"慈"，那一个"悲"字早留在西天。这信佛的潮流里，最为高渺的祈望也还是为来世做些务实的铺陈——今生灭除妄念，来世可入天堂。若问：何为天堂？答曰：无苦极乐之所在。但无苦怎么会有乐呢？天堂是不是妄念？此问则大不敬，要惹来斥责，是慧根不够的征兆之一例。

　　电视剧《北京人在纽约》，曾引出众口一词的感慨以及嘲骂："美国也（他妈的）不是天堂。"可，谁说那是天堂了？谁曾告诉你纽约专

门儿是天堂了？人家说那儿也是地狱，你怎么就不记着？这感慨和嘲骂，泄露了国产天堂观的真相：无论急于今生，还是耐心来世，那天堂都不是心魂的圣地，仍不过是实实在在的福乐。福不圆满，乐不周到，便失望，便怨愤，便嘲骂，并不反省，倒运足了气力去讥贬人家。看来，那"无苦并极乐"的向往，单是比凡夫俗子想念得深远：不图小利，要中一个大彩。

就算天堂真的存在，我的智力还是突破不出那个"证果"的逻辑：无苦并极乐是什么状态呢？独自享福则似贪官，苦难全消就又与集体服毒同效。还是那电视剧片头的几句话说得好，那儿是天堂也是地狱。是天堂也是地狱的地方，我想是有一个简称的：人间。就心魂的朝圣而言，纽约与北京一样，今生与来世一样，都必是慈与悲的同行，罪与赎的携手，苦难与拯救一致地没有尽头，因而在地球的这边和那边，在时间的此岸和彼岸，都要有心魂应对苦难的路途或方式。这路途或方式，是佛我也相信，是基督我也相信，单不能相信那是官的所辖和民的行贿。

还有"人人皆可成佛"一说，也作怪，值得探讨。怎么个"成"法儿？什么样儿就算"成"了呢？"成"了之后再往哪儿走？这问题，我很久以来找不到通顺的解答。说"能成"吧，又想象不出成了之后可怎么办；说"永远不能成"吧，又像是用一把好歹也吃不上的草料去逗引着驴儿转磨。所谓终极发问、终极关怀，总应该有一个终极答案、终极结果吧？否则岂不荒诞？

最近看了刘小枫先生的《走向十字架上的真理》，令我茅塞顿开。书中讲述基督性时说：人与上帝有着永恒的距离，人永远不能成为上帝。书中又谈到：神是否存在？神若存在，神便可见、可及，乃至可做，难免人神不辨，任何人就都可能去做一个假冒伪劣的神了；神若不存在，神学即成扯淡，神位一空，人间的造神运动便可顺理成章，肃贪和打

209

史　铁　生
散　文　精　选

假倒没了标准。这可如何是好？我理解那书中的意思是说：神的存在不是由终极答案或终极结果来证明的，而是由终极发问和终极关怀来证明的，面对不尽苦难的不尽发问，便是神的显现，因为恰是这不尽的发问与关怀可以使人的心魂趋向神圣，使人对生命取了崭新的态度，使人崇尚慈爱的理想。

"人人皆可成佛"和"人与上帝有着永恒的距离"，是两种不同的生命态度，一个重果，一个重行，一个为超凡的酬报描述最终的希望，一个为神圣的拯救构筑永恒的路途。但超凡的酬报有可能是一幅幻景，以此来维护信心似乎总有悬危。而永恒的路途不会有假，以此来坚定信心还有什么可怕！

这使我想到了佛的本义，佛并不是一个名词，并不是一个实体，佛的本义是觉悟，是一个动词，是行为，而不是绝顶的一处宝座。这样，"人人皆可成佛"就可以理解了，"成"不再是一个终点，理想中那个完美的状态与人有着永恒的距离，人即可朝向神圣无止地开步了。谁要是把自己披挂起来，摆出一副伟大的完成态，则无论是光芒万丈，还是淡泊逍遥，都像是搔首弄姿。"烦恼即菩提"，我信，那是关心，也是拯救。"一切佛法唯在行愿"，我信，那是无终的理想之路。真正的宗教精神都是相通的，无论东方还是西方。任何自以为可以提供无苦而极乐之天堂的哲学和神学，都难免落入不能自圆的窘境。

1994 年 2 月 2 日

昼信基督夜信佛

大概是我以往文章中流露的混乱,使得常有人问我:你到底是信基督呢,还是信佛法?我说我白天信基督,夜晚信佛法。

这回答的首先一个好处是谁也不得罪。怕得罪人是我的痼疾,另一方面,信徒们多也容易被得罪。当着佛门弟子赞美基督,或当着基督徒颂扬佛法,你会在双方脸上看到同样的表情:努力容忍着的不以为然。

这表情应属明显的进步,若在几十年前,信念的不同是要引发武斗与迫害的。但我不免还是小心翼翼,只怕那不以为然终于会积累到不可容忍。

怕得罪人的另一个好处,是有机会兼听博采,算得上是因祸得福。麻烦的是,人们终会看出,你哪方面的立场都不坚定。

可信仰的立场是什么呢?信仰的边界,是国族的不同?是教派的各异?还是全人类共通的理性局限,以及由之而来的终极性迷茫?

史 铁 生
散 文 精 选

人的迷茫，根本在两件事上：一曰生，或生的意义；二曰死，或死的后果。倘其不错，那么依我看，基督教诲的初衷是如何面对生，而佛家智慧的侧重是怎样看待死。

这样说可有什么证据吗？为什么不是相反——佛法更重生前，基督才是寄望于死后？证据是：大凡向生的信念，绝不会告诉你苦难是可以灭尽的。为什么？很简单，现实生活的真面目谁都看得清楚。清楚什么？比如说：乐观若是一种鼓励，困苦必属常态；坚强若是一种赞誉，好运必定稀缺；如果清官总是被表彰呢，则贪腐势力必一向强大。

在我看，基督与佛法的根本不同，集中在一个"苦"字上，即对于苦难所持态度的大相径庭。前者相信苦难是生命的永恒处境，其应对所以是"救世"与"爱愿"；后者则千方百计要远离它，故而祈求着"往生"或"脱离六道轮回"。而这恰恰对应了白天与黑夜所向人们要求的不同心情。

外面的世界之可怕，连小孩子都知道。见过早晨幼儿园门前的情景吗？孩子们望园怯步，继而大放悲声；父母们则是软硬兼施，在笑容里为之哭泣。聪明些的孩子头天晚上就提前哀求了：妈妈，明天我不去幼儿园！

成年人呢，早晨一睁眼，看着那必将升起的太阳发一会儿愣，而后深明大义：如果必须加入到外面的世界中去，你就得对生命的苦难本质说是。否则呢？否则世上就有了"抑郁症"。

待到夕阳西下，幼儿园门前又是怎样的情景呢？亲人团聚，其乐陶陶，完全是一幅共享天伦的动人图画！及至黑夜降临，孩子在父母含糊其词的许诺中睡熟；父母们呢，则是在心里一遍遍祈祷，一遍遍驱散着白天的烦恼，但求快快进入梦的黑甜之乡。倘若白天挥之不去，

《格尔尼卡》式的怪兽便要来祸害你一夜的和平。

所以，基督信仰更适合于苦难充斥的白天。他从不作无苦无忧的许诺，而是要人们携手抵抗苦难，以建立起爱的天国。

譬如耶稣的上十字架，一种说法是上帝舍了亲子，替人赎罪，从而彰显了他无比的爱愿。但另一种解释更具深意：创世主的意志是谁也更改不了的，便连神子也休想走走他的后门以求取命运的优惠，于是便逼迫着我们去想，生的救路是什么和只能是什么。

爱，必是要及他的，独自不能施行。

白天的事，也都是要及他的，独自不能施行。

而一切及他之事，根本上有两种态度可供选择：爱与恨。

恨，必致人与人的相互疏远、相互隔离，白天的事还是难于施行。

惟有爱是相互的期盼，相互的寻找与沟通，白天的事不仅施行，你还会发现，那才是白天里最值得施行的事。

白天的信仰，意在积极应对这世上的苦难。

佛门弟子必已是忍无可忍了：听你的意思，我们都是消极的喽？

非也，非也！倘其如此，又何必去苦苦修行？

夜晚，是独自理伤的时候，正如歌中所唱："这故乡的风，这故乡的云，帮我抚平伤痕。我曾经豪情万丈，归来却空空的行囊……"

你曾经到哪儿去了？伤在何处？

我曾赴白天，伤在集市。在那儿，价值埋没于价格，连人也是一样。

所以就，"归来吧！归来哟！别再四处漂泊……"

夜晚是心的故乡，存放着童年的梦。夜晚是人独对苍天的时候：我为什么要来？我能不能不来，以及能不能再来？"死去元知万事空"，

213

史　铁　生
散 文 精 选

莫非人们累死累活就是为了最终的一场空？空为何物？死是怎么回事？死后我们会到哪儿去？"我"是什么？灵魂到底有没有？……黑夜无边无际，处处玄机，要你去听、去想，但没人替你证明。

白天（以及生）充满了及他之事，故而强调爱。黑夜（以及死）则完全属于个人，所以更要强调智慧。白天把万事万物区分得清晰，黑夜却使一颗孤弱的心连接起浩瀚的寂静与神秘，连接起存在的无限与永恒。所谓"得大自在"，总不会是说得一份大号的利己之乐吧？而是说要在一个大于白天、乃无穷大的背景下，来评价自我，于是也便有了一份更为大气的自知与自信。

"自在"一词尤其值得回味。那分明是说：只有你——这趋于无限小的"自"，与那无边无际趋于无限大的"在"，相互面对、相互呼告与询问之时，你才能确切地知道你是谁。而大凡这样的时刻，很少会是在人山人海的白天，更多地发生于只身独处的黑夜。

倘若一叶障目不见泰山，拘泥于这一个趋于无限小的"我"，烦恼就来了。所谓"驱散白天的烦恼"，正是要驱散这种对自我的执着吧。

执着，实在是一种美德，人间的哪一项丰功伟绩不是因为有人执着于斯？唯执迷才是错误。但如何区分"执着"与"执迷"呢？常言道"但行好事，莫问前程"，"只问耕耘，不问收获"，执于前者即是美德，执于后者便生烦恼。所以，其实，一切"迷执"皆属"我执"！用一位伟大的印第安巫士的话说，就是"我的重要性"——一切"迷执"都是由于把自我看得太过重要。那巫士认为，只因在"我的重要性"上耗费能量太多，以致人类蝇营狗苟、演变成了一种狭隘的动物。所以狭隘，更在于这动物还要以其鼠目寸光之所及，来标定世界的真相。

那巫士最可称道的品质是：他虽具备很多在我们看来是不可思议的神奇功能，但并不以此去沽名钓誉；他虽能够看到我们所看不到的另类存在，但并不以此自封神明，只信那是获取自由的一种方式；他虽批评理性主义的狭隘，却并不否定理性，他认为真正的巫士意在追求完美的行动、追求那无边的寂静中所蕴含的完美知识，而理性恰也是其中之一。我理解他的意思是：这世界有着无限的可能性，无论局限于哪一种都会损害生命的自由。这样，他就同时回答了生的意义和死的后果：无论生死，都是一条无始无终地追求完美的路。

是嘛，历史并不随某一肉身之死而结束。但历史的意义又是什么呢？进步、繁荣、公正？那只能是阶段性的安慰，其后，同样的问题并不稍有减轻。只有追求完美，才可能有一条永无止境又永富激情的路。或者说，一条无始无终的路，惟以审美标准来评价，才不致陷于荒诞。

基督信仰的弱项，在于黑夜的匮乏。爱，成功应对了生之苦难。但是死呢？虚无的威胁呢？无论多么成功的生，最终都要撞见死，何以应对呢？莫非人类一切美好情怀、伟大创造、和谐社会以及一切辉煌的文明，都要在死亡面前沦为一场荒诞不成？这是最大的、也是最终的问题。

据说政治哲学是第一哲学，城邦利益是根本利益，而分清敌我又是政治的首要。但令我迷惑的仍然是：如果"死去元知万事空"，凭什么认为"及时行乐"不是最聪明的举措？既是最聪明的举措，难道不应该个个争先？可那样的话，谁还会顾及什么"可持续性发展"？进而，为了"及时行乐"而巧取豪夺他人——乃至他族与他国——之美，岂不也是顺理成章？

"但悲不见九州同"确是一种政治的高尚，但信心分明还是靠着"家

史 铁 生
散 文 精 选

祭无忘告乃翁",就连"王师北定中原日"也难弥补"死去元知万事空"的悲凉与荒诞。所以我还是相信,生的意义和死的后果,才是哲学的根本性关注。

当然,哲学难免要向政治做出妥协。那是因为,次一等的政制也比无政府要好些,但绝不等于说哲学本身也要退让。倘若哲学也要随之退一等,便连城邦的好坏也没了标准,还谈的什么妥协!妥协与同流合污毕竟两码事。

佛法虚无吗?恰恰相反,他把"真"与"有"推向了无始无终。而死,绝不等于消极,而是要根本地看看生命是怎么一回事,全面地看看生前与死后都是怎么一回事,以及换一个白天所不及的角度、看看我们曾经信以为真和误以为假的很多事都是怎么一回事……

故而,佛法跟科学有缘。说信仰不事思辨显然是误解,只能说信仰不同于思辨,不止于思辨。佛门智慧,单凭沉思默想,便猜透了很多物理学几千年后才弄懂的事;比如"惟识"一派,早已道出了"量子"的关键。还有"薛定锷的猫"——那只可怜的猫呵!

便又想到医学。我曾相信中医重实践、轻理论的说法,但那不过是因为中医理论过于艰深,不如西医的解剖学来得具体和简明。中医理论与佛家信念一脉相承,也是连接起天深地远,连接起万事万物,把人——而非仅仅人体——看作自然整体之局部与全息。倒是白天的某些束缚(比如礼仪习俗),使之在人体解剖方面有失仔细。而西医一直都在白天的清晰中,招招落在实处,对于人体的机械属性方面尤其理解得透彻,手段高超。比如器官移植,比如史铁生正在享用着的"血液透析"。

要我说,所谓"中西医结合",万不可弄成相互的顶替与消耗,而

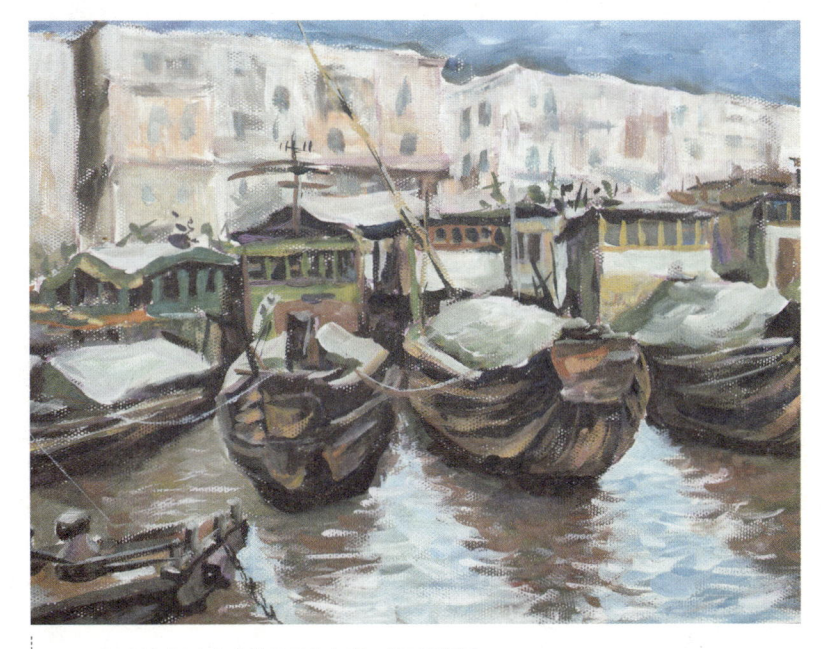

白天（以及生）充满了及他之事，故而强调爱。黑夜（以及死）则完全属于个人，所以更要强调智慧。白天把万事万物区分得清晰，黑夜却使一颗孤弱的心连接起浩瀚的寂静与神秘，连接起存在的无限与永恒。

所谓『爱命运』说的是什么？是说对一切顺心与不顺心的事，都要持爱的态度。

当各司其职，各显其能；正如昼夜交替，阴阳互补，热情与清静的美妙结合。

不过，说老实话，随着科学逐步深入到纳米与基因层面，西医正在弥补起自身的不足，或使中医理念渐渐得其证实也说不定。不过，这一定是福音吗？据说纳米尘埃一旦随风飞扬，还不知人体会演出怎样的"魔术"；而基因改造一经泛滥，人人都是明星，太阳可咋办！中医就不会有类似风险——清心寡欲为医，五谷百草为药，人伦不改，生死随缘，早就符合了"低碳"要求。不过这就好了吗？至少我就担心，设若时至1998年春"透析"技术仍未发明，史铁生便只好享年47岁了，哪还容得我60岁上昼信基督夜信佛！

世上的事总就是一利一弊。怕的是抱残守缺。

佛家反对"二元对立"，我以为，反对的是二元的势不两立。二元的势不两立，实际是强烈的一元心态。然而，这世界所以是有而不是无，根本在于二元的对立。所以，佛家实际是在强调二元和谐。一切健康的事物，都是基于二元的和谐，身体、社会、理想、修行……莫不如此。

"万法归一"是说这世界的本源，"三生万物"是指这个现实的世界。二者的位置一旦颠倒，莫说他史铁生了，众生的享年都要回零。

佛法之"空"，料与"空空的行囊"之"空"绝不一致。亚里士多德说，无中生有是绝不可能的。老子却说，有生于无。不过佛家还有一说：万法皆空。空即是有，有即是空，所以我猜佛家必是相信：有生于空。空，并不等于无。根本的二元对立，并非有与无的两极，而是有与空的轮回，或如尼采所说的"永恒复返"。

而"有"，也不见得就是有物质。有什么呢？不知道。物理学说：抽去封闭器皿中的一切物质，里面似乎还是有点儿什么的。有点儿什

217

么呢？还是不知道。那就可以猜想一回了：有的是"空"！万法皆空，而非万法皆无，所以"空"绝非是说一切皆无。空不是无，空只好是有了。那么它又是一种怎样的有呢？空极生有，料必是一种无比强大的势能！即强烈地要创生出无限时空、无限之可能性的趋势。创世的大爆炸，据说就始于一个无限小的奇点，这个"点"可否让我们对那个"空"有所联想？

说佛法跟科学有缘，佛门弟子多会引为骄傲。但，若说二者的问题也有同根，未必信众们就都能不嗔不痴。

所谓同根，是说二者的信念有一个相同的前提，即先弄清楚这个世界的究竟，而后，科学的理想叫"人定胜天"，佛法的心愿是"人人皆可成佛"。问题是谁都没说，如果世界尚未究竟或终难究竟，人当如何？就算可以究竟，究竟者也总在极少，尚未究竟和终难究竟的大多数又拿什么去作信的根基？我相信佛门确有其非凡的智慧，确有其慧眼独具的奇妙功法，能够知晓甚至看到理性所无从理解的事物。但是第一，这仍是极少数人的所能。第二，再强大的能力也是有限，因为无限意味着永不可及。第三，老调重弹——成佛是一条动态的恒途，绝非一处万事大吉的终点；然而，一个"成"字，一个"究竟"，很容易被理解为认知的极点与困苦的穷尽。

所以，一条同根，很可能埋藏了近似的危险：大凡理想或心愿，一旦自负到"人定胜天"，或许诺下一处终极乐园，总是要出事的。科学正在出事，譬如自然生态的破坏。信仰如果出事，料想会是在心态方面。

理想，若总就在理想的位置上起作用，"老夫聊发少年狂"倒也不是什么坏事。然而"言必行，行必果"一向是人间美德（柏拉图认为，

政治可以有高贵的谎言，神却不可说谎），那么一旦行之未果——世界依旧神秘，命运依旧乖张，信仰岂不要受连累？

首先质疑它的就是科学。科学以其小有成果而轻蔑信仰，终至促生了现代性迷障。问题是，在实证面前，信仰总显得理亏——"看不见而信"最是容易被忘记。怎么办呢？便把"果"无限地推向来世。这固然也是一种方略，可以换得忍耐与善行，但根基无非是这么一句话：好处终归是少不了你的！可这样的根基难免另有滋生，比如贪心，比如进而的谋略，直至贿赂之风也吹进信仰。君不见庙堂香火之盛，有几个不是在求乞实际的福利！众生等不及"终归"——既可终归，何不眼前？这逻辑本来不错，更与科学的"多快好省"不谋而合！只是，这夜晚的信仰怎么就变得比白天还白了？

"不不，"于是有佛门高徒说，"这是误解，说明你还不懂佛！"随即举出诸多佛法经章、高僧本事，证明真正的佛说与那庙里的歪风毫不相干。

那，为什么您讲的就是真正的佛说？

那么你认为，我讲的对还是不对？

问题是，大众所信的佛法，未必跟个例高人所理解的一样。不管谁到那烟雾腾腾的庙堂里去看看，都会相信，这世上广泛流行的是另一种"佛法"。

如何另一种？

求财的，求官的，求不使东窗事发的……许愿的，还愿的，事与愿违而说风凉话的……有病而求健康的，健康而求长寿的，长寿而求福乐的，福乐不足而求点石成金或隔墙取物的……

那就是他们的事了。

怎么就成了他们的事呢？莫非也是佛说？

史　铁　生
散　文　精　选

　　何为神说，何为人传，基督信仰千百年来都有探讨。哪是佛说，哪是人言呢？佛门也曾有过几次集结，高僧们相约一处，论辩佛法真谛，可惜这一路香火已断多时。失去大师们的不断言说与探讨，习佛已流于照本宣科，徒具其表。失去高僧的指点与引领，人性就像流水，总是要往低处去的。如今是人们由着性儿地说佛与"佛说"，人性的贪婪便占上风；众生要"多快好省"地上天堂，庙堂前便"鼓足干劲"地卖起票来。这类"信"徒，最看佛门是一处大大的"后门儿"，近乎朝中有人好办事。办什么事呢？办一切利己利身之事。如何能办到呢？耐心听"芸芸众生"们说吧，其津津乐道者，终不免还是指向某些神功奇迹——免灾祛病呀，延年益寿呀，准确或近乎准确地推算前世和预测未来呀……这些我都信，只不信这叫信仰。佛家（道家）的某些神奇功法我也见过，甚至亲身体验过，但我仍认为"看不见而信"才是信仰的根本。如果信仰竟在于某些神奇功法，高科技为什么不算？科学所创造的奇迹还少吗？可就算你上天入地、隔墙取物、福如东海、寿比南山，莫非这世上就不会有苦难了？没有了当然好，可那就连信仰也没有了。信仰，恰是人面对无从更改的生命困境而持有的一种不屈不挠、互爱互助的精神！

　　听说有人坐飞机赶往某地，只为与同仁们聚会一处，青灯古刹、焚香诵经地过一周粗茶淡饭、草履布衣的低碳生活。想来讽刺，那飞机一路的高排放岂是这一周的低消费所能补偿！真是算不过这笔账来？想必是另有期图。

　　又据说，有位国人对西人道："还是我佛的能耐大。瞧瞧你们那个上帝吧，连自己儿子的死活都管不了！"

　　先不论基督与佛均乃全人类所共有，岂分国族！却只问这类求佛

办事的心态，原因何在？说到基督与佛，何以前者让人想到的多是忏悔，后者却总让人想起许愿？忏悔，是请神来清理我的心灵；许愿，却是要佛来增补我的福利。忏悔之后，是顺理成章地继续检讨自己；许愿之后呢，则要看看佛的态度，满足我愿的我为你再造金身，否则备选的神明还很多。

哈！这不过是你的印象罢了。事实上，此类信徒各门各派里都有。
那么，您是否也有与我相同的印象呢？
印象能说明什么！可有什么"统计学"证据吗？
"现象学"的行吗？现象之下自有其本质在，正如佛说"因果"。
……那么你的"夜晚信佛法"，到底信的什么？

首先我相信佛法是最好的心理疗法。佛看这人间不过是生命恒途中极其短暂的一瞬，就好比大宴上的一碟小菜，大赛前的一次热身，甚或只是大道上的一处泥淖。佛的目光在无始与无终之间，对于这颗球体上千百年来的蝇营狗苟，对于这一片灯红酒绿的是非地、形同苦役的名利场，说到底，佛是一概地看不上！而如今的心理疾病多如牛毛，又都是为了什么？比如说方兴未艾的"抑郁症"，你去调查吧，统计吧，很少不是因为价值感的失落。说白了，就是"我的重要性"一旦在市场上滞销、掉价、积压而后处理，一向自视重要的"我"便承受不住，"抑郁症"即告得手。佛所以是最好的心理医生，因为他从根本上否定了人的市场价格，坚定了生命的恒久价值。而这样的疗法，还是那句话：很难在叫卖声声的白天里进行，而要等到夜深人静。

说到这儿想起件事，前不久与朋友谈起"城市文学"。"乡土文学"谁都知道，可什么是"城市文学"呢？两个人说来说去，忽有所悟：

史 铁 生
散 文 精 选

"城市文学"的特点，根本在一个"市"字上。城市，乃市场的引发，而市场的突出作为是价格的诞生。正所谓异化吧，价格功高镇主，渐渐就脱离开价值而自行其是了。于是乎讨价还价，袖子里掐手指，而后发展到满街贴广告和电视台上吹牛皮……原本是为了货通有无的集与市，慢慢竟变成了骗术比拼的大赛场。败下阵来的自然是郁郁寡欢，待其两眼发直、浑身发抖，便取名为"抑郁症"。有趣的是，先是亏本者抑郁，慢慢演化，亏心者倒荣耀起来，称为"成功人士"，其居住地宏伟壮观谓之"高尚社区"。久之，价格成长为重中之重，价值一败涂地。成者王侯败者寇。怕为寇者，或打肿自己充肥，或就做成宅男宅女不见天日，想起市场就显露出"抑郁症"所规定的种种征候。

其次我相信，佛家对死后的猜想并非虚妄。看看那些大和尚，圆寂之时是何等的从容淡定，你自会相信那既非莽汉式的无畏，亦非志士般的凛然，而是深思熟虑，一切都已了然于心，或就像那位印第安巫士所说：一切都已"看见"。当然了，此等境界绝非吾辈常人所能为之——譬如爱因斯坦看见了时间的弯曲，譬如霍金看见黑洞，咱咋就啥也不见呢？故凡俗之如我类，切莫指望什么神功奇迹，不如原原本本都留给极少数人吧。

不过呢，死亡毕竟在向你要求着态度。当然回避也是一种，勇敢也是一种，鲁莽还是一种——两眼一闭跳下去，跟蹦极一般。我选择钻牛角尖，死乞白赖地想一想，谁料结果却发现：死是不可能的。

死是什么？死就是什么都没有了，什么、什么都没有了。可什么、什么都没有了，怎么会还有个死呢？什么、什么都没有了，应该是连"没有"也没有了才对。所以，如果死意味着什么、什么都没有了，死也就是没有的。死如果是有的，死就不会是什么、

什么都没有了。故而"有"是绝对的。

"有"又是什么呢？有，是观察的确认——现代物理学也明确支持这一观点。"无"呢？"无"也一样是观察——准确说是观察所不及——的确认，因而仍不过是"有"的一种形态。推而演之，死也就是生的一种形态。

那么，观察意味着什么呢？观察意味着观察者的确在。而这个观察者，既然能够认知他者，也就一定能够自认。这自认，便创生了"我"。

"我死了"，此言若非畅想，就一定是气话，现实中绝没有这回事。

"你死了"呢，或用于诅咒，或用于告慰。前者是说，你没死但你该死。后者是说你并没有死，不过是到了另一世界，或处于另一种存在状态罢了。

只有"他死了"这句话没毛病，必有相应的现实为之作证。比如说"史铁生死了"，这消息日夜兼程，迟早会被证实。（由此也可见，我是我，史铁生是史铁生。）

总结一下吧：死，绝不意味着什么、什么都没有了。而一切"有"都是被观察的，一切"无"都是观察所不及的。所以"有"也好，"无"也好，都离不开观察者。那么，谁是最终的观察者呢？"我"！而"你"和"他"，"我们"、"你们"和"他们"，都不免是被观察者。

最后一个问题：设若真有来世，我怎么能认出此一世的我即是彼一世的我呢？首先，无论哪一世的你，不自称"我"又自称什么？其次，柏拉图说"学习即回忆"，被回忆者是谁？第三，一

史　铁　生
散 文 精 选

　　生止于吃喝屙撒睡的人太多太多，想必来世也就难于分辨，而一个独特的心魂自然就便于被回忆。（以上四小节均引自《论死的不可能性》）

　　在我想，求"往生"是不是有点儿多余？今生、来世其实是一样的，吃喝屙撒睡的固然一样，特立独行的也是一样，不知不觉的固然一样，大彻大悟的就更应该能看出些一样来。什么呢？生即是苦，苦即是生。如此又求的什么来世！今天就是昨天的明天，明天就是前天的后天……生还是苦，苦还是生，又何必在意此一生还是彼一生呢？我只相信，明天的意义，惟在进一步完美行动的可能。不过这已经有了保证：佛的目光在无始无终之间——史铁生要死就让他死吧，"我"才是那目光的无限仰望者与承受者。

　　那么"脱离六道轮回"呢？说真的，我半信半疑。所信者，你下辈子可以不是人、畜牲、饿鬼等等；所疑的是，莫非你可以是"无"吗？你只要是"有"那就麻烦。"有"就是"有限"，正如"无限"其实就是"无"。你看吧，哪一种"有"不是有限的？你想吧，惟观察所不及者谓之"无"，而那正是因为它的无限。这样我们就有救了，就算我们有一天不再是人，也不是畜牲、饿鬼和什么什么，我们总还得是"有"（因为"无"是无的呀），进而就还得是"我"。"我"位于有限而行一条无限的路，那才是佛或上帝的恩宠！

　　而一条无限的路，正所谓日夜兼程，必是昼夜轮换的路！如果黑夜过于深沉，独善其身或自在之乐享用得太久，就好比心病患者会依赖上心理医生，人是会依赖于黑夜而不由地逃避白天的。然而白天就在黑夜近旁。不能使病者走进白天的医生是失败的医生，他培养了另

一种"我执"。

况且此"执"是因乐而生。譬如乐不思蜀,乐具腐蚀,岂止是不思蜀,其实是不思苦,进而养成享乐的贪图。乐无止境,难免日趋狭隘,偶像繁多,倒给"菩萨"们都分配了工作,管升官的、管发财的、管文凭和职称的……最后连掩盖罪行都有专管。尤其,这享乐与灭苦的期求,一旦进入白天,与疯狂的市场合谋,爱愿常不是它们的对手。

所以我想,佛门弟子要特别地看重地藏菩萨。"我不下地狱谁下地狱","地狱不空誓不成佛",地藏的这两句伟大誓言,表明他是一位全天候的觉者!虽然一个"成"字似乎还是意味着终点,但他把终点推到了永远,从而暗示了成佛之路的无限性。道路的无限即是距离的无限,即是差别的无限,即是困苦的无限,也便意味着拯救之路的无限,幸而人之不屈不挠的美丽精神也可以无限——惟此,无始无终的存在才不至于陷入荒诞。

"我不下地狱谁下地狱"简直就是十字架上真理的翻版,"地狱不空誓不成佛"明显与基督精神殊途同归。是呀,一切黑夜的面死之思,终要反身投入到白天的爱愿(当然,一切爱愿总也要面对死的诘难)。

你会发现,白天的事难免都要指向人群,指向他者,因而白天的信仰必然会指向政治。但政治并不等于政府,否则有政府的地方就不该再有不同政见。因而,政治的好坏也就不取决于国的强大与否,而在乎于民之福患。国之强大,仅仅是为了保卫民的福利,否则何用?所以,以强大为目的的政治是舍本求末,以爱为灵魂的政治才是奉天承运,才会是好政治。

然而,爱也是有危险的。比如以死相威胁的"爱情",比如期求报

史 铁 生
散 文 精 选

答的"友爱",比如只为谋权的"爱国爱民",比如盛气凌人甚或结党营私式的种种"信徒"……问题是鱼目混珠,真假何辨?其实呢,以平常心观之,真假自明——正所谓"人人皆有佛性",也正是神在的最好证明。

我有个朋友,初到某地,两眼一抹黑,有个老太太帮他渡过了道道难关,他说我可怎么报答您呢?老太太说:你去帮助别人就是。我听说有个过马路的老头儿,四望无车无人,却还是静静地等候红灯。人说您这不是犯傻吗?他说:我不知道在哪个楼窗里,会不会有个孩子正看着我。我还知道有位女士,不知听哪个昏僧说,促成一桩婚姻便为来世积下一份善缘,于是不遗余力地乱点鸳鸯谱——管他们有情与无情!

爱的危险还有一条:仅仅地爱人。您信吗?仅仅地爱人,会养成铺张浪费甚至穷奢极欲的坏毛病——情形就像被溺爱的孩子。所谓"爱上帝"说的是什么?是说要爱世间一切造物。所谓"爱命运"说的是什么?是说对一切顺心与不顺心的事,都要持爱的态度。

"我执"多种多样,并不以内容辨;无论什么事,一旦"我的重要性"领衔,即是"我执"。譬如常说的"立功、立德、立言",尤其前面再加一句"为天下人",都是再好没有,但请留神,"我"字一重,多么慷慨大义的言词也要变味。不过,这事最为诡异的地方是:一味地表现"自我"是"我执",刻意地躲避"自我"还是"我执";趋炎附势的是"我执",自命清高的还是"我执";刚愎自用的是"我执",自怨自艾的也是"我执"。那么"我"就得变傻子吗?对不起,您又"我执"了。我什么都不说成吗?成是成,但这仍然是"我执"。简直就没好人走的道儿了!不,这才是好人走的道儿呀:好人,才看见"我执",才放弃

"我执"，才看见放弃"我执"有多难，才相信多难也得放弃"我执"——这下明白了，成佛的路何以是一条永行的恒途。

《伊索寓言》中有一篇说到舌头，说那是人间最好和最坏的东西，因为它可以说出最美和最丑的语言。信仰的事着实跟舌头有一拼，它既可让人行无比的善，也可让人作滔天的恶。譬如曾经和现在，也譬如此地和别处，人们为信仰而昏昏，也为信仰而昭昭；为信仰而大乱，也为信仰而大治；为信仰而盛气凌人，也为信仰而谦恭下士；为信仰而你死我活，也为信仰而乐善好施……再问何根何源？以我的愚钝来想，大凡前一类都还是那个"我执"。

如何灭尽"我执"呢？不知道。我真的不知道，因为我感到我永远都灭不尽那玩意儿。我感到我只能是见一个杀一个，没什么彻底的办法。我感到诚实是第一位的，比如说白天就是白天，黑夜就是黑夜。黑白颠倒你试试看，或者只需想一想，会不会把白天弄成了自闭症，一到夜里又妄想狂？

2010 年 11 月 4 日

人间智慧必在某处汇合
——斯坦哈特的《尼采》读后

凡说生命是没有意义的人,都要准备好一份回答:你是怎么弄清楚生命是没有意义的?你是对照了怎么一个意义样本,而后确定生命中是没有它的?或者,您干脆告诉我们,在那个样本中,意义是被怎样描述的?

这确实是老生常谈了。难道有谁能把制作好的意义,夹在出生证里一并送给你?出生一事,原就是向出生者要求意义的,要你去寻找或建立意义,就好比一份预支了稿酬的出版合同,期限是一辈子。当然,你不是债权人你是负债者,是生命向你讨要意义,轮不上你来抱怨谁。到期还不上账,你可以找些别的理由,就是不能以"生命根本就是没有意义的"来搪塞。否则,迷茫、郁闷、荒诞一齐找上门来,弄不好是要——像靡菲斯特对待浮士德那样——拿你的灵魂做抵押的。

幸好,这合同还附带了一条保证:意义,一经你寻找它,它就已经有了,一旦你对之存疑,它就以样本的形式显现。

生命有没有意义,实在已无需多问。要问的是:生命如果有意义,

如果我们勤劳、勇敢并且智慧，为它建立了意义，这意义随着生命的结束是否将变得毫无意义？可不是吗，要是我们千辛万苦地建立了意义，甚至果真建成了天堂，忽然间死神挺胸叠肚地就来了，把不管什么都一掠而光，一切还有什么意义呢？当然，你可以说天堂并不位于某一时空，天堂是在行走中、在道路上，可道路要是也没了、也断了呢？

所以还得费些思索，想想死后的事——死亡将会带给我们什么？果真是一掠而光的话，至少我们就很难反驳享乐主义，逍遥的主张也就有了一副明智的面孔。尤其当死亡不仅指向个体，并且指向我们大家的时候——比如说北大西洋暖流一旦消失，南北两极忽然颠倒，艾滋病一直猖狂下去，或莽撞的小行星即兴来访，灿烂的太阳终于走到了安息日……总之如果人类毁灭，谁来偿还"生命的意义"这一本烂账？

于是乎，关怀意义和怀疑意义的人们，势必都要凝神于一个问题了：生命之路终于会不会断绝？对此你无论是猜测，是祈祷，还是寻求安慰，心底必都存着一份盼愿：供我们行走的道路是永远都不会断绝的。是呀，也只有这样，意义才能得到拯救。

感谢"造物主"或"大爆炸"吧，他为我们安排的似乎正是这样一条永不断绝的路。

虽然尼采说"上帝死了"，但他却发现，这样一条路已被安排妥当："权力意志说的是，为什么有一个世界而不是什么都没有；永恒回归说的是，为什么在这世界中有秩序。因为权力意志重复它自己，所以现实有秩序。……权力意志和永恒再现一起形成绝对肯定。"[①]
就是说，所以有这么个世界，是因为：这个世界原就包含着对这个世界的观察。或者说：这个世界，是被这个世界所包含的"权力意志"

---

① 斯坦哈特的《尼采》第115页。

史 铁 生
散 文 精 选

和"永恒再现"所肯定的。"权力意志",也有译为"强力意志"、"绝对意志"的,意思是:意志是创生的而非派生的,是它使"有"或"存在"成为可能。这与物理学中的"人择原理"不谋而合。而"权力意志"又是"永恒回归"的。"永恒回归"又译为"永恒再现"或"永恒复返",意思是:"一切事物一遍又一遍地发生"①,"像你现在正生活着的或已经生活过的生活,你将不得不再生活一次,再生活无数次。而且其中没有任何事物是新的"②。正如《旧约·传道书》中所言:"已有的事后必再有;已行的事后必再行。太阳底下并无新事。有哪件事人能说'看吧,这是新的'?"③就这样,"权力意志"孕生了存在,"永恒回归"又使存在绵绵不绝,因而它们一起保证了"有"或"在"的绝对地位。

尼采对于"永恒回归"的证明,或可简略地表述如下:生命的前赴后继是无穷无尽的。但生命的内容,或生命中的事件,无论怎样繁杂多变也是有限的。有限对峙于无限,致使回归(复返、再现)必定发生。休谟说:"任何一个对于无限和有限比较起来所具有的力量有所认识的人,将绝不怀疑这种必然性。"④

这很像我写过的那群徘徊于楼峰厦谷间的鸽子:不注意,你会觉得从来就是那么一群在那儿飞着,细一想,噢,它们生生相继已不知转换了多少回肉身!一群和一群,传达的仍然是同样的消息,继续的仍然是同样的路途,克服的仍然是同样的坎坷,期盼的仍然是同样的团聚,凭什么说那不是鸽魂的一次次转世呢?

不过,尼采接下来说:"在你人生中的任何痛苦和高兴和叹息,和

---

① 斯坦哈特的《尼采》第114页。
② 尼采的《快乐的哲学》第341页。
③ 《旧约·传道书》第一章第九节。
④ 大卫·休谟的《自然宗教对话录》第八部分。

不可言表的细小或重大的一切事情将不得不重新光临你,而且都是以同样的先后顺序和序列。"①——对此我看不必太较真儿,因为任何不断细分的序列也都是无限的。彻底一模一样的再现不大可能,也不重要。"永恒回归"指的是生命的主旋律、精神的大曲线。"天不变,道亦不变。"比如文学、戏剧,何以会有不朽之作?就因为,那是出于人的根本处境,或生命中不可消灭的疑难。就像那群鸽子,根本的路途、困境与期盼是不变的,根本的喜悦、哀伤和思索也不变。怎么会是这样呢?就因为它们的由来与去向,根本都是一样的。人也如此。人的由来与去向,以及人的残缺与阻障,就其本质而言都是一样。人都不可能成神。人皆为有限之在,都是以其有限的地位,来面对着无限的。所以,只要勤劳勇敢地向那迷茫之域进发,人间智慧难免也要在某一处汇合。惟懒惰者看破红尘。懒惰者与懒惰者,于懒惰中爆发一致的宣称:生命是没有意义的。

可就算是这样吧,断路的危险也并没有解除呀?如果生命——不论是鸽子,是人,还是恐龙——毁灭了,还谈什么"生生相继"和"永恒回归"?

但请注意"权力意志和永恒再现一起形成绝对肯定"这句话。"绝对肯定"是指什么?是指"有"或"在"的绝对性。就连"无",也是"有"的一种状态,或一种观察。因为"权力意志"是创生的。这个在创生之际就已然包含了对自身观察的世界,是不会突然丢失其一部分的。减掉其一部分——比如说观察,是不可能还剩下一个全世界的。就好比拆除了摄像头,还会剩下一个摄像机吗?所以不必杞人忧天,不必担心"有"忽然可以"无",或者"绝对的无"居然又是"有"的。

凭什么说"权力意志"是创生的?当然,这绝不是说整个宇宙乃

---

① 斯坦哈特的《尼采》第114页。

史 铁 生
散 文 精 选

是观察的产物,而是说,只有一个限于观察——用尼采的话说就是限于"内部透视"或"人性投射"——的世界,是我们能够谈论的。即我们从始至终所知、所言与所思的那个"有"或"在",都是它,都只能是它;就连对观察不及之域的猜想,也是源于人的"内部透视",也一样逃不出"人性投射"的知与觉。正如大物理学家玻尔所说:"物理学并不能告诉我们这个世界到底是怎样的,而只能告诉我们,关于这个世界我们可以怎样说。"也就是老子所说的"知不知"吧。

知亦知所为,不知亦知所为,故你只能拥有一个"内部透视"或"人性投射"的世界。此外一切免谈。此外万古空荒,甭谈存在,也甭谈创生;一谈,知就在了,观察就在了,所以"权力意志"是创生的。

不过,"知不知"并不顺理成章地导致虚无与悲观。尽管"内部透视"注定了"测不准原理"的正确,人也还是要以肯定的态度来对待生命。虚无和悲观所以是站不住脚的,因为,生命之生生不息即是有力的证明。比如,问虚无与悲观:既如此,您为啥还要活下去?料其难有所答,进而就会发现,原来心底一直都是有着某种憧憬和希望的。

你只能拥有一个"内部透视"或"人性投射"的世界——可是,这样的话,上帝将被置于何位?这岂非等于还是说,世界是人——"权力意志"——所创造的吗?很可能,"超人"的问题就出在这儿。人,一种有限之在,一种有限的观察或意志,你确实应该不断地超越自己,但别忘了,你所面对的是"无限"他老人家!"权力意志"给出了"有",同时,"权力意志"之所不及——即所谓"知不知"——给出了"无"。然而,这个"无"却并不因为你的不及就放过你,它将无视你的"权力意志"而肆无忌惮地影响你——而这恰是"无也是有的一种状态"之证明。孙悟空跳不出如来佛的手心,"超人"无论怎样超越也不可能成为神。所以,人又要随时警醒:无论怎样超越自我,你终不过是个

神通有限的孙猴子。

好像出了问题。既然"无"乃"权力意志"之不及,怎么"无"又会影响到"权力意志"呢?不过问题不大,比如说:我知道我摸不到你,但我也知道,我摸不到的你未必不能摸到我——这逻辑不成立吗?换句话说:无,即是我感受得到却把握不了的那种存在。这便又道出了"权力意志"的有限性,同时把全知全能还给了上帝,还给了神秘和无限。

这样看,"权力意志"的不及,或"内部透视"与"人性投射"之外,也是可以谈论、可以猜想的(惟休想掌控)。那万古空荒,尤其是需要谈论和猜想的——信仰正是由此起步。故先哲有言:神不是被证实的,而是被相信的。

可是,"权力意志"是有限的,并且是"永恒回归"的,这岂不等于是说:人只能在一条狭窄的道路上转圈吗?转圈比断绝,又强了多少呢?莫急,莫慌,人家说的是"权力意志和永恒再现一起形成绝对肯定",又没说"权力意志"和"永恒回归"仅限于人这样一种生命样式。"权力意志"是创生而非派生的,而人呢,明明是历经种种磨难和进化,而后才有的。这一种直立行走的哺乳动物,除了比其所知的一切动物都能耐大,未必还比谁能耐大。其缺陷多多即是证明,比如自大和武断:凭什么说,生命的用料仅限于蛋白质,生命的形式仅限于拟人的种种规格?而另一项坏毛病是掩耳盗铃:对不知之物说"没有",对不懂之事说"没用"。可是,人类又挖空心思在寻找外星智能,而且是按照自己的大模样找,或用另外的物质制造另外的智能,造得自己都心惊肉跳。

很可能,跟人一模一样的生命仅此一家。而其实呢,比人高明的也有,比人低劣的也有,模样不同,形式不一,人却又赌咒发誓地说那不能也算生命。"生命"一词固可专用于蛋白质的铸造物,但"权力意志"却未必仅属一家。据说,"大爆炸"于一瞬间创造了无限可能,

史　铁　生
散　文　精　选

那就是说，种种智能形式也有着无限的可能，种种包含着对自身观察的世界也会是无限多，惟其载体多种多样罢了。我们不知是否还有知者，我们不知另外的知者是否知我们，我们凭什么认定智能生命或"权力意志"仅此一家？

不过我猜，无论是怎样的生命形式，其根本的处境，恐怕都跑不出去跟人的大同小异。为什么？大凡"有"者皆必有限，同为有限之在，其处境料不会有什么本质不同。

有限并埋头于有限的，譬如草木鱼虫，依目前的所知来判断，是不具"权力意志"的。惟有限眺望着无限的，譬如人，或一切具"我"之概念的族类，方可歌而舞之、言而论之，绵绵不绝地延续着"权力意志"。这样来看，"权力意志"以及种种类似人的处境，不单会有纵向的无限延续，还会有横向的无限扩展。

"无"这玩意儿奇妙无比，它永远不能自立门户，总得靠着"有"来显现自己。"有"就能自立门户吗？一样不行,得由"无"来出面界定。而这两家又都得靠着观察来得其确认。"权力意志"就这么得逞了——有也安营，无也扎寨，吃定你们这两家的饭了。

哈，这岂不是好吗？不管你说无说有，说死说活，"权力意志"都是要在的。路还能断吗？干吗死着心眼儿非做那地球上某种直立行走的动物不可？甚至心眼儿死到，竟舍不得一具短暂的肉身和一个偶然的姓名。永恒回归的回路或短或长，或此或彼，但有限对峙于无限这一点是没有疑问的。甚至可以这样说：有＝有限，无＝无限，二者的存在赖于二者的互证，而这一个"证"字＝观察＝一条无穷的道路。

如果一条无穷的道路已被证明，你不得给它点儿意义吗？暂时不给也行，但它无穷无尽，总有一天"权力意志"会发现不给它点儿意义是自取无聊。无聊就无聊，咋啦？那你就接近草木鱼虫了呗，接近

奇石怪兽了呗,爱护环境的人当然还是要爱护你,但没法儿跟你说话。

不过问题好像还是没有解决。尽管生命形式多多,与我何干?凡具"我"之概念者,还不是都得在一条狭窄的道路上作无限的行走?可是总这么走,总这么走,总这么"永恒回归"是不是更无聊呢?

噢,靡菲斯特来了。浮士德先生,你是走、是不走吧?不走啦,就这么灯红酒绿地乐不思蜀吧!可这等于被有限圈定,灵魂即刻被魔鬼拿去。那就走,继续走!可是,走成个圈儿还不等于是被有限圈定,魔鬼还不是要偷着乐?那可咋办,终于走到哪儿才算个头呢?别说"终于",也别说"走到",更别说"到头","永恒回归"是无穷路,没头。"永恒回归完全发生在这个世界中:没有另一个世界,没有一个更好的世界(天堂),也没有一个更坏的世界(地狱)。这个世界就是全部。"①就是说:你跑到哪儿去,也是这样一个有限与无限相对峙的世界。所以,就断掉"无苦无忧"和"极乐之地"这类执迷吧,压根儿就没那号事!可这样不好吗?无穷路,只能是无穷地与困苦相伴的路,走着走着忽然圆满了,岂不等于说路又断了?半截子断了,和走到了头,有啥两样吗?

终于痛而思"蜀"了。好事!这才不至成为草木鱼虫、奇石怪兽。但"蜀"在何方?"蜀道之难,难于上青天!"它不在人们惯行的前后左右,它的所在要人仰望——上帝在那儿期待着你!某种看不见却要你信的东西,在那儿期待着你!期待着人不要在魔障般的红尘中输掉灵魂,而要在永恒的路上把灵魂锤炼得美丽,听懂那慈爱的天音,并以你稚拙的演奏加入其中。静下心来,仔细听吧,人间智慧都在那儿汇合——尼采、玻尔、老子、爱因斯坦、歌德……他们既知虚无之苦,

---

① 斯坦哈特的《尼采》第115页。

史 铁 生
散 文 精 选

又懂得怎样应对一条永无终止的路。勤劳勇敢的人正在那儿挥汗如雨,热情并庄严地演奏,召唤着每一个人去加入。幸好,任何有限的两个数字间都有着无穷序列,那便是换一个(非物质的)方向——去追求善与美的无限之途。

2007 年 12 月 1 日

往事卷

我的梦想

也许是因为人缺了什么就更喜欢什么吧,我的两条腿一动不能动,却是个体育迷。我不光喜欢看足球、篮球以及各种球类比赛,也喜欢看田径、游泳、拳击、滑冰、滑雪、自行车和汽车比赛,总之我是个全能体育迷。当然都是从电视里看,体育馆场门前都有很高的台阶,我上不去。如果这一天电视里有精彩的体育节目,好了,我早晨一睁眼就觉得像过节一般,一天当中无论干什么心里都想着它,一分一秒都过得愉快。有时我也怕很多重大比赛集中在一天或几天(譬如刚刚闭幕的奥运会),那样我会把其他要紧的事都耽误掉。

其实我是第二喜欢足球,第三喜欢文学,第一喜欢田径。我能说出所有田径项目的世界纪录是多少,是由谁保持的,保持的时间长还是短。譬如说男子跳远纪录是由比蒙保持的,二十年了还没有人能破;不过这事不大公平,比蒙是在地处高原的墨西哥城跳出这八米九〇的,而刘易斯在平原跳出的八米七二事实上比前者还要伟大,但却不能算世界纪录。这些纪录是我顺便记住的,田径运动的魅力不在于纪录,人反正是干不过上帝;但人的力量、意志和优美却能从那奔跑与跳跃

史　铁　生
散 文 精 选

中得以充分展现，这才是它的魅力所在。它比任何舞蹈都好看，任何舞蹈跟它比起来都显得矫揉造作甚至故弄玄虚。也许是我见过的舞蹈太少了。而你看刘易斯或者摩西跑起来，你会觉得他们是从人的原始中跳来，跑向无休止的人的未来，全身如风似水般滚动的肌肤就是最自然的舞蹈和最自由的歌。

我最喜欢并且羡慕的人就是刘易斯。他身高一米八八，肩宽腿长，像一头黑色的猎豹，随便一跑就是十秒以内，随便一跳就在八米开外，而且在最重要的比赛中他的动作也是那么舒展、轻捷、富于韵律；绝不像流行歌星们的唱歌，唱到最后总让人怀疑这到底是要干什么。不怕读者诸君笑话，我常暗自祈祷上苍，假若人真能有来世，我不要求别的，只要求有刘易斯那样一副身体就好。我还设想，那时的人又会普遍比现在高了，因此我至少要有一米九以上的身材；那时的百米速度也会普遍比现在快，所以我不能只跑九秒九几。作小说的人多是白日梦患者。好在这白日梦并不令我沮丧，我是因为现实的这个史铁生太令人沮丧，才想出这法子来给他宽慰与向往。我对刘易斯的喜爱和崇拜与日俱增。相信他是世界上最幸福的人。我想若是有什么办法能使我变成他，我肯定不惜一切代价；如果我来世能有那样一个健美的躯体，今生这一身残病的折磨也就得到了足够的报偿。

奥运会上，约翰逊战胜刘易斯的那个中午我难过极了，心里别别扭扭别别扭扭的一直到晚上，夜里也没睡好觉。眼前老翻腾着中午的场面：所有的人都在向约翰逊欢呼，所有的旗帜和鲜花都向约翰逊挥舞，浪潮般的记者簇拥着约翰逊走出比赛场，而刘易斯被冷落在一旁。刘易斯当时那茫然若失的目光就像个可怜的孩子，让我一阵阵心疼。一连几天我都闷闷不乐，总想着刘易斯此时会怎样痛苦，不愿意再看电视里重播那个中午的比赛，不愿意听别人谈论这件事，甚至替刘易斯嫉妒着约翰逊，在心里找很多理由向自己说明还是刘易斯最棒；自

然这全无济于事，我竟然比刘易斯还败得惨，还迷失得深重。这岂不是怪事么？在外人看来这岂不是发精神病么？我慢慢去想其中的原因。是因为一个美的偶像被打碎了么？如果仅仅是这样，我完全可以惋惜一阵再去树立起约翰逊嘛，约翰逊的雄姿并不比刘易斯逊色。是因为我这人太恋旧骨子里太保守吗？可是我非常明白，后来者居上是最应该庆祝的事。或者是刘易斯没跑好让我遗憾？可是九秒九二是他最好的成绩。到底为什么呢？最后我知道了：我看见了所谓"最幸福的人"的不幸，刘易斯那茫然的目光使我的"最幸福"的定义动摇了继而粉碎了。上帝从来不对任何人施舍"最幸福"这三个字，他在所有人的欲望前面设下永恒的距离，公平地给每一个人以局限。如果不能在超越自我局限的无尽路途上去理解幸福，那么史铁生的不能跑与刘易斯的不能跑得更快就完全等同，都是沮丧与痛苦的根源。假若刘易斯不能懂得这些事，我相信，在前述那个中午，他一定是世界上最不幸的人。

在百米决赛的第二天，刘易斯在跳远决赛中跳出了八米七二，他是个好样的。看来他懂，他知道奥林匹斯山上的神火为何而燃烧，那不是为了一个人把另一个人战败，而是为了有机会向诸神炫耀人类的不屈，命定的局限尽可永在，不屈的挑战却不可须臾或缺。我不敢说刘易斯就是这样，但我希望刘易斯是这样，我一往情深地喜爱并崇拜这样一个刘易斯。

这样，我的白日梦就需要重新设计一番了。至少我不再愿意用我领悟到的这一切，仅仅去换一个健美的躯体，去换一米九以上的身高和九秒七九乃至九秒六九的速度，原因很简单，我不想在来世的某一个中午成为最不幸的人；即使人可以跑出九秒五九，也仍然意味着局限。我希望既有一个健美的躯体又有一个了悟了人生意义的灵魂，我希望二者兼得。但是，前者可以祈望上帝的恩赐，后者却必须在千难万苦中靠自己去获取——我的白日梦到底该怎样设计呢？千万不要说，倘若二者不可兼得你要哪一个？不要这样说，因为人活着必要有一个最美的梦想。

后来得知，约翰逊跑出了九秒七九是因为服用了兴奋剂。对此我们该说什么呢？我在报纸上见了这样一条消息：他的牙买加故乡的人们说，"约翰逊什么时候愿意回来，我们都会欢迎他，不管他做错了什么事，他都是牙买加的儿子"。这几句话让我感动至深。难道我们不该对灵魂有了残疾的人，比对肢体有了残疾的人，给予更多的同情和爱吗？

1988 年

故乡的胡同

北京很大,不敢说就是我的故乡。我的故乡很小,仅北京城之一角,方圆大约二里,东和北曾经是城墙现在是二环路。其余的北京和其余的地球我都陌生。

二里方圆,上百条胡同密如罗网,我在其中活到四十岁。编辑约我写写那些胡同,以为简单,答应了,之后发现这岂非是要写我的全部生命?办不到。但我的心神便又走进那些胡同,看它们一条一条怎样延伸怎样连接,怎样枝枝叉叉地漫展,以及曲曲弯弯地隐没。我才醒悟,不是我曾居于其间,是它们构成了我。密如罗网,每一条胡同都是我的一段历史、一种心绪。

四十年前,一个男孩艰难地越过一道大门槛,惊讶着四下张望,对我来说胡同就在那一刻诞生。很长很长的一条土路,两侧一座座院门排向东西,红而且安静的太阳悬挂西端。男孩看太阳,直看得眼前发黑,闭一会眼,然后顽固地再看那太阳。因为我问过奶奶:"妈妈是不是就从那太阳里回来?"

奶奶带我走出那条胡同,可能是在另一年。奶奶带我去看病,走

史　铁　生
散 文 精 选

过一条又一条胡同,天上地上都是风、被风吹淡的阳光、被风吹得继续的鸽哨声。那家医院就是我的出生地。打完针,嚎啕之际,奶奶买一串糖葫芦慰劳我,指着医院的一座西洋式小楼说她就是在那儿听见我来了,说那天下着罕见的大雪。

　　是我不断长大所以胡同不断地漫展呢,还是胡同不断地漫展所以我不断长大?可能是一回事。有一天母亲领我拐进一条更长更窄的胡同,把我送进一个大门,一眨眼母亲不见了,我正要往门外跑时被一个老太太拉住,她很和蔼但是我哭着使劲挣脱她,屋里跑出来一群孩子,笑闹声把我的哭喊淹没。那是我头一回离家在外,那一天很长,墙外磨刀人的喇叭声尤其漫漫。幼儿园是那老太太办的,都说她信教。

　　几乎每条胡同都有庙。僧人在胡同里静静地走,回到庙去沉沉地唱,那诵经声总让我看见夏夜的星光。睡梦中我还常常被一种清朗的钟声唤醒,以为是午后阳光落地的震响,多年后我才找到它的来源。现在俄国使馆的位置,曾是一座东正教堂,我把那钟声和它联系起来时,它已被推倒。那时,寺庙多也消失或改为它用。

　　我的第一个校园就是往日的寺庙,庙院里松柏森森。那儿有个可怕的孩子,他有一种至今令我惊诧不解的能力,同学们都怕他,他说他第一跟谁好谁就会受宠若惊,他说他最后跟谁好谁就会忧心忡忡,他说他不跟谁好了谁就像是被判离群的鸟。因为他,我学会了谄媚和防备,看见了孤独。成年以后,我仍能处处见出他的影子。

　　十八岁我去插队离开这片故土三年。回来时两腿残废了找不到工作,我常独自摇了轮椅一条条再去走那些胡同。它们几乎没变,只是往日都到哪儿去了很费猜解。在一条胡同里我碰见一群老太太,她们用油漆涂抹着美丽的图画,我说我可以参加吗?我便在那儿拿到平生第一份工资,我们镇日涂抹说笑,对未来抱着过分的希望。

　　母亲对未来的祈祷,可能比我对未来的希望还要多,她在我们住的院子里种下一棵合欢树。那时我开始写作,开始恋爱,爱情使我的心魂从轮椅里站起来。可是合欢树长大了,母亲却永远离开了我,几年后我的恋人也远去他乡,但那时她们已经把我培育得可以让人放心了。然后我的妻子来了,我把珍贵的以往说给她听,她说因此她也爱恋着我的这块故土。

我单不知,像鸟儿那样飞在不高的空中俯看那片密如罗网的胡同,会是怎样的景象?飞在空中而且不惊动下面的人类,看一条条胡同的延伸、连接、枝枝叉叉地漫展以及曲曲弯弯地隐没,是否就可以看见了命运的构造?

1993 年 12 月

有关庙的回忆

据说,过去北京城内的每一条胡同都有庙,或大或小总有一座。这或许有夸张成分。但慢慢回想,我住过以及我熟悉的胡同里,确实都有庙或庙的遗迹。

在我出生的那条胡同里,与我家院门斜对着,曾经就是一座小庙。我见到它时它已改作油坊,庙门、庙院尚无大变,惟走了僧人,常有马车运来大包大包的花生、芝麻,院子里终日磨声隆隆,呛人的油脂味经久不散。推磨的驴们轮换着在门前的空地上休息,打滚儿,大惊小怪地喊叫。

从那条胡同一直往东的另一条胡同中,有一座大些的庙,香火犹存。或者是庵,记不得名字了,只记得奶奶说过那里面没有男人。那是奶奶常领我去的地方,庙院很大,松柏森然。夏天的傍晚不管多么燠热难熬,一走进那庙院立刻就觉清凉,我和奶奶并排坐在庙堂的石阶上,享受晚风和月光,看星星一个一个亮起来。僧尼们并不驱赶俗众,更不收门票,见了我们唯领首微笑,然后静静地不知走到哪里去了,有如晚风掀动松柏的脂香似有若无。庙堂中常有法事,钟鼓声、铙钹

声、木鱼声，噌噌吰吰，那音乐让人心中犹豫。诵经声如无字的伴歌，好像黑夜的愁叹，好像被灼烤了一白天的土地终于得以舒展便油然飘缭起的雾霭。奶奶一动不动地听，但鼓励我去看看。我迟疑着走近门边，只向门缝中望了一眼，立刻跑开。那一眼印象极为深刻。现在想，大约任何声音、光线、形状、姿态，乃至温度和气息，都在人的心底有着先天的响应，因而很多事可以不懂但能够知道，说不清楚，却永远记住。那大约就是形式的力量。气氛或者情绪，整体地袭来，它们大于言说，它们进入了言不可及之域，以致一个五六岁的孩子本能地审视而不单是看见。我跑回到奶奶身旁，出于本能我知道了那是另一种地方，或是通向着另一种地方；比如说树林中穿流的雾霭，全是游魂。奶奶听得入神，摇撼她她也不觉，她正从那音乐和诵唱中回想生命，眺望那另一种地方吧。我的年龄无可回想，无以眺望，另一种地方对一个初来的生命是严重的威胁。我钻进奶奶的怀里不敢看，不敢听也不敢想，唯觉幽冥之气弥漫，月光也似冷暗了。这个孩子生而怯懦，禀性愚顽，想必正是他要来这人间的缘由。

上小学的那一年，我们搬了家，原因是若干条街道联合起来成立了人民公社，公社机关看中了我们原来住的那个院子以及相邻的两个院子，于是他们搬进来我们搬出去。我记得这件事进行得十分匆忙，上午一通知下午就搬，街道干部打电话把各家的主要劳力都从单位里叫回家，从中午一直搬到深夜。这事很让我兴奋，所有要搬走的孩子都很兴奋，不用去上学了，很可能明天和后天也不用上学了，而且我们一齐搬走，搬走之后仍然住在一起。我们跳上运家具的卡车奔赴新家，觉得正有一些动人的事情在发生，有些新鲜的东西正等着我们。可惜路程不远，完全谈不上什么经历新家就到了。不过微微的失望转瞬即逝，我们冲进院子，在所有的屋子里都风似的刮一遍，以主人的身份

史　铁　生
散 文 精 选

接管了它们。从未来的角度看,这院子远不如我们原来的院子,但新鲜是主要的,新鲜与孩子天生有缘,新鲜在那样的季节里统统都被推崇,我们才不管院子是否比原来的小或房子是否比原来的破,立刻在横倒竖歪的家具中间捉迷藏,疯跑疯叫,把所有的房门都打开然后关上,把所有的电灯都关上然后打开,爬到树上去然后跳下来,被忙乱的人群撞倒然后自己爬起来,为每一个新发现激动不已,然后看看其实也没什么……最后集体在某一个角落里睡熟,睡得不省人事,叫也叫不应。那时母亲正在外地出差,来不及通知她,几天后她回来时发现家已经变成了公社机关,她在那门前站了很久才有人来向她解释,大意是:不要紧放心吧,搬走的都是好同志,住在哪儿和不住在哪儿都一样是革命需要。

新家所在之地叫"观音寺胡同",顾名思义那儿也有一座庙。那庙不能算小,但早已破败,久失看管。庙门不翼而飞,院子里枯藤老树荒草藏人。侧殿空空。正殿里尚存几尊泥像,彩饰斑驳,站立两旁的护法天神怒目圆睁但已赤手空拳,兵器早不知被谁夺下扔在地上。我和几个同龄的孩子便捡起那兵器,挥舞着,在大殿中跳上跳下杀进杀出,模仿俗世的战争,朝残圮的泥胎劈砍,向草丛中冲锋,披荆斩棘草叶横飞,大有堂吉诃德之神采,然后给寂寞的老树"施肥",擦屁股纸贴在墙上……做尽亵渎神灵的恶事然后鸟儿一样在夕光中回家。很长一段时期那儿都是我们的乐园,放了学不回家先要到那儿去,那儿有发现不完的秘密,草丛中有死猫,老树上有鸟窝,幽暗的殿顶上据说有蛇和黄鼬,但始终未得一见。有时是为了一本小人书,租期紧,大家轮不过来,就一齐跑到那庙里去看,一个人捧着大家围在四周,大家都说看好了才翻页。谁看得慢了,大家就骂他笨,其实都还识不得几个字,主要是看画,看画自然也有笨与不笨之分。或者是为了抄作业,有几个笨主儿作业老是不会,就抄别人的,庙里安全,老师和家长都看不见。佛嘛,心中无

母亲对未来的祈祷，可能比我对未来的希望还要多，她在我们住的院子里种下一棵合欢树。那时我开始写作，开始恋爱，爱情使我的心魂从轮椅里站起来。可是合欢树长大了，母亲却永远离开了我，几年后我的恋人也远去他乡……

艰苦的生活需要希望，鲜活的生命需要爱情，数不完的日子和数不完的心事，都要诉说。

佛什么事都敢干。抄者撅着屁股在菩萨眼皮底下紧抄,被抄者则乘机大肆炫耀其优越感,说一句"我的时间不多你要抄就快点儿",然后故意放大轻松与快乐,去捉蚂蚱、逮蜻蜓,大喊大叫地弹球儿、扇三角,急得抄者流汗,撅起的屁股有节奏地颠,嘴中念念有词,不时扭起头来喊一句:"等我会儿嘿!"其实谁也知道,没法等。还有一回专门是为了比赛胆儿大。"晚上谁敢到那庙里去?""这有什么,嘁!""有什么?有鬼,你敢去吗?""废话!我早都去过了。""牛!""嘿,你要不信嘿……今儿晚上就去你敢不敢?""去就去有什么呀,嘁!""行,谁不去谁孙子敢不敢?""行,几点?""九点。""就怕那会儿我妈不让我出来。""哎哟喂,不敢就说不敢!""行,九点就九点!"那天晚上我们真的到那庙里去了一回,有人拿了个手电筒,还有人带了把水果刀好歹算一件武器。我们走进庙门时还是满天星斗,不一会儿天却阴上来,而且起了风。我们在侧殿的台阶上蹲着,挤成一堆儿,不敢动也不敢大声说话,荒草摇摇,老树沙沙,月亮在云中一跳一跳地走。有人说想回家去撒泡尿。有人说撒尿你就到那边撒去呗。有人说别的倒也不怕,就怕是要下雨了。有人说下雨也不怕,就怕一下雨家里人该着急了。有人说一下雨蛇先出来,然后指不定还有什么呢。那个想撒尿的开始发抖,说不光想撒尿这会儿又想屙屎,可惜没带纸。这样,大家渐渐都有了便意,说憋屎憋尿是要生病的,有个人老是憋屎憋尿后来就变成了罗锅儿。大家惊诧道:是嘛?那就不如都回家上厕所吧。可是第二天,那个最先要上厕所的成了唯一要上厕所的,大家都埋怨他,说要不是他我们还会在那儿呆很久,说不定就能捉到蛇,甚至可能看看鬼。

有一天,那庙院里忽然出现了很多暗红色的粉末,一堆堆像小山似的,不知道是什么,也想不通到底何用。那粉末又干又轻,一脚踩上去"噗"的一声到处飞扬,而且从此鞋就变成暗红色再也别想洗干净。又过了几天,庙里来了一些人,整天在那暗红色的粉末里折腾,于是

史　铁　生
散 文 精 选

一个个都变成暗红色不说，庙墙和台阶也都变成暗红色，荒草和老树也都变成暗红色，那粉末随风而走或顺水而流，不久，半条胡同都变成了暗红色。随后，庙门前挂出了一块招牌：有色金属加工厂。从此游戏的地方没有了，蛇和鬼不知迁徙何方，荒草被锄净，老树被伐倒，只剩下一团暗红色满天满地逐日壮大。再后来，庙堂也拆了，庙墙也拆了，盖起了一座轰轰烈烈的大厂房。那条胡同也改了名字，以后出生的人会以为那儿从来就没有过庙。

我的小学，校园本也是一座庙，准确说是一座大庙的一部分。大庙叫柏林寺，里面有很多合抱粗的柏树。有风的时候，老柏树浓密而深沉的响声一浪一浪，传遍校园，传进教室，使吵闹的孩子也不由得安静下来，使朗朗的读书声时而飞扬时而沉落，使得上课和下课的铃声飘忽而悠扬。

摇铃的老头，据说曾经就是这庙中的和尚，庙既改作学校，他便还俗做了这儿的看门人，看门兼而摇铃。老头极和蔼，随你怎样摸他的红鼻头和光脑袋他都不恼，看见你不快活他甚至会低下头来给你，说：想摸摸吗？孩子们都愿意到传达室去玩，挤在他的床上，挤得密不透风，没大没小地跟他说笑。上课或下课的时间到了，他摇起铜铃，不紧不慢地在所有的窗廊下走过，目不旁顾，一路都不改变姿势。叮当叮当——叮当叮当——，铃声在风中飘摇，在校园里回荡，在阳光里漫散开去，在所有孩子的心中留下难以磨灭的记忆。那铃声，上课时摇得紧张，下课时摇得舒畅，但无论紧张还是舒畅都比后来的电铃有味道，浪漫，多情，仿佛知道你的惧怕和盼望。

但有一天那铃声忽然消失，摇铃的老人也不见了，听说是回他的农村老家去了。为什么呢？据说是因为他仍在悄悄地烧香念佛，而一个崭新的时代应该是无神论的时代。孩子们再走进校门时，看见那铜铃还在窗前，但物是人非，传达室里端坐着一名严厉的老太太，老太

太可不让孩子们在她的办公重地胡闹。上课和下课，老太太只在按钮上轻轻一点，电铃于是"哇——哇——"地叫，不分青红皂白，把整个校园都吓得要昏过去。在那近乎残酷的声音里，孩子们懂得了怀念：以往的铃声，它到哪儿去了？惟有一点是确定的，它随着记忆走进了未来。在它飘逝多年之后，在梦中，我常常又听见它，听见它的飘忽与悠扬，看见那摇铃老人沉着的步伐，在他一无改变的面容中惊醒。那铃声中是否早已埋藏下未来，早已知道了以后的事情呢？

多年以后，我 21 岁，插队回来，找不到工作，等了很久还是找不到，就进了一个街道生产组。我在另外的文章里写过，几间老屋尘灰满面，我在那儿一干 7 年，在仿古的家具上画些花鸟鱼虫、山水人物，每月所得可以糊口。那生产组就在柏林寺的南墙外。其时，柏林寺已改作北京图书馆的一处书库。我和几个同是待业的小兄弟常常就在那面红墙下干活儿。老屋里昏暗而且无聊，我们就到外面去，一边干活一边观望街景，看来来往往的各色人等，时间似乎就轻快了许多。早晨，上班去的人们骑着车，车后架上夹着饭盒，一路吹着口哨，按响车铃，单那姿态就令人羡慕。上班的人流过后，零零散散地有一些人向柏林寺的大门走来，多半提个皮包，进门时亮一亮证件，也不管守门人看不看得清楚便大步朝里面去，那气派更是让人不由得仰望了。并非什么人都可以到那儿去借书和查阅资料的，小 D 说得是教授或者局级才行。"你知道？""废话！"小 D 重感觉不重证据。小 D 比我小几岁，因为小儿麻痹一条腿比另一条腿短了三公分，中学一毕业就到了这个生产组；很多招工单位也是重感觉不重证据，小 D 其实什么都能干。我们从早到晚坐在那面庙墙下，眼观六路耳听八方，不用看表也不用看太阳便知此刻何时。一辆串街的杂货车，"油盐酱醋花椒大料洗衣粉"一路喊过来，是上午九点。收买废品的三轮车来时，大约十点。

史 铁 生
散 文 精 选

磨剪子磨刀的老头总是星期三到,瞄准生产组旁边的一家小饭馆,"磨剪子来嘿——戗菜刀——!"声音十分洪亮;大家都说他真是糟蹋了,干吗不去唱戏?下午三点,必有一群幼儿园的孩子出现,一个牵定一个的衣襟,咿咿呀呀地唱着,以为不经意走进的这个人间将会多么美好,鲜艳的衣裳彩虹一样地闪烁,再彩虹一样地消失。四五点钟,常有一辆囚车从我们面前开过,离柏林寺不远有一座著名的监狱,据说专门收容小偷。有个叫小德子的,十七八岁没爹没妈,跟我们一起在生产组干过。这小子能吃,有一回生产组不知惹了什么麻烦要请人吃饭,吃客们走后,折箩足足一脸盆,小德子买了一瓶啤酒,坐在火炉前稀里呼噜只用了半小时脸盆就见了底。但是有一天小德子忽然失踪,生产组的大妈大婶们四处打听,才知那小子在外面行窃被逮住了。以后的很多天,我们加倍地注意天黑前那辆囚车,看看里面有没有他;囚车呼啸而过,大家一齐喊"小德子!小德子!"小德子还有一个月工资未及领取。

那时,我仍然没头没脑地相信,最好还是要有一份正式工作,倘能进一家全民所有制单位,一生便有了倚靠。母亲陪我一起去劳动局申请。我记得那地方廊回路转的,庭院深深,大约曾经也是一座庙。什么申请呀简直就像去赔礼道歉,一进门母亲先就满脸堆笑,战战兢兢,然后不管抓住一个什么人,就把她的儿子介绍一遍,保证说这一个坐在轮椅上的孩子其实仍可胜任很多种工作。那些人自然是满口官腔,母亲跑了前院跑后院,从这屋被支使到那屋。我那时年轻气盛,没那么多好听的话献给他们。最后出来一位负责同志,有理有据地给了我们回答:"慢慢再等一等吧,全须儿全尾儿的我们这还分配不过来呢!"此后我不再去找他们了。再也不去。但是母亲,直到她去世之前还在一趟一趟地往那儿跑,去之前什么都不说,疲惫地回来时再向她愤怒的儿子赔不是。我便也不再说什么,但我知道她还会去的,她会在两

个星期内重新积累起足够的希望。

我在一篇名为《合欢树》的散文中写过，母亲就是在去为我找工作的路上，在一棵大树下，挖回了一棵含羞草；以为是含羞草，越长越大，其实是一棵合欢树。

大约 1979 年夏天，某一日，我们正坐在那庙墙下吃午饭，不知从哪儿忽然走来了两个缁衣落发的和尚，一老一少仿佛飘然而至。"哟？"大家停止吞咽，目光一齐追随他们。他们边走边谈，眉目清朗，步履轻捷，颦笑之间好像周围的一切都变得空阔甚至是虚拟了。或许是我们的紧张被他们发现，走过我们面前时他们特意地颔首微笑。这一下，让我想起了久违的童年。然后，仍然是那样，他们悄然地走远，像多年以前一样不知走到哪里去了。

"不是柏林寺要恢复了吧？"

"没听说呀？"

"不会。那得多大动静呀咱能不知道？"

"八成是北边的净土寺，那儿的房子早就翻修呢。"

"没错儿，净土寺！"小 D 说，"前天我瞧见那儿的庙门油漆一新我还说这是要干吗呢。"

大家愣愣地朝北边望。侧耳听时，也并没有什么特殊的声音传来。这时我才忽然想到，庙，已经消失了这么多年了。消失了，或者封闭了，连同那可以眺望的另一种地方。

在我的印象里，就是从那一刻起，一个时代结束了。

傍晚，我独自摇着轮椅去找那小庙。我并不明确为什么要去找它，也许只是为了找回童年的某种感觉？总之，我忽然想念起庙，想念起庙堂的屋檐、石阶、门廊，月夜下庙院的幽静与空荒，香缕细细地飘升，

253

史 铁 生
散 文 精 选

然后破碎。我想念起庙的形式。我由衷地想念那令人犹豫的音乐,也许是那样的犹豫,终于符合了我的已经不太年轻的生命。然而,其实,我并不是多么喜欢那样的音乐。那音乐,想一想也依然令人压抑、惶恐、胆战心惊。但以我已经走过的岁月,我不由地回想,不由地眺望,不由地从那音乐的压力之中听见另一种存在了。我并不喜欢它,譬如不能像喜欢生一样地喜欢死。但是要有它。人的心中,先天就埋藏了对它的响应。响应,什么样的响应呢?在我(这个生性愚顽的孩子!),那永远不会是成就圆满的欣喜,恰恰相反,是残缺明确的显露。眺望越是美好,越是看见自己的丑弱,越是无边,越看到限制。神在何处?以我的愚顽,怎么也想象不出一个无苦无忧的极乐之地。设若确有那样的极乐之地,设若有福的人果真到了那里,然后呢?我总是这样想:然后再往哪儿去呢?心如死水还是再有什么心愿?无论再往哪儿去吧,都说明此地并非圆满。丑弱的人和圆满的神,之间,是信者永远的路。这样,我听见,那犹豫的音乐是提醒着一件事:此岸永远是残缺的,否则彼岸就要坍塌。这大约就是佛之慈悲的那一个悲字吧。慈呢,便是在这一条无尽无休的路上行走,所要有的持念。

没有了庙的时代结束了。紧跟着,另一个时代到来了,风风火火。北京城内外的一些有名的寺庙相继修葺一新,重新开放。但那更像是寺庙变成公园的开始,人们到那儿去多是游览,于是要收门票,票价不菲。香火重新旺盛起来,但是有些异样。人们大把大把地烧香,整簇整簇的香投入香炉,火光熊熊,烟气熏蒸,人们衷心地跪拜,祈求升迁,祈求福寿,消灾避难,财运亨通……倘今生难为,可于来世兑现,总之祈求佛祖全面的优待。庙,消失多年,回来时已经是一个极为现实的地方了,再没有什么犹豫。

1996年春天，我坐了八九个小时飞机，到了很远的地方，地球另一面，一座美丽的城市。一天傍晚，会议结束，我和妻子在街上走，一阵钟声把我们引进了一座小教堂（庙）。那儿有很多教堂，清澈的阳光里总能听见飘扬的钟声。那钟声让我想起小时候我家附近有一座教堂，我站在院子里，最多两岁，刚刚从虚无中睁开眼睛，尚未见到外面的世界先就听见了它的声音，清朗、悠远、沉稳，仿佛响自天上。此钟声是否彼钟声？当然，我知道，中间隔了八千公里并四十几年。我和妻子走进那小教堂，在那儿拍照，大声说笑，东张西望，毫不吝惜地按动快门……这时，我看见一个中年女人独自坐在一个角落，默默地望着前方耶稣的雕像。（后来，在洗印出来的照片中，在我和妻子身后，我又看见了她。）她的眉间似有些愁苦，但双手放松地摊开在膝头，心情又似非常宁静，对我们的喧哗一无觉察，或者是我们的喧哗一点也不能搅扰她吧。我心里忽然颤抖——那一瞬间，我以为我看见了我的母亲。

　　我一直有着一个凄苦的梦，隔一段时间就会在我的黑夜里重复一回：母亲，她并没有死，她只是深深地失望了，对我，或者尤其对这个世界，完全地失望了，困苦的灵魂无处诉告，无以支持，因而她走了，离开我们到很远的地方去了，不再回来。在梦中，我绝望地哭喊，心里怨她："我理解你的失望，我理解你的离开，但你总要捎个信儿来呀，你不知道我们会牵挂你不知道我们是多么想念你吗？"但就连这样的话也无从说给她，只知道她在很远的地方，并不知道她到底在哪儿。这个梦一再地走进我的黑夜，驱之不去，我便在醒来时、在白日的梦里为它作一个续：母亲，她的灵魂并未消散，她在幽冥之中注视我并保佑了我多年，直等到我的眺望已在幽冥中与她汇合，她才放了心，重新投生别处，投生在一个灵魂有所诉告的地方了。

　　我希望，我把这个梦写出来，我的黑夜从此也有了皈依了。

黄土地情歌

我总觉得自己还年轻呢,跟二十几岁的人在一起玩不觉得有什么障碍,偶尔想起自己已经四十岁,倒不免心里一阵疑惑。

某个周末,家里来了几个客人,都是二十出头的小伙子。小伙子们没有辜负好年华,都大学毕了业,并且都在谈恋爱;说起爱情的美妙,毫不避讳,大喊大笑。本该是这样。不知怎么话题一转,说起了插队。可能是他们问我的腿是怎么残废的,我说是插队时生病落下的。他们沉默了一会,其中一个说:我爸我妈常给我讲他们插队时候的事。我说:什么什么,你再说一遍?他又说了一遍:我爸我妈,一讲起他们插队时候的事,就没完。

"你爸和你妈,插过队?"

"那还有错儿?"

"在哪儿?"

"山西。晋北。"

"你今年多大了?"

"二十一。知青的第二代,我是老大。"

"你爸你妈他们哪届的？"

"六六届，老高三。今年四十五了。"

不错，回答得挺内行。我暗想：这么说，我们这帮老知青的第二代都到了谈情说爱的年龄？这么说，再有个三五年，我们都可以当爷爷奶奶了？

"你哪年出生？"我愣愣地看他，还是有点儿不信。

"七零年。"他说，"我爸我妈他们六八年走的，一年后结婚，再一年后生了我。"

我还是愣着，把他从头到脚再看几遍。

"您瞧是不是我不该出生？"他调侃道。

"不不不，"我说。大家笑起来。

不过我心里暗想，他的出生，一定曾使他的父母陷入十分困难的处境。

"你爸你妈怎么给你讲插队的事？"

他不假思索，说有一件事给他印象最深：第一年他爸他妈回北京探亲，在农村干了一年连路费都没挣够，只好一路扒车。（扒车，就是坐火车不买票或只买一张站台票，让列车员抓住看你确实没钱，最多也就是把你轰下来。）没钱，可那时年轻，有一副经得起摔打的好身体，住不起旅馆就蹲车站，车上没你的座位你就站着，见查票的来了赶紧往厕所躲，躲不及就又被轰下去，轰下去就轰下去，等一辆车再上，还是一张站台票。归心似箭，就这样一程一程，朝圣般地向京城推进。如此日夜兼程，可是把他爸他妈累着了。有一次扒上一趟车，谢天谢地车上挺空，他爸他妈一人找了一条大椅子纳头便睡。接连几个小站过去，车上的人多了，有人把他爸叫起来，说座位是大家的不能你一个人睡，他爸点点头让人家坐下。再过一会，又有人去叫他妈起来。他爸看着心疼。爱情给人智慧，他爸灵机一动，指指他妈对众人说："别

史 铁 生
散 文 精 选

理她,疯子。"众人于是退避三舍,听由他妈睡得香甜。

我说他的出生一定曾使他的父母陷入困境,不单是指经济方面,主要是指舆论。二十年前的中国,爱情羞羞答答的常被认为是一种不得不犯的错误;尤其一对知识青年,来到农村的广阔天地尚未大有作为,先谈情说爱,至少会被认为革命意志消沉。革命、进步、大有作为,甚至艰苦奋斗,这些概念与爱情几乎是水火不相容的;革命样板戏里的英雄人物差不多全是独身。那时候,爱情如同一名逃犯,在光明正大的场合无处容身;戏里不许有,书里不许有,歌曲里也不许有。不信你去找,那时的中国的歌曲里绝找不到爱情这个词。以往的歌曲除了《国歌》,外国歌曲除了《国际歌》,一概被指责为黄色。所以,我看着我这位年轻的朋友,心里不免佩服他父母当年的勇敢,想到他们的艰难。

但是二十岁上下的人,不谈恋爱尚可做到,不向往爱情则不可能,除非心理有毛病。

当年我们一同去插队的二十个人,大的刚满十八,小的还不到十七。我们从北京乘火车到西安、到铜川,再换汽车到延安,一路上嘻嘻哈哈,感觉就像是去旅游。冷静时想一想未来,浪漫的诗意中也透露几分艰险,但"越是艰险越向前",大家心里便都踏实些,默默地感受着崇高与豪迈。然后互相勉励:"咱们不能消沉。""对对。""咱们不能学坏。""那当然。""咱们不能无所作为。""人的能力有大小,只要……""咱们不能抽烟。""谁抽烟咱们大伙抽谁!""更不能谈恋爱,不能结婚。""唏——!"所有人都做出一副轻蔑或厌恶的表情,更为激进者甚至宣称一辈子不做那类庸俗的勾当。但是插队的第二年,我们先取销了"不能抽烟"的戒律。在山里受一天苦,晚上回来常常只能喝上几碗"钱钱饭",肚子饿,嘴上馋,两毛钱买包烟,够几个人享受两晚上,聊补嘴上的欲望这是最经济的办法了。但是抽烟不可让那

群女生看见，否则让她们看不起。这就有些微妙，既然立志独身，何苦又那么在意异性的评价呢？此一节不及深究，紧跟着又纷纷唱起"黄歌"来。所谓黄歌，无非是《莫斯科郊外的晚上》呀，《卡秋莎》呀，《灯光》、《小路》、《红河村》等等。不知是谁弄来一本《外国名歌200首》，大家先被歌词吸引。譬如："一条小路曲曲弯弯细又长，一直通向迷雾的远方，我要沿着这条细长的小路，跟随我的爱人上战场……"譬如："有位年轻的姑娘，送战士去打仗。他们黑夜里告别，在那台阶前。透过淡淡的薄雾，青年看见，在那姑娘的窗前，还闪烁着灯光。"多美的歌词。大家都说好，说一点都不黄，说不仅不黄而且很革命。于是学唱。晚上，在昏暗的油灯下认真地学唱，认真的程度不亚于学《毛选》。推开窑门，坐在崖畔，对面是月色中的群山，脚下就是那条清平河，哗哗啦啦日夜不歇。"正当梨花开遍了天涯，河上飘荡柔漫的轻纱，卡秋莎站在那峻峭的岸上，歌声好像明媚的春光。"歌声在大山上撞起回声，顺着清平川漫散得很远。唱一阵，歇下来，大家都感动了，默不作声。感动于什么呢？至少大家唱到"姑娘""爱人"时都不那么自然。意犹未尽，再唱："走过来坐在我的身旁，不要离别得这样匆忙，要记住红河村你的故乡，还有那热爱你的姑娘。"难道这歌也很革命么？管他的！这歌更让人心动。那一刻，要是真有一位姑娘对我们之中的不管谁，表示与那歌词相似的意思，谁都会走过去坐在她的身旁。正如《毛选》中云"民主是主流，反民主的反动只是一股逆流"一样，对二十岁上下的人来说，爱情是主流，反爱情的反动也只是一股逆流。不过这股逆流一时还很强大，仍不敢当着女生唱这些歌，怕被骂作流氓，爱情的主流只在心里涌动。既是主流，就不可阻挡。有几回下工回来，在山路上边走边唱，走过一条沟，翻过一道梁，唱得正忘情，忽然迎头撞上了一个或是几个女生，虽赶忙打住但为时已晚，料必那歌声已进入姑娘的耳朵（但愿不仅仅是耳朵，还有心田）。这可咋办？大家慌一阵，

史　铁　生
散　文　精　选

说:"没事。"壮自己的胆。说:"管她们的!"撑一撑男子汉的面子。"她们听见了吗?""那还能听不见?""她们的脸都红了。""是吗?""当然。""听他胡说呢。""嘿,谁胡说谁不是人!""你看见的?""废话。"这倒是个不坏的消息,是件值得回味的事,让人微微地激动。不管怎么说,这歌声在姑娘那儿有了反应,不管是什么反应吧,总归比仅仅在大山上撞起回声值得考虑。主流毕竟是主流,不久,我们听见女生们也唱起"黄歌"来了:"小伙子你为什么忧愁?为什么低着你的头?是谁叫你这样伤心?问他的是那赶车的人……"

　　想来,人类的一切歌唱大概正是这样起源。或者说一切艺术都是这样起源。艰苦的生活需要希望,鲜活的生命需要爱情,数不完的日子和数不完的心事,都要诉说。民歌尤其是这样。陕北民歌尤其是这样。"百灵子过河沉不了底,三年两年忘不了你。有朝一日见了面,知心的话儿要拉遍。""蛤蟆口灶火烧干柴,越烧越热离不开。""鸡蛋壳壳点灯半炕炕明,烧酒盅盅量米不嫌哥哥穷。""白脖子鸭儿朝南飞,你是哥哥的勾命鬼。半夜里想起干妹妹,狼吃了哥哥不后悔。"情歌在一切民歌中都占着很大的比例,说到底,爱是根本的希望,爱,这才需要诉说。在山里受苦,熬煎了,老乡们就扯开嗓子唱,不像我们那么偷偷摸摸的。爱嘛,又不是偷。"墙头上跑马还嫌低,面对面睡觉还想你。把住哥哥亲了个嘴,肚子里的疙瘩化成水。"但是反爱情的逆流什么时候都有:"大红果子剥皮皮,人家都说我和你,本来咱俩没关系,好人摊上个赖名誉。""不怨我爹来不怨我娘,单怨那媒人嘴长。""我把这个荷包送与你,知心话儿说与你,哥哎哟,千万你莫说是我绣下的。你就说是十字街上买来的,掏了(么)三两银,哥哎哟,千万你莫说是我绣下的。"不过我们已经说过了,主流毕竟是主流,把主流逼急了是要造反的:"你要死哟早早些死,前响死来后响我兰花花走。""对面价沟里拔黄蒿,我男人倒叫狼吃了。先吃上身子后吃上脑,倒把老奶奶害

除了。""我把哥哥藏在我家,毒死我男人不要害怕。迟来早去是你的人,跌到一起再结婚。"真正是无法无天。但上帝创造生命想必不是根据法,很可能是根据爱;一切逆流就便是有法的装饰,也都该被打倒。老乡们真诚而坦率地唱,我们听得骚动,听得心惊,听得沉醉,那情景才用得上"再教育"这三个字呢。我在《插队的故事》那篇小说中说过,陕北民歌中常有些哀婉低回的拖腔,或欢快嘹亮的呐喊,若不是在舞台上而是在大山里,这拖腔或呐喊便可随意短长。比如说《三十里铺》:"提起——这家来家有名……"比如《赶牲灵》:"走头头的那个骡子儿哟——三盏盏的那个灯……""提起"和"骡子儿哟"之后可以自由地延长,直到你心里满意了为止。根据什么?我看是根据地势,在狭窄的沟壑里要短一些,在开阔的川地里或山顶上就必须长,为了照顾听者的位置吗?可能,更可能是为了满足唱者的感觉,天人合一,这歌声这心灵,都要与天地构成和谐的形式。

民歌的魅力之所以长久不衰,因为它原就是经多少代人锤炼淘汰的结果。民歌之所以流传得广泛,因为它唱的是平常人的平常心。它从不试图揪过耳朵来把你训斥一顿,更不试图把自己装点得多么白璧无瑕甚至多么光彩夺目,它没有吓人之心,也没有取宠之意,它不想在众人之上,它想在大家中间,因而它一开始就放弃拿腔弄调和自命不凡,它不想博得一时癫狂的喝彩,更不希望在其脚下跪倒一群乞讨恩施的"信徒",它的意蕴是生命的全息,要在天长地久中去体味。道法自然,民歌以真诚和素朴为美。真诚而素朴的忧愁,真诚而素朴的爱恋,真诚而素朴的希冀与憧憬,变成曲调,贴着山走,沿着水流,顺着天游信着天游;变成唱词,贴着心走沿着心流顺着心游信着心游。

其实,流行歌曲的起源也应该是这样——唱平常人的平常心,唱平常人的那些平常的牵念,喜怒哀乐都是真的、刻骨铭心的、魂牵梦萦的,珍藏的也好坦率的也好都是心灵的作为,而不是喉咙的集市。

史　铁　生
散文精选

也许是我老了，怎么当前的流行歌曲能打动我的那么少？如果是我老了，以下的话各位就把它随便当成什么风刮过去拉倒。我想，几十几百年前可能也有流行歌曲，有很多也那么旋风似的东南西北地刮过（比如"大跃进"时期的、"文化大革命"时期的），因其不是发源于心因而也就不能留驻于心，早已被人淡忘了。我想，民歌其实就是往昔的流行歌曲之一部分，多少年来一直流传在民间因而后人叫它民歌。我想，经几十甚至几百年而流传至今的所有歌曲，或许当初都算得流行歌曲（不能流行起来也就不会流传下去），它们所以没有随风刮走，那是因为一辈辈人都从中听见自己的心，乃至自己的命。"门前有棵菩提树，站在古井边，我做过无数美梦，在它的绿荫间……""老人河啊，老人河，你知道一切，但总是沉默……"不管是异时的还是异域的，只要是从心里流出来的，就必定能够流进心里去。可惜，在此我只能例举出一些歌词，不能让您听见它的曲调，但是通过这些歌词您或许能够想像到它的曲调，那曲调必定是与市场疏离而与心血紧密的。我听有人说，我们的流行歌曲一直没有找到自己恰当的唱法，港台的学过了，东洋西洋的也都学过了，效果都不好，给人又做偷儿又装阔佬的感觉。于是又有人反其道而行，专门弄土，但那土都不深，扬一把在脑袋上的肯定不是土壤，是浮土要么干脆是灰尘。"我家住在黄土高坡，大风从门前刮过"，虽然"高"和"大"都用上了，听着却还是小气；因为您再听："不管是东南风还是西北风，都是我的歌……"这无异于是声称，他对生活没有什么自己的看法，他没心没肺。真要没心没肺一身的仙风道骨也好，可那时候"风"里恰恰是能刮来钱的，挣钱无罪，可这你就不能再说你对生活没有什么看法了。假是终于要露马脚的。歌唱，原是真诚自由的诉说，若是连歌唱也假模假势起来，人活着可真就绝望。我听有人说起对流行歌曲的不满，多是从技术方面考虑，技术是重要的，我不懂，不敢瞎说。但是单纯的技术观点对歌曲是极不利的，歌么，

还是得从心那儿去找它的源头和它的归宿。

　　写到这儿我怀疑了很久，反省了很久：也许是我错了？我老了？一个人只能唱他自己以为真诚的歌，这是由他的个性和历史所限定的。一个人尽管他虔诚地希望理解所有的人，那也不可能。一代人与一代人的历史是不同的，这是代沟的永恒保障。沟不是坏东西，有山有水就有沟，地球上如果都是那么平展展的，虽然希望那都是良田但事实那很可能全是沙漠。别做暴君式的父辈，让儿女都跟自己一般高（我们曾经做那样可怜的儿女已经做得够够的了）。此文开头说的那位二十一岁的朋友——我们知青的第二代，他喜欢唱什么歌呢？有机会我要问问他。但是他愿意唱什么就让他唱什么吧，世上的紧张空气多是出于瞎操心，由瞎操心再演变为穷干涉。我们的第二代既然也快到了恋爱的季节，我们尤其要注意：任何以自己的观念干涉别人爱情的行为，都只是一股逆流。

1991 年 8 月

相逢何必曾相识

等有一天我们这伙人真都老了，七十，八十，甚至九十岁，白发苍苍还拄了拐棍儿，世界归根结蒂不是我们的了，我们已经是（夏令时）傍晚七八点钟的太阳，即便到那时候，如果陌路相逢我们仍会因为都是"老三届"而"相逢何必曾相识"。那么不管在哪儿，咱们找一块不碍事的地方坐下——再说那地方也清静。"您哪届？""六六。您呢？"（当年是用"你"字，那时都说"您"了，由此见出时间的作用。）"我六八。""初六八高六八？""老高一。""那您大我一岁，我老初三。"倘此时有一对青年经过近旁，小伙子有可能拉起姑娘快走，疑心这俩老家伙念的什么咒语。"那时候您去了哪儿？""云南（或者东北、内蒙、山西）。您呢？""陕北，延安。"这就行了，我们大半的身世就都相互了然。这永远是我们之间最亲切的问候和最有效的沟通方式，是我们这代人的专利。66、67、68，已经是多么遥远了的年代。要是那一对青年学过历史，他们有可能忽然明白那不是咒语，那是20世纪中极不平常的几年，并且想起考试时他们背诵过几个拗口的词句：插队、知青、接受贫下中农的再教育……如果他们恰恰是钻研史学的，如果他们走

来，如同发现了活化石那样地发现了我们，我想我们不太介意，历史还要走下去，我们除了不想阻碍它之外，正巧还想为"归根结蒂不是我们的"世界有一点用处。

我们能说点什么呢？上得了正史的想必都已上了正史。几十年前的喜怒哀乐和几百几千年前的喜怒哀乐一样，都根据当代人的喜怒哀乐成为想象罢了。我们可以讲一点儿单凭想象力所无法触及的野史。

比如，要是正史上写"千百万知识青年满怀革命豪情奔赴农村、边疆"，您信它一半足够了，记此正史的人必是带了情绪。我记得清楚，1968年末的一天，我们学校专门从外校请来一位工宣队长，为我们作动员报告，据说该人在"上山下乡的动员工作"上很有成就。他上得台来先是说："谁要捣乱，我们拿他有办法。"台下便很安静了。然后他说："现在就看我们对毛主席忠还是不忠了。"台下的呼吸声就差不多没有，随后有人带头喊亮了口号。他的最后一句话尤为简洁有力："你报名去，我们不一定叫你去，不报名的呢，我们非叫你去不可。"因而造成一段历史疑案：有多少报了名的是真心想去的呢？

什么时候也有勇敢的人，你说出大天来他就是不去，不去不去不去！威赫如那位工宣队长者反而退怯。这里面肯定含着一条令人快慰的逻辑。

我去了延安。我从怕去变为想去，主要是好奇心的驱使，是以后屡屡证明了的惯做白日梦的禀性所致，以及不敢违逆潮流之怯懦的作用。唯当坐上了西行的列车和翻山越岭北上的卡车时，才感受住一缕革命豪情。唯当下了汽车先就看见了一些讨饭的农民时，才于默然之间又想到了革命。也就是在那一路，我的同学孙立哲走上了他的命定之途。那是一本《农村医疗手册》引发的灵感。他捧定那书看了一路，说："咱们干赤脚医生吧。"大家都说好。

立哲后来成了全国知名的知青典型，这是正史上必不可少的一页。

史　铁　生
散　文　精　选

但若正史上说他有多么高的政治水平，您连十分之一都甭信。立哲要是精于政治，"四人帮"也能懂人道主义了。立哲有的是冲不垮的事业心和磨不尽的人情味，仅此而已。再加上我们那地方缺医少药，是贫病交困的农民们把他送上了行医的路。所以当"四人帮"倒台后，有几个人想把立哲整成"风派""闹派"时，便有几封数百个农民签名（或委托）的信送去北京，担保他是贫下中农最爱戴的人。

我们那个村子叫关家庄，离延川县城80里，离永坪油矿35里，离公社10里。第一次从公社往村里去的路上，我们半开玩笑地为立哲造舆论："他是大夫。""医生噢？"老乡问，"能治病了吧？""当然，不能治病算什么医生。""对。就在咱庄里盛下呀是？""是。""咳呀——，那就好。"所以到村里的第二天就有人来找立哲看病，我们七手八脚地都做他的帮手和参谋。第一个病人是个老婆儿——发烧、发冷、满脸起的红斑。立哲翻完了那本《农村医疗手册》说一声：丹毒。于是大伙把从北京带来的抗生素都拿出来，把红糖和肉松也拿出来。老婆儿以为那都是药，慌慌地问："多少价？"大伙回答："不要钱。"老婆儿惊诧之间已然发了一身透汗，第一轮药服罢病已好去大半。单是那满脸的红斑经久不消。立哲再去看书，又怀疑是否红斑狼疮。这才想起问问病史。老婆儿摸摸脸："你是问这？胎里作下的嘛。""生下来就有？""噢——嘛！"当然，后来立哲的医道日益精深，名不虚传。

说起那时陕北生活的艰辛，后人有可能认为是造谣。"糠菜半年粮"已经靠近了梦想，把菜去掉换一个汤字才是实情。"一分钱掰成两半花"呢，就怕真的掰开倒全要作废，所以才不实行。怎样算一个家呢？一眼窑，进门一条炕，炕头连着锅台，对面一张条案，条案上放两只木箱和几个瓦罐，窑掌里架起一只存粮的囤，便是全部家当。怎样养活一个家呢？男人顶着月亮到山里去，晚上再顶着月亮回来，在青天黄土之间用全部生命去换那每年人均不足三百斤的口粮。民歌里

唱"人凭衣裳马凭鞍，婆姨们凭的是男子汉"，其实这除了说明粮食的重要之外不说明其它，婆姨们的苦一点不比男人们的轻，白天喂猪、养鸡、做饭，夜晚男人们歇在炕头抽烟，她们要纺线、织布、做衣裳，农活紧了她们也要上山受苦，一家人的用度还是她们半夜里醒来默默地去盘算。民歌里唱"鸡蛋壳壳点灯半炕炕明，酒盅盅量米不嫌哥哥穷"，差不多是真的。好在我们那儿离油矿近，从废弃的油井边掏一点黑黑的原油拿回家点灯，又能省下几个钱。民歌唱"出的牛马力，吃的猪狗食"，说是夸张吗？那是因为其时其地的牛马们苦更重，要是换了草原上的牛马，就不好说谁夸张了谁。猪是一家人全年花销的指望，宁可人饿着不能饿了它们，宁可人瘦下去也得把它们养肥，然后卖成钱，买盐，买针线、农具、染布的颜料、娃娃上学要用的书和笔，余下的逐年积累，待娃娃长大知道要婆姨了的时候去派用场。唯独狗可以忽视，所以全村再难找到一头有能力与狼搏斗的狗了。然而，狗仍是最能让人得到温暖的动物，它们饿得昏昏的也还是看重情谊，这自然是值得颂扬的；但它们要是饿紧了偶然偷了一回嘴呢，你看那生性自轻自贱的目光吧——含满了惭愧和自责，这就未必还是好品质。我彻底厌恶"儿不嫌母丑，狗不嫌家贫"的理论。人不是一辈子为了当儿子（或者孙子）的，此其一；人在数十万年前已经超越了所有的动物，此其二；第三，人若不嫌母丑母亲就永远丑下去，要是不嫌家贫闹革命原本是为了什么呢？找遍陕北民歌你找不到"狗不嫌家贫"这样的词句，有的都是人的不屈不息的渴盼，苦难中的别离，煎熬着的深情，大胆到无法无天的爱恋："三天没见哥哥面，大路上行人都问遍。""风尘尘不动树梢梢摆，梦也梦不见你回来。""白格生生蔓菁绿缨缨，大女子养娃娃天生成。""我把哥哥藏在我家，毒死我男人不要害怕。""陕北出了个刘志丹，他带上队伍上横山。""洗了个手来和白面，三哥哥吃了上前线。""想你想得眼发花，土坷垃看成个枣红马。""崖畔上开花崖畔上红，

267

史 铁 生
散 文 精 选

受苦人过得好光景。"所有的希冀都借助自古情歌的旋律自由流淌，在黄褐色的高原上顺天游荡。在山里受苦时，乡亲们爱听我们讲北京的事，听得羡慕但不嫉妒，"哎呀——，哎呀——"地赞叹，便望那望不尽的山川沟壑，产生一些憧憬，说"咱这搭儿啥时也能像了北京似……"接着叹一声："不比当年了嘛，人家倒把咱给忘球喽。"于是继续抡动起七八斤重的老镢，唱一声："六月里黄瓜下了架，巧口口那个说下哄人的话。"再唱一声："噢，噢，噢嗬，噢嗬嗬，噢嗬嗬——！说是了天上没灵儿神，刮风了下雨是吼雷儿声，我问你就知情是不知儿情……"

我们刚去的那年是个风调雨顺的丰产年，可是公粮收得狠，前一年闹灾荒欠下的公粮还要补足，结果农民是丰产不丰收，我亲眼见村里几个最本分的汉子一入冬就带着全家出门要饭去了。胆大又有心计的人就搞一点"投机倒把"，其实什么投机倒把，无非是把自家舍不得吃的一点白面蒸成馍，拿到几十里地外的车站去卖个高价，多换些玉米高粱回来，为此要冒坐大狱的危险。有手艺的人就在冬闲时出门耍手艺，木匠、石匠，还有画匠。我还做过几天画匠呢。外头来的那些画匠的技艺实在不宜恭维，我便自报奋勇为乡亲们画木箱。木箱做好，上了大红的漆，漆干了在上面画些花鸟鱼虫，再写几个吉利的字。外来的画匠画一对木箱要十几块钱，我只要主人顶我一天工，外加一顿杂面条条儿。那时候真是馋呀，知青灶上做不成那么好吃的杂面条条儿；山里挖来的小蒜捣烂，再加上一种叫作 CeMa（弄不清是哪两个字）的佐料，实在好吃得很。我的画技还算可以，真的，不吹牛。老乡把我画的木箱担到集上卖，都卖了好价钱。画了十几对不能再画了。大家都认为，画一对木箱自家用，算得上是为贫下中家做了好事，但有人把它担到集上去赚钱就不是社会主义。我便再难吃上那热热的香香的杂面条条儿了。

历史总归会记得，那块古老的黄土地上曾经来过一群北京学生，

他们在那儿干过一些好事，也助长过一些坏事。比如，我们激烈地反对过小队分红。关家庄占据着全川最好的土地，公社便在此搞大队分红试点，我们想，越小就越要滋生私欲，越大当然就越接近公，一大二公嘛，就越看得见共产主义的明天。谁料这样搞的结果是把关家庄搞成全川最穷的村了。再比如，我们吃三喝四地批斗过那些搞"投机倒把"或出门耍手艺赚钱的人，吓得人家老婆孩子"好你了，好你了"一股劲儿央告。还有，在"以粮为纲"的激励下，知识青年带头把村里的果树都砍了，种粮食。果树的主人躲在窑里流泪，真仿佛杨白劳再世又撞见了黄世仁。好在几年后我们知道不能再那么干了，我们开始弄懂一些中国的事了。读了些历史也看见了些历史，读了些理论又亲历了些生活，知道再那样干不行。尤其知青的命运和农民们的命运已经联在一起了，这是我们那几届"老插"得天独厚之处，至少开始两年我们差不多绝了回城的望，相信就将在那高原上繁衍子孙了，谁处在这位置谁都会幡然醒悟，那样干是没有活路的。

当然，一有机会我们还是都飞了，飞回城，飞出国，飞得全世界都有。这现象说起来复杂，要想说清其中缘由，怕是得各门类学者合力去写几本大书。

1984年，我在几位作家朋友的帮助下又回了一趟陕北。因为政策的改善，关家庄的生活比十几年前自然是好多了，不敢说丰衣，钱也还是没有几个，但毕竟足食了。乡亲们迎我到村口，家家都请我去吃饭，吃的都是白面条条儿。我说我想吃杂面条条儿。众人说："哎呀——，谁晓得你爱吃那号儿？"但是，农民们还是担心，担心政策变了还不是要受穷？担心连遇灾年还不是要挨饿？陕北，浑浊的黄河两岸，赤裸的黄土高原，仍然是得靠天吃饭。

那年我头一次走了南泥湾。歌里唱它是"陕北的好江南"，我一向认为是艺术夸张，但亲临其地一看，才知道当年写歌词的人都还没学

史 铁 生
散 文 精 选

会说假话呢。那儿的山是绿的，水是清的，空气也是湿润的，川地里都种的水稻，汽车开一路，两旁的树丛中有的是野果和草药，随时有野鸡、野鸽子振翅起落。究其所以，盖因那满山遍野林木的作用。深谙历史的人告诉我，几百年前的陕北莽莽苍苍都是原始森林。但是一出南泥湾的地界，无边无际又全是灼目的黄土了。我想，要是当年我们一来就开始种树造林，现在的陕北已是一块富庶之地了。我想要是那样，这高原早已变绿，黄河早已变清了。我想，眼下这条浑浊的河流，这片黄色的土地，难道是民族的骄傲吗？其实是罪过，是耻辱。但是见过了南泥湾，心里有了希望：种树吧种树吧种树吧，把当年红卫兵的热情都用来种树吧，让祖国山河一片绿吧！不如此不足使那片贫穷的土地有个根本的变化。

篇幅所限，不能再说了。插队的岁月忘不了，所有的事都忘不了，说起来没有个完。自己为自己盖棺论定是件滑稽的事，历史总归要由后人去评说。再唠叨两句闲话作为结束语吧：要是一罐青格凌凌的麻油洒在了黄土地上，怎么办？别着急，把浸了油的黄土都挖起来，放进锅里重新熬；当年乡亲们的日子就是这么过的。再有，现在流行"砍大山"一语，不知与我们当年的掏地有无关联？掏地就是刨地，是真正抡圆了镢头去把所有僵硬的大山都砍得松软；我们的青春就是这样过的。还有一件值得回味的事，我们十七八岁去插队时，男生和女生互相都不说话，心里骚骚动动的但都不敢说话，远远地望一回或偶尔说上一句半句，浑身热热的但还是不敢说下去；我们就是这样走进了人生的。这些事够后世的年轻人琢磨的，要是他们有兴趣的话。

1991年2月14日

悼路遥

我当年插队的地方，延川，是路遥的故乡。我下乡，他回乡，都是知识青年。那时我在村里喂牛，难得到处去走，无缘见到他。我的一些同学见过他，惊讶且叹服地说那可真正是个才子，说他的诗、文都写得好，说他而且年轻，有思想有抱负，说他未来不可限量。后来我在《山花》上见了他的作品，暗自赞叹。那时我既未做文学梦，也未及去想未来，浑浑噩噩。但我从小喜欢诗、文，便十分地羡慕他，十分的羡慕很可能就接近着嫉妒。

第一次见到他，是在北京。其时我已经坐上了轮椅，路遥到北京来，和几个朋友一起来看我。坐上轮椅我才开始做文学梦，最初也是写诗，第一首形成的诗也是模仿了信天游的形式，自己感觉写得很不像话，没敢拿给路遥看。那天我们东聊西扯，路遥不善言谈，大部分时间里默默地坐着和默默地微笑。那默默之中，想必他的思绪并不停止。就像陕北的黄牛，停住步伐的时候便去默默地咀嚼。咀嚼人生。此后不久，他的名作《人生》便问世，从那小说中我又听见陕北，看见延安。

第二次见到他是在西安，在省作协的院子里。那是1984年，我在

史　铁　生
散 文 精 选

朋友们的帮助下回陕北看看，路过西安，在省作协的招待所住了几天。见到路遥，见到他的背有些驼，鬓发也有些白，并且一支接一支地抽烟。听说他正在写长篇，寝食不顾，没日没夜地干。我提醒他注意身体，他默默地微笑，我再说，他还是默默地微笑。我知道我的话没用，他肯定以默默的微笑抵挡了很多人的劝告了。那默默的微笑，料必是说：命何足惜？不苦其短，苦其不能辉煌。我至今不能判断其对错。唯再次相信"性格即命运"。然后我们到陕北去了，在路遥、曹谷溪、省作协领导李若冰和司机小李的帮助下，我们的那次陕北之行非常顺利、快乐。

第三次见到他，是在电视上"正大综艺"节目里。主持人介绍那是路遥，我没理会，以为是另一个路遥，主持人说这就是《平凡的世界》的作者，我定睛细看，心重重地一沉。他竟是如此地苍老了，若非依旧默默地微笑，我实在是认不出他了。此前我已听说他患了肝病，而且很重，而且仍不在意，而且一如既往笔耕不辍奋争不已。但我怎么也没料到，此后不足一年，他会忽然离开这个平凡的世界。

他不是才42岁么？我们不是还在等待他在今后的42年里写出更好的作品来么？如今"人生九十古来稀"的时代，怎么会只给他42年的生命呢？这事让人难以接受。这不是哭的问题。这事，沉重得不能够哭了。

有一年王安忆去了陕北，回来对我说："陕北真是荒凉呀，简直不能想象怎么在那儿生活。"王安忆说："可是路遥说，他今生今世是离不了那块地方的。路遥说，他走在山山川川沟沟峁峁之间，忽然看见一树盛开的桃花、杏花，就会泪流满面，确实心就要碎了。"我稍稍能够理解路遥，理解他的心是怎样碎的。我说稍稍理解他，是因为我毕竟只在那儿住了3年，而他的42年其实都没有离开那儿。我们从他的作品里理解他的心。他在用他的心写他的作品。可惜还有很多好作品

没有出世，随着他的心，碎了。

　　这仍然不止是一个哭的问题。他在这个平凡的世界上倒下去，留下了不平凡的声音，这声音流传得比 42 年长久得多了，就像那块黄土地的长久，像年年都要开放的山间的那一树繁花。

1992 年 12 月 15 日于北京

书信卷

给盲童朋友

各位盲童朋友,我们是朋友。我也是个残疾人,我的腿从21岁那年开始不能走路了,到现在,我坐着轮椅又已经度过了21年。残疾送给我们的困苦和磨难,我们都心里有数,所以不必说了。以后,毫无疑问,残疾还会一如既往地送给我们困苦和磨难,对此我们得有足够的心理准备。我想,一切外在的艰难和阻碍都不算可怕,只要我们的心理是健康的。

譬如说,我们是朋友,但并不因为我们都是残疾人我们才是朋友,所有的健全人其实都是我们的朋友,一切人都应该是朋友。残疾是什么呢?残疾无非是一种局限。你们想看而不能看。我呢,想走却不能走。那么健全人呢,他们想飞但不能飞——这是一个比喻,就是说健全人也有局限,这些局限也送给他们困苦和磨难。很难说,健全人就一定比我们活得容易,因为痛苦和痛苦是不能比出大小来的,就像幸福和幸福也比不出大小来一样。痛苦和幸福都没有一个客观标准,那完全是自我的感受。因此,谁能够保持不屈的勇气,谁就能更多地感受到幸福。生命就是这样一个过程,一个不断超越自身局限的过程,这就

史 铁 生
散 文 精 选

是命运,任何人都是一样,在这过程中我们遭遇痛苦,超越局限,从而感受幸福。所以一切人都是平等的,我们毫不特殊。

我们残疾人最渴望的是与健全人平等。那怎么办呢?我想,平等不是以吃或可以穿的身外之物,它是一种品质,或者一种境界,你有了你就不用别人送给你,你没有,别人也无法送给你。怎么才能有呢?只要消灭了"特殊",平等自然而然就会来了。就是说,我们不因为身有残疾而有任何特殊感。我们除了比别人少两条腿或少一双眼睛之外,除了比别人多一辆轮椅或多一根盲杖之外,再不比别人少什么和多什么,再没有什么特殊于别人的地方,我们不因为残疾就忍受歧视,也不因为残疾去摘取殊荣。如果我们干得好别人称赞我们,那仅仅是因为我们干得好,而不是因为我们事先已经有了被称赞的优势。我们靠货真价实的工作赢得光荣。当然,我们也不能没有别人的帮助,自尊不意味着拒绝别人的好意。只想帮助别人而一概拒绝别人的帮助,那不是强者,那其实是一种心理的残疾,因为事实上,世界上没有任何人不需要别人的帮助。

我们既不能忘记残疾朋友,又应该努力走出残疾人的小圈子,怀着博大的爱心,自由自在地走进全世界,这是克服残疾、超越局限的最要紧的一步。

给安妮·居里安的信

安妮：

　　您好！

　　来信收到。我最近正与别人合作写一部电影剧本，很大程度上是为了生计，电影剧本的稿费要比小说和散文高得多。写电影，基本上是奉命之作，要根据导演和电影市场的要求去写。写完一稿了，导演不满意，还要再写一稿，很累，以致血压也高上去。所以，眼下我有点不敢接受您的约稿。我想，就在这封信中，谈谈我何以特别喜欢玛格丽特·杜拉丝和罗伯-格里耶的作品吧。

　　其实，法国当代文学我读得很少，杜拉丝和罗伯-格里耶的作品我也只读过几篇。所以我不如明智些，把话题限制得尽量小：单就罗伯-格里耶的《去年在马里昂巴德》和杜拉丝的《情人》说说我的感受。

　　我曾对搞比较文学的朋友说过：为什么不在中国的《红楼梦》与法国的《去年在马里昂巴德》之间做些文章呢？这两部作品的形式殊异，但其意旨却有大同。《红楼梦》是中国小说最传统的写法，曹雪芹

史 铁 生
散 文 精 选

生于二百多年前；《去年在马里昂巴德》是法国新小说派的代表作，罗伯-格里耶活在当代。但这并不妨碍我从中看到，两部作品或两位作家的意趣有着极为相似的由来与投奔。罗伯-格里耶在他这部作品的导言中写道："在这个封闭的、令人窒息的天地里，人和物好像都是某种魔力的受害者，就好像在梦中被一种无法抵御的诱惑所驱使，企图改变一下这种驾驭和设法逃跑都是枉费心机的。"又写道："她（女主角A）好像接受成为陌生人（男主角X）所期待的人，跟他一起出走，去寻找某种东西，某种尚无名状的东西，某种别有天地的东西：爱情、诗境、自由……或许死亡……"我感到，这也正是曹雪芹在《红楼梦》中所要说的，虽然我们没有直接听到他这样说。

那个陌生男子X，走过漫无尽头的长廊，走进那座豪华、雕琢、一无生气的旅馆，正像那块"通灵宝玉"的误入红尘。那旅馆和荣、宁二府一样，里面的人百无聊赖、拘谨呆板、矫揉造作，仿佛都被现实社会的种种规矩（魔法）摄去了灵魂，或者他们的灵魂不得不藏在考究的衣服和矫饰的表情后面，在那儿昏迷着，奄奄一息，无可救药。唯有一个女人非同一般（《马》中的A和《红》中的林黛玉），这女人便是生命的梦想之体现，在这死气沉沉的世界里，唯有梦想能够救我们出去。这梦想就是爱，久远的爱的盟约，未来的自由投奔。爱情是什么？就是自由的心魂渴望一同抵抗"现世魔法"的伤害和杀戮。因这"现世魔法"的统治，人类一直陷于灵魂的战争，这战争不是以剑与血的方式，而是以对自由心魂的窒息、麻醉和扼杀为要点。在这样的现世中，在那个凄凉的旅馆和荣、宁二府里，一个鲜活的欲望需要另一个不甘就死的生命的应答，这时候，爱情与自由是同意的，唤醒久远的爱的盟约便是摆脱魔法一同去走向自由；如果现实难逃，就让艺术来引领我们走进那亘古的梦想。我终于明白，这两部出于不同时代不同国度的作品，其大同就在于对这梦想的痴迷，对这梦想被残杀

生命就是这样一个过程,一个不断超越自身局限的过程,这就是命运,任何人都是一样,在这过程中我们遭遇痛苦,超越局限,从而感受幸福。

在科学的迷茫之处,在命运的混沌之点,人唯有乞灵于自己的精神。

的现实背景的关注，对这梦想能力的许之为美。这梦想的所指，虽是一片未知、虚幻、空白，但正因如此才是人性无限升华的可能之域。这永难劫灭的梦想，正就是文学和艺术的根。这根，不因国度的不同而不同，不因时间的迁移而迁移，因为人与物、与机器人的根本区别，我想，就在于此。

我记得在罗伯-格里耶的一篇文章中，他说过，《去年在马里昂巴德》中的某些情景，源于他早年的梦境。我来不及去查找他是在哪篇文章中这样说过的了，我甚至不能确定他是否真的这样说过，也许那只是我看了这部作品后所得的印象，以致我竟觉得那也是我有过的梦境。这可能是因为，在他的很多作品中（比如还有《嫉妒》）的写景写物里，都含着梦似的期待。罗伯-格里耶的"物"主义，确实不像他所希望的那样，摆脱了人的主观构想、主观色彩，达到了纯客观的真实。他之所以这样希望，我想，他是要说：必须摆脱那些固有的、僵死的、屈从于习惯的对存在的观念，从那里走出来，重新看看人与这个世界的关系，看看你心魂的无限领域吧。所以他笔下的真实都是"不确定的真实"。

真实不单是现实，真实还是梦想。比如黑夜，弥漫于半个地球的纷纭梦境，会随着白昼的来临便化为乌有吗？不，它们会继续漂流进白天，参与进现实。比如白天，谁能根据一个人目前的作为，而肯定地推断出他下一步的行动呢？那么你还能认定一群去上班的人只是一群去上班的人吗？不，每一个人都是一团不可预测的梦想，他不是一颗逻辑中的棋子，他是一个难于琢磨的下棋的人。比如记忆，你所有的记忆都是发生过的现实吗？不，那里面肯定有从未发生过的梦。但是，说梦是没有发生的，显然荒谬。梦已经发生，如同现实一样地发生了，并且成为我们真实生命的一部分。如果人与电脑的根本区别，在于电脑不能无中生有地去创造，显然，梦想甚至是我们生命的主要特征了。

史 铁 生
散 文 精 选

  罗伯-格里耶的写作不是写实，甚至也未必是写梦，他的写作在我看来,是要呼唤人们的梦想和对梦想的痴迷与爱戴。所以在他的作品里，处处留有未知、虚幻和空白，使我们得以由此无限地展开梦想，即展开我们的生命。生命恰恰是由梦想展开的，试想减去梦想，人还能剩下什么？罗伯-格里耶有一种非凡的能力，他总是能够把我们带到一个角度，让我们走进若实若幻的画面、声音或处境中去，见此形而生他意，得其意而忘其形，恍然记起生命悠久的源头，恍然望见生命不尽的去处。这正是让我读之而痴迷的原因吧。

  在疯狂的物欲和僵死的规矩，像"魔法"一样使人丧失灵性的时代，梦想尤为珍贵，写作者要记住它，要崇尚它、跟随它。

  在我们满心的爱情被"魔法"震慑、性爱被它劫掠去越来越广泛地变成商品、文学经常地沦为艺妓表演的时候，我们多么希望听见杜拉丝《情人》中的那种独自诉说！我们需要她的声音，那种语气，那种不加雕饰的款款而谈，沉重而又轻灵地把我们牵回梦想。有时我觉得，《去年在马里昂巴德》的空白处，所埋藏的，就是这个《情人》的故事。如果一个人，历经沧桑，终于摆脱了"现世魔法"的震慑，复归了人的灵性，他的文章就会洗去繁缛的技巧，而有了杜拉丝式的声音。真诚的、毫不规避的诉说，使你既在现在，也在过去和未来，在"情人"年青的裸体上，在"情人"衰老的面容里，在"情人"已经飘逝的心魂中。那时已不需要任何技巧、规则、方法，你是在对自己说，对上帝说，对生命和死亡说。"魔法"被宽广和晴朗的秋天吓跑了，你一生的梦想自由地东来西往，那是上帝给你的方式，不需要智力的摆弄，而随意成诗，成为最好的音乐。我非常喜爱《情人》，但似乎没有更多的东西可以议论。自从我看到了《情人》的那一天起，在我的写作路途上的每一步，那样的境界都是我向往的。但我办不到。我想，这也许不是能够学到的，模仿也许会更糟。也许，需要年龄把时间的距离

拉得更长些，更长些，才可能走进它。也许我在那"魔法"中还没有走够，还没有走完，所以还不可能走出去。但我似乎已经看见了，文学应该走去的方向，就是在现世的空白处，在时尚所不屑的领域，在那儿，在梦想里，自由地诉说。

　　我不想谈论中国文学和法国文学，我只想说文学是一样的，有着一样的并且亘古不变的根。

　　安妮：此信如果您认为可以用，就请删去首、尾算作一篇文章吧。
　　加利玛出版社愿意出版我的作品，我自然是非常高兴和感谢的。您所选定的篇目，我也觉得很恰当。多谢。
　　今年为写那个剧本，花了太多的时间，所以其它东西写得很少。明年万万不能这样干了。
　　即颂
　　大安！

史铁生
1994年11月9日

给杨晓敏的信

杨晓敏：

您好！

看了您的论文。文章中最准确的一个判断是：我并非像有的人所估计的那样已经"大彻大悟"，已经皈依了什么。因为至少我现在还不知道"大彻大悟"到底意味着什么。

由于流行，也由于确实曾想求得一点解脱，我看了一些佛、禅、道之类。我发现它们在世界观方面确有高明之处（比如"物我同一"、"万象唯识"等等对人的存在状态的判断；比如不相信有任何孤立的事物的"缘起"说；比如相信"生生相继"的"轮回"说；比如"不立文字"、"知不知为上"对人的智力局限所给出的暗示；以及借助种种悖论式的"公案"使人看见智力的极限，从而为人们体会自身的处境开辟了直觉的角度，等等这些确凿是大智慧）。但不知怎么回事，这些妙论一触及人生观便似乎走入了歧途，因为我总想不通，比如说：佛要普度众生，倘众生都成了"忘却物我，超脱苦乐，不苦不乐，心极寂定"的佛，世界将是一幅什么图景？而且这可不可能？如果世间的痛苦不可能根除，而佛却以根除世间痛苦的宏愿获得了光荣，充其量那也只能是众生度化了佛祖而已。也许可能？但是，一个"超脱苦乐"甚至"不苦不乐"的效果原是一颗子弹就可以办到的，又为什么要佛又为什么要活呢？也许那般的冷静确实可以使人长寿，但如果长寿就是目的，何不早早地死去待机做一棵树或做一把土呢？如果欲望就是歧途，大致就应该相信为人即是歧途。比如说人与机器人的区别，依我想，就在于欲望的有无。科学已经证明，除去创造力，人所有的一切功能机器人都可以仿效，只要给它输入相应的程序即可，但要让机器人具有创造能力，则从理论上也找不到一条途径。要使机器人具有创造力，得给它输入什么呢？我想，必得是：欲望。欲望产生幻想，然后才有创造。欲望这玩意儿实在神秘，它与任何照本宣科的程序都不同，它可以无中生有变化万千这才使一个人间免于寂寞了。输入欲望，实在是上帝为了使一个原本无比寂寞的世界得以欢腾而作出的最关键的决策。如果说猴子也有欲望，那只能说明人为了超越猴子应该从欲望处升华，并不说明应该把欲望阉割以致反倒从猴子退化。而"不苦不乐"是什么呢？或者是放弃了升华的猴子，或者是退出了欲望的石头。所以我渐渐相信，欲望不可能无，也不应该无。当然这有一个前提，就是：我们还想做人，还是在为人找一条路，而且不仅仅想做一个各种器官都齐全都耐用的人，更想为人所独有的精神找一个美丽的位置。还得注意：如果谁不想做人而更愿意做一棵树，我们不应该制止，万物都有其选择生存方式的权利——当然那也就谈不上选择，因为选择必是出于欲望并导致欲望。说归齐，不想做人的事我们不关心（不想做人的人，自然也都蔑视我们这类凡俗的关心，他们这种蔑视的欲望我们应该理解，虽然他们连这凡俗的理解也照常地蔑视——我唯一放心的是他们不会认为我这是在暗含地骂人，因为那样他们就暴露了暗地里的愤怒，结果违反了"不苦不乐"的大原则，倒为我们这类凡俗的关

史　铁　生
散　文　精　选

心提出了证据）。我们关心的事，还是那一条或那一万条人的前途。

　　这就说到了"突围"。我确曾如您所判断的，一度甚至几度地在寻求突围。但我现在对此又有点新想法了——那是突不出去的，或者说别指望突出去。因为紧接着的问题是：出去又到了哪儿呢？也许我们下辈子有幸做一种比人还高明的生命体，但又怎么想像在一个远为高明的存在中可以没有欲望、没有矛盾、没有苦乐呢？而在这一点上佛说对了（这属于世界观）——永恒的轮回。这下我有点懂了，轮回绝非是指肉身的重复，而是指：只要某种主体（或主观）存在，欲望、矛盾、苦乐之类就是无法寂灭的。（而他又希望这类寂灭，真是世上没有不犯错误的人！）这下我就正像您所判断的那样"越走越逼近绝境"了，生生相继，连突围出去也是妄想。于是我相信神话是永远要存在的，甚至迷信也是永远要存在的。我近日写了一篇散文，其中有这么两段话："有神无神并不值得争论，但在命运的混沌之点，人自然会忽略着科学，向虚冥之中寄托一份虔敬的祈盼。正如迄今人类最美好的向往也都没有实际的验证，但那向往并不因此消灭。""我仍旧有时候默念着'上帝保佑'而陷入茫然。但是有一天我认识了神，他有一个更为具体的名字——精神。在科学的迷茫之处，在命运的混沌之点，人唯有乞灵于自己的精神。不管我们信仰什么，都是我们自己的精神的描述和引导。"我想，因为智力的有限性和世界的无限性这样一个大背景的无以逃遁，无论科学还是哲学每时每刻都处在极限和迷途之中，因而每时每刻它们都在进入神话，借一种不需实证的信念继续往前走。这不需实证也无从实证的信念难道不是一种迷信吗？但这是很好的迷信，必要的迷信，它不是出自科学论证的鼓舞，而是出于生存欲望的逼迫。这就是常说的信心吧。在前途似锦的路上有科学就够了，有一个清晰而且美妙的前景在召唤谁都会兴高采烈地往前走，那算得上幸运算不得信心，那倒真是凭了最初级的欲望。信心从来就是迷途上的

迷信，信心从来就意味着在绝境中"蛮横无理"地往前走，因而就得找一个非现实的图景来专门保护着自己的精神。信佛的人常说"我佛慈悲"，大半都是在祈望一项很具体的救济，大半都只注意了"慈"而没有注意"悲"，其实这个"悲"字很要紧，它充分说明了佛在爱莫能助时的情绪，倘真能"有求必应"又何悲之有？人类在绝境或迷途上，爱而悲，悲而爱，互相牵着手在眼见无路的地方为了活而舍死地朝前走，这便是佛及一切神灵的诞生，这便是宗教精神的引出，也便是艺术之根吧。（所以艺术总是讲美，不总是讲理。所以宗教一旦失去这慈悲精神，而热衷于一个人或一部分人的物界利益时，就有堕落成一种坏迷信的危险。）这个悲字同时说明了，修炼得已经如此高超的佛也是有欲望的，比如"普度众生"，佛也是有苦有乐有欢有悲的。结果非常奇怪，佛之欲求竟是使众生无欲无求，佛之苦乐竟系于众生是否超脱了苦乐。这一矛盾使我猜想，此佛陀非彼佛陀，他早已让什么人给篡改了，倘非如此我们真是要这个劳什子干吗？无非是我们以永世的劫难去烘托他的光环罢了。所以，我一直不知道"大彻大悟"到底是什么，或者我不相信无苦无乐的救赎之路是可能的是有益的。所以，灭欲不能使我们突围，长寿也不能。死也许能，但突围是专指活着的行为。那个围是围定了的，活着即在此围中。

在这样的绝境上，我还是相信西绪福斯的欢乐之路是最好的救赎之路，他不指望有一天能够大功告成而入极乐世界，他于绝境之上并不求救于"瑶台仙境，歌舞升平"，而是由天落地重返人间，同时敬重了慈与悲，他千万年的劳顿给他酿制了一种智慧，他看到了那个永恒的无穷动即是存在的根本，于是他正如尼采所说的那样，以自己的劳顿为一件艺术品，以劳顿的自己为一个艺术欣赏家，把这个无穷的过程全盘接受下来再把它点化成艺术，其身影如日神一般地作美的形式，其心魂如酒神一般地常常醉出躯壳，在一旁作着美的欣赏。（我并没有

史　铁　生
散 文 精 选

对佛、禅、道之类有过什么研究，只是就人们对它们的一般理解有着自己的看法罢了。不过我想，它们原本是什么并不如它们实际的效用更重要，即："源"并不如"流"重要。但如果溯本清源，也许佛的精神与西绪福斯有大同，这是我从佛像的面容上得来的猜想，况且慈与悲的双重品质非导致美的欣赏不可。）所以宗教和艺术总是难解难分的，我一直这么看：好的宗教必进入艺术境界，好的艺术必源于宗教精神。

　　但是这又怎么样呢？从死往回看，从宇宙毁灭之日往回看：在写字台上赌一辈子钱，和在写字台前看一辈子书有什么不一样呢？抽一辈子大烟最后抽死，和写一辈子文章最后累死有什么不一样呢？为全套的家用电器焦虑终生，和为完美的艺术终生焦虑有什么不一样呢？以无苦无乐为渡世之舟，和以心醉于悲壮醉于神圣为渡世之舟又有什么不一样呢？如果以具体的生存方式论，问题就比较难说清，但把获得欢乐之前、之后的两个西绪福斯相比较，就能明白一个区别：前者（既便不是推石头也）仅仅是一个永远都在劳顿和焦灼中循环的西绪福斯，后者（无论做什么）则是一个既有劳顿和焦灼之苦，又有欣赏和沉醉之乐的西绪福斯，因而他打破了那个绝望的怪圈，至少是在这条不明缘由的路上每天都有一个悬念迭出的梦境，每年都有一个可供盼望的假期。这便是物界的追寻和（精）神界的追寻，所获的两种根本不同的结果吧。当然赌钱或许也能赌到一个美妙境界，最后不在乎钱而在乎兴奋了，那自然是值得祝贺的，但我想，真有这样的高人也不过是让苦给弄伤了心，到那牌局中去躲避着罢了，与西绪福斯式的欢乐越离得远些。

　　最后有一个死结，估计我今生是解它不开了：无论哪条路好，所有的人都能入此路吗？从理论上说人都是一样的构造，所以"人皆可成佛"，可是实际上从未有过这样的事实；倘若设想一个人人是佛的世界，便只能设想出一片死寂来，无差别的世界不是一片死寂能是什

么呢？——至少我是想不出一个解法来。想而又想可能本就是一个荒唐者的行状，最后想出一个死结来，无非证明荒唐得有了点水平而已。那个欢乐的西绪福斯只是一个少数，正如那个"大彻大悟"的佛也是一个少数，又正如那些饱食终日的君主同样是一些少数，所谓众生呢？似乎总就是一出突围之戏剧的苦难布景，还能不体会一个"悲"字吗？

1990 年

给肖瀚

肖瀚先生：

您好！

那天聊得很开心，回来就找您和张辉先生的文章看。读《圣徒与自由主义者》时有些感想，并触动了一些我久有的迷惑，现把随手的笔记传给您，有空请批评。

1. 在不产生昆德拉的土地上，别指望产生哈维尔。在没有自由主义氛围的地方，为信仰而死的还有两种："肉弹"和叛徒。便有仁人、志士、硬骨头，其思想质量与信仰取向也难与哈氏比肩。

但在未产生哈维尔的土地上，却要指望产生昆德拉，否则就毫无希望了。正如我们那天所说：尤其言论自由，是首要的。

2. 所以，要紧的不在有无信仰与圣徒，而在有什么样的信仰和为着什么的圣徒。施特劳斯说过这样的意思：到处都有文化，但非到处都有文明。这逻辑应该也适用于信仰与圣徒。恐怖主义和专制主义，

论坚定一点都不比圣徒差，想必也是因为有着强足的精神养源。那天我们说过，"精神"一词已被败坏，不确定能养出什么来。尤其是贬低着思想的"精神"，最易被时髦掏空，空到里面什么都没有，进而又什么都可以是。

3. 我很同意您对昆、哈的看法，他们并不是对立的位置。贬昆扬哈，或许是自由的土地上应该做的，在另外的地方就怕种瓜得豆。我特别赞成您这文章的末尾一句："我们只能激励自己去做卡斯特里奥，却无权要求别人去做自由的铺路石。"

4. 不知您对犹豫和软弱是怎么看？那一定都是坏品行吗？或者：坚定不移、视死如归就肯定都是好品质？是圣徒的根本，或"精神养源"之首要？

比如软弱，在我想，原因之一是不想受折磨，原因之二是不想让亲人受折磨，原因之三是不想让一切无辜的人受折磨。这不是正当的和美好的吗？再说犹豫，一切思想必都始于犹豫，而非坚定不移（疑）。惟在思想不断发掘的尽头，才可能有美好的信仰，或精神。——当然，为自己的犹豫和软弱找借口的人也会这样说，但这也不能说明犹豫和软弱就一定糟糕。

5. 我常想，人是怎样听到上帝的声音的？无缘亲聆神命的凡夫俗子，可怎么分辨哪是人传，哪是神说？为此我曾迷惑不已。直至读到刘小枫先生的一些书，读到"写作的零度"与"自然正确"等等，方有所悟；也才懂了上帝为什么要那样回答约伯。只有回到生命起点，回到人传与不传都是不争的生命处境去，才能听到上帝的声音。亚当、夏娃或人的最初处境，是什么？是分离、孤独、相互寻找与渴望团圆。

史 铁 生
散 文 精 选

这当然还不是爱的全部,但是否可把这看作是上帝对爱做出的暗示?起点是情感,而非志向。志向皆可人传,可以是人替神做出的价值判断,可以走到任何地方去。而情感,或人的相互盼望,却是人传与不传都在的事实。

6. 这就又要说到蛇的诱骗。诱,即引诱人去做神;骗,即人其实不可能做成神。想做神而其实做不成神的人,便把人传的价值冒充为神说的善恶,于是乎"恐怖"与"专制"(以及物欲的迷狂)也就都有了合理合法的精神养源。

7. 我担心以上文字已经有些卖弄了。您是这方面的专家。我一向对学者心存敬畏,是真话。因为我越来越赞成"少谈些主义,多研究些问题"。我所以要说以上这些千疏百漏或不言而喻的话,实在是要为下面诸多难解的问题作铺垫,找理由,甚至也许是——但愿不是——找借口。

8. 直说吧:这世界上最让我同情和做噩梦的,是叛徒①。直接的原因是:我自知软弱,担心一旦被敌人抓去事情总归是很难办。当英雄吧,怕受不住,可当不成英雄势必就做成了叛徒,那更可怕。敌人固然凶残,可"自己人"也一点都不善,难办就难办在这两头堵上。要是当得成英雄就当英雄,当不成英雄也可以什么都不当,那我的噩梦就没了。有位残疾人写过一句诗:"在妈妈那儿输到什么地步都有奖品。"这诗句常让我温暖,让我感动。但叛徒的身后没有妈妈,他身前身后全是敌人!世上有这样的人,却很少有为他们想想的人;或私下里想想,

---

① 本文中的叛徒,单指暴行下的屈服者,不包括为荣华富贵而给别人使坏的一类。

便噩梦似的赶紧掐掐自己的腿，庆幸那刚好是别人。

9. 所以我想不好：一个怕死怕疼怕受折磨的人，是否也配有理想和信仰？

我想不好：一个软弱并心存美好信仰的人，是不是只配当和尚？否则一个闪失，是不是就得在圣徒和叛徒中任选一种？

我想不好：一个不想当和尚的软弱志士，一旦落网，是该挨那胸前的一枪呢，还是该挨这背后的一刀？何况事情还远不这么简单。

比如说：一个圣徒可以决定自己去受刑与赴死，他也有权为亲人做同样的选择吗？要是没有，他就可能做成叛徒；要是有，这权利是谁给他的？因为他是圣徒，还是因为他要做圣徒？

10. 记得哈氏写过他曾在一家酒吧前被暴打的经历，权衡利弊后他还是退避了。这让我松了一口气。当然我知道，这口气更多的是为自己备下了借口，绝难与哈氏的退避同日而语。我还知道：莫说亲人受累，便是只身去受那酷刑，怕我也还是顶不住。为此我羞愧多年，迷惑多年，庆幸多年。庆幸明显是不够，与此同时去赞美圣徒呢，好像也不足补救。要是魔鬼和圣徒一起都把叛徒也是人这件事给忘了，想必，这现象应当别有蕴意。

11. 我甚至想：置亲人的苦难与生死于不顾者，是否还够得上圣徒？当然，与此相反的行径肯定是不够。这样看，做圣徒就还得靠点运气了：第一别让敌人抓去；第二这敌人不要是太残忍的一种；第三，在终于熬不住折磨之前最好先死了，或忽然可以越狱。——咳，这题怎么越做越没味儿了？

那就换一条思路：一个为了亲人不受折磨而宁愿自己去遭千古唾

293

骂的人,是否倒更近圣徒些?就算是吧,但明显离我们心中的圣徒形象还很远。

那就再换一条思路:要是在任何情况下,"自己人"都不把"自己人"当叛徒看,行不行?要是敌人不把人当人,咱可不能无情无爱地把"自己人"逼到绝境,怎么样?好像还是不行。因为敌人并不手软,要是"咱的人"因此被一网打尽,咱的事业可咋办?

看来真是这样:在没有自由主义——比如信仰和言论自由——之广泛基础的地方,圣徒难免两难。那么昆德拉与哈维尔的同时并存,这件事是偶然还是必然?

所以还有一条思路:"咱的事业"到底是啥事业?是为了"咱的人"强旺起来,还是为了天下人都是"自己人"?套句老话儿:是某某专政呢,还是"天下大同"、"自由博爱"?后一种思想氛围下,才可能出现圣徒吧?比如甘地,比如马丁·路德·金,比如曼德拉和图图,比如他们的思想和主张。

12. 刚刚看到图图的一本书:《没有宽恕就没有未来》。单这书名就让我明白了许多事。甭说得那么大,就比如一小群人,相处得久了也难免有磨擦、矛盾和积怨,要是还想处下去——还有未来,没有宽恕则不可想像。何况数千年的人类,积下了多少恩怨呀!一件件地都说清楚也许能办到,当反思的反思、当忏悔的忏悔自然更是必要,但若睚眦必报或"千万不要忘记"地耿耿于怀,那就一定没有未来了。

但问题马上又来了:把历史的悲剧丢开不提,是否也算宽恕?当然不是。但为什么不是?人应该宽恕什么,惩罚什么,警惕什么,忘记什么和不能忘记什么?这就不单是坚强可以胜任的了,不单要有强足的精神养源,更要有深厚的思想养源。

13. 跟以往的圣徒一样，哈维尔的伟大也是更在于他的思想和主张。哈氏一定没有刻意去当圣徒。圣徒肯定不在主义的张扬里，而多半是在问题的研究中。所以我特别尊敬学者，相信那些埋头于问题的人。要是我说刘小枫和陈嘉映等人即近圣徒，我也许是帮倒忙，但他们的工作依我看正就是神圣和产生神圣的工作。几千年几千年地义愤填膺和挥舞主义，号召得人们颠三倒四、轻视思想、怠慢问题，是个人就会贬低理性、嘲笑哲学，摇摇旗子就是一派精神，大义凛然却是毫无办法。

14. 理性，在目前的中国至少有两种意思：一是指墨守成规，不越雷池一步；一是指思考，向着所有的问题，想不清楚可以，蒙事和"调包"的不算。所以我相信，不管什么事，第一步都得是诚实（怪不得良善之家的教育都是首重诚实呢），否则信仰也会像"精神"那样被败坏到什么都没有或什么都可以是。我忽然想到：其实任何美好的词，都可以被败坏，除非它包含着诚实的思考。

诚实真是不容易做到。我所以佩服王朔，就因为他敢于诚实地违背众意。他的很多话其实我也在心里说过，但没敢公开。这让我读到布鲁姆的一段话时感慨良多，那段话总结下来的意思是：你是为了人民，还是为了赢得人民？——这样的逻辑比比皆是：你是为了真理，还是为了占有真理？你是想往对里说，还是想往赢里说？你是相信这样精彩，还是追着精彩而这样？……

15. 所以软弱如我者就退一步：如果不能百分百地公开诚实，至少要努力百分百地私自诚实。后来我发现这也许是不自由中自由的种子、难行动时的可以行动、不可能下的一种可能、非现实深处的现实埋藏，或软弱者不能再退的诚实底线。——不过这也许有点可笑：谁知道你退到了哪儿？谁知道你终于还会退到哪儿去？

这实在是问题，而且不因为知道这是问题这就不是问题。

谢谢您们那天的款待。有空并有兴趣时，可来我家聊天。

问候您的夫人。问候张辉。

史铁生
2003 年 8 月 24 日